최후의 한일전

최후의 한일전

최후의 한일전

땅따먹기 대마도편

김민 축구 소설

주/현민

The Final Game of Kor.-Jap.
by Kim minn

Copyright © 2002
by Kim minn
ISBN 89-7805-251-7 03810
Printed in KOREA

 **최후의 한일전** (땅따먹기 대마도편)

2002년 2월 6일 초판 1쇄 발행
지은이 김 민
펴낸이 이화순
편 집 황은경
펴낸곳 (주)현민시스템

서울특별시 강남구 대치동 891-43 MSA빌딩 13층
전화/(02)529-8727, 팩스/(02)529-6036
http//www.hyunmin.co.kr
등록/1992년 2월 24일 (제16-509호)

© 2002 김 민

ISBN 89-7805-251-7 03810

값 8,500원

머리말

현대의 경기는 너무 승부에만 집착하고 있다.
나는 이 소설로써 말하고 싶다.

정의는 살아 있다. (힘이 정의를 만드는 것이 아니라, 정의가 힘을 발휘한다.)
깨끗한 스포츠맨십 (치사하게 이기는 것보다, 떳떳하게 지자.)
운동은 머리가 있어야 한다.(지식 없이는 살아 있는 공을 만들 수 없다.)

우리의 삶이 승부에만 집착되어 있다면 그 곳에 정의의 화살을 날리고 싶다.
일본! 그들의 야비한 행동에는 계속 일침을 가할 것이다. 다만 나의 오랜 친구
Mr. 아레키 모리에게는 미안하지만.

그리고, 오랫동안 다리를 간호해 준 나의 아내 실과 강직한 재선, 그리고 용기
를 잃지 않는 (주)현민의 이학순 사장을 아끼고 싶다.

※ 일러두기
이 소설에 등장하는 인물이나 내용은 특정 인물이나 사실과 전여 관계없는 픽션임을 미리 밝혀
둡니다. 단지 이야기의 맛을 더하고자 실명을 표기하였으며, 본인들에게 사전 양해가 없었음을
이 자리에서 밝힙니다.

단기 4334년 12월 23일
저자 김　　민

목
차

최
후
의
한
일
전

1부 꽁지머리와 은자의 죽음

"와아!", "우우우!", 격려와 야유가 한데 어울리는가 싶더니 "슛! 슛!" 하는 외침과 "에이!" 하는 탄식이 한꺼번에 터져 나왔다. 곧이어 박수 소리가 우렁차게 운동장 밖으로 퍼졌다.

'오늘이 체육 대회인가?'

재범은 생각하며, 운동장을 지나쳐 본관 건물로 향했다.

졸업한 지 십여 년 만에 와 보는 모교였다. 높은 시멘트 담장은 철거되고 대신 잘 가꾸어진 나무들이 심어져 있었다. 본관 건물은 새로 칠해서인지 옛날보다 더 깨끗하고 환해 보였다.

현관에 들어서자 색이 바랜 대형 액자가 얼른 눈에 들어왔다. 액자에는 '허리를 펴자' 라고 쓰여 있었다. 이것은 창립자이며 교장이던 서기원 선생이 만든 교훈이었다. 선생은 올바른 정신은 좋은 자세에서 나오는 것이라며 허리를 곧게 펴 좋은 자세를 유지하면 건강한 정신과 신체를 만들 수 있다고 강조하셨다. 이 교훈을 맨 처음 들었을 때는 이상하게 여겨졌었다. 하지만 나중에는 서로 남의 허리를 툭툭 치며, "펴! 허리 펴!" 하고 장난을 치게 되었다. 사회에 나온 지금도 문득문득 이 말이 생각나 허리를 곧게 펴곤 한다.

현관을 지나 교무실로 가다가 얼핏 교실을 들여다보았다. 칠판이나 책상이나 별로 달라진 것이 없어 보였다. 다만 교무실에는 컴퓨터가 책상마다 하나씩 다 놓여 있었다. 교무실 창가 쪽에 몇몇 교사들이 모여 서서 이야기를 나누고 있는 게 보였다.

재범이 두리번거리고 있는데,

"무슨 일로 오셨죠?"

구석에 앉아 있던 젊은 여선생이 반쯤 일어나며 물었다.

"네, 여기 졸업생입니다. 김기완 선생님 좀 뵈려고 하는데요."

"교감 선생님요? 지금 운동장에 계신데요……. 기다리시겠어요?"

"아, 아닙니다. 운동장으로 가 보죠. 그런데 오늘이 체육 대회인가요?"

"축구 시합이에요!"

여선생은 생긋 웃으며 경쾌하게 대답했다.

재범은 밖으로 나갔다. 운동장으로 가는 블록길 옆에는 키가 큰 해바라기와 달리아, 장미꽃 같은 화초들이 잘 가꾸어져 있었는데 그 사이에 소나무, 잣나무가 한 그루씩 서 있었다. 기념 식수인지 나무 앞에 팻말이 꽂혀 있었다.

'대통령배 전국 고교 축구 대회 우승'

'200m 한국 타이기록 이상철'

이 나무들에는 우승의 감격과 뜻이 새겨져 있었다. 이 곳 영진 대학교 부속 고등학교는 몇 년 전부터 육상과 축구에서 단연 두각을 나타내고 있었다. 특히, 김기완 선생이 이끄는 축구부는 3년 전 전국 체전에서 준우승을 차지하고 이듬해부터 대통령배 전국 고교 축구 대회에서 2년 연속 우승을 기록했다. 학생들의 체력 단련과 학교에 대한 애교심과 단결력을 키우기 위해 운동의 기본인 육상과 축구를 육성했던 것이 열매 맺기 시작했던 것이다.

운동장에는 생각보다 많은 학생들과 사람들이 모여 있었다. 영진부고는 강남에 위치한 고등학교로는 드물게 천오백 명 정도 들어가는 시멘트 스탠드가 있는 운동장이 있었다. 운동장 가까이에는 사람들이 몰려 있어서 다가갈 수가 없었다. 재범은 일단 운동장 가장자리의 비스듬한 둔덕으로 올라갔다.

경기가 한창 진행중이었다. 언뜻 보기에, 한쪽은 화려한 유니폼을 갖춘 정규 선수단 같았고, 다른 한쪽은 통일되지 않은 복색이 마치 동네 축구단 같았다. 그런데 이 동네 축구단 같은 팀이 아주 이상하게 보였다. 색이 바래 노란색인지 하얀색인지 분간이 안 되는 유니폼을 입고 낡은 축구화를 신은 선수들이 머리칼은 한결같이 현란한 색깔로 물들인 점이었다.

파란색 바탕에다 흰 줄이 쳐진 유니폼을 맞춰 입은 선수들은 영진부고 팀이고, 상대 선수들은 게시판에 '강원'이라고 쓰인 팀이었다. 점수는, 영진부고가 전반에 2점을 얻었고 강원이 전후반에 각각 1점씩 얻어서 동점이었다.

그 때, "와아!" 하는 함성 소리와 "우우우!" 하는 야유 소리가 터져 나왔다. 주심이 휘슬을 불며 뛰어가 강원팀에게 페널티킥을 가리키고 있었다. 영진부고의 한 수비 선수는 주심에게 무엇이라 항의하는 것 같았으나, 그래도 주심은 페널티킥을 선언했다. 야유하는 함성이 터지고 있었다.

게시판을 보니 시계는 후반 45분을 끝내 놓고 있었다. 이 페널티킥으로 강원이 승리할 것이 확실했다. 강원의 키커가 차기 위해 심판이 갖다 놓은 볼로 다가섰다. 모든 사람이 일어나며 박수와 함성을 지르기 시작했다. 멀어서 키커의 등번호는 확실히 알 수는 없었으나 꽁지머리가 유난히 눈에 띄었다. 꽁지머리는 두 손으로 볼을 반쯤 뒤로 돌려 다시 제자리에 놓고 뒤로 서너 걸음 물러났다. 주심의 휘슬이 울리고 꽁지머리는 큰 숨을 한번 몰아쉬더니 앞으로 뛰어나갔다. 모든 관중이 숨을 죽여 고요함이 흐르는가 싶더니 일제히 "어? 어?"하는 놀라는 소리와 함께 "와아!", 박수를 치며 휘파람 부는 소리가 터져 나왔다. 그리고 휘슬이 울리고 경기는 종료되었다.

강원팀 꽁지머리의 볼이 오른쪽 골대를 크게 벗어나 버렸던 것이다. 그런데 관중들이 순간 놀란 까닭은 마치 일부러 오른쪽 골대 밖으로 차낸 것처럼 보였기 때문이다. 재범이 보기에도 의아하게 생각이 들었다. 하지만 페널티킥을 찬 꽁지머리와 알록달록한 머리를 한 선수들은 아쉬움도 없이 일렬로 서더니 질서 있게 퇴장했다.

관중들은 두 팀 선수들에게 아낌없는 박수를 보냈다.

"강원팀 선수들 참 박력 있어!"

"플레이가 아주 깨끗하단 말이야!"

"어쨌든 재미있게 봤다!"

관중들이 자리를 뜨는 사람들 사이에서 페널티킥에 대한 의견이 분분했다.

"잘못 찬 거야!"

"아냐. 차는 자세를 봤잖아. 오른쪽 밖으로 일부러 차는 거……."

"야 인마! 내, 세상에 태어나서 골을 일부러 안 넣는 건 한 번도 본 적이 없다."

"그게 아니면, 어떻게 그렇게 골대하고 상관없이 찰 수가 있냐?"

"골대를 잘못 본 거야!"

"페널티킥에서 어떻게 앞에 있는 골대를 잘못 보냐?"

"야! 그러면 왜 안 넣냐? 2 대 2 동점에서……, 병신!"

사람들 틈에서 빠져 나온 재범은 교감실로 가느라 교무실 앞을 지나는데, 아까의 그 여선생과 마주쳤다.

"어머, 아직 못 만나셨어요?"

"네. 지금 똘만… 아니 교감실로 가는 중입니다"

여선생은 재밌다는 듯 깔깔댔다.

“오랜만에 별명 들으니 참 좋네요.”

“네?”

“지금, 똘만이라 하려고 하셨죠?”

“네. 그걸 어떻게……?”

“그럼요. 누가 똥자루, 미친개, 저팔계인지 다 알아요. 그래서 요즘은 교생 실습 나올 때부터 아예 선생들이 자기 별명을 좋게 지어 은근히 학생들한테 알려 줘요. 학생들이 나쁘게 지으면 안 되잖아요? 죽을 때까지 쫓아다니는데요. 호호호…….”

“하하, 그도 그렇군요!”

“자기가 짓는다고 함부로 좋게 지었다간 학생들한테 되레 혼나요. 웃긴 년, 지랄년! 이런 별명 좋겠어요? 잘난 체 했다간 큰일나요!”

“그럼 선생님께서도 별명이 있으십니까?”

“저는 없어요. 하나 지어 주세요. 호호호!”

그 때 복도 입구에서 똘만이 선생이 여러 사람들과 함께 걸어오고 있었다. 갈색 머리에 갈색 셔츠, 검정 바지를 입은 선생은 멀리서 보아도 한눈에 띄었다.

키는 작지만 현역 선수 출신이었던 선생은 딱 벌어진 가슴과 당당한 팔자걸음이 똘만이란 별명에 어울리지 않는 모습이었다. 오히려 왕초 같은 모습이었다.

“선생님, 안녕하셨어요. 재범입니다.”

“어…… 이게 누군가? 자네 별똥개!”

“아니, 아직도 별명을 부르세요?”

“그럼. 이름보다 별명이 부르기 쉽고 얼마나 친근감 있나! 자, 여러분, 여긴 우리 학교 졸업생이네. 참, 다들 알지? 제세신문 체육부 기자, 표재범이라고……."

서로 간단히 악수를 하며 눈인사를 했다.

교감실에 들어서니 따가워진 초여름 햇살이 그대로 실내에 내리쬐고 있었다. 선생들과 심판이 소파에 앉고 있는데 똘만이 교감 선생이,

"어이, 표재범! 자네도 거기 자리에 앉게!"

교감은 재범에게 자리를 권하고 중앙에 앉았다. 아까의 여선생이 음료수를 가지고 들어왔다.

"박 선생이 손수 웬일이오?"

"네, 사환을 심부름 보냈어요."

"그래요? 어쨌든 고마워요."

다들 시원하게 목을 축이는데, 나가려는 박 선생에게 교감이 부탁을 했다.

"박 선생, 미안하지만 블라인드를 왼쪽으로 쳐서 햇빛 좀 가려 주시겠어요?"

"네."

가로로 쳐 있던 블라인드의 왼쪽 줄을 당기니 세로로 되며 실내를 비추던 햇빛이 차단되었다. 재범이 의아한 눈으로 블라인드를 쳐다보니 교감 선생이,

"이봐, 별똥개!"

"네!"

"저 블라인드는 가로 세로 다 칠 수 있는 거야. 여기 25회 졸업생이 발명하여 국제 특허까지 냈다네. 시험 제품을 제일 먼저 우리 학교에 기증을 했는데 참으로 편리해."

"아, 정말 좋은 아이디어네요. 그런데 반응이 좋은가요?"

“그럼. 국가 중소기업청에서 전폭적으로 지원해 줘서 제품이 한 보름 전에 나왔다네.”

교감 선생은 몹시 자랑스러운 듯 말하고는 심판복을 입고 있는 사람에게,

“그건 그렇고…… 아까 페널티킥을 고의로 내찬 것 같은데 추 선생이 보기에는 어땠소?”

“네에?”

안경을 낀 젊은 선생이 대신 물었다.

“아무래도 말이야, 그 꽁지머리가 일부러 안 넣은 것 같아서 …….”

“설마 그 아이들이 이기고 있는 것도 아닌데 일부러 안 넣다니요?”

“안 그러면, 그렇게 크게 빗나갈 수는 없었어.”

“아마 관중들이 모두 일어서고 함성이 크게 나오니 얼떨결에 잘못 찬 것 같은데요?”

또 안경 쓴 선생이 주장했다.

“제가 주심이라 제일 가까이에서 본 셈인데, 저도 사실 의아해하고 있던 중입니다. 꽁지머리는 그 팀 주장 아닙니까? 그 애는 특히 킥이 매우 정확하던데 아무리 떨려도 그렇게 많이 빗나갈 리가 없지요. 아무래도 딴 생각을 갖고 일부러 안 넣은 것 같았습니다.”

“하하! 추 선생님도, 어린 선수들이 무슨 다른 생각을 갖겠습니까? 실축이에요, 실축! 골대를 잘못 본 거예요.”

다른 선생이 거들었다.

“이봐, 별똥개, 아니 재범이! 자네는 어떻게 생각하나?”

“글쎄요, 저는 거리도 멀고 관중들이 모두 일어나 있어서 정확히는…….”

재범은 기자라는 직업 때문인지 필요한 질문 외에 남의 말을 듣는 것이 몸에 배어 자기 주장을 삼갔다.

"실축은 실축인데 아무래도 고의성이 짙은 실축이란 말이야. 음…… 자 여러분, 어쨌든 수고했소! 먼저 식당으로 가시오. 나는 여기 제자하고 얘기 좀 나눈 뒤 천천히 가겠소."

사람들이 자리를 뜨고 나니, 교감실은 더욱 넓어 보였다.

"그래, 좀전의 시합은 언제부터 봤나?"

교감 선생은 웬일인지 의미 있게 묻는 듯 보였다.

"후반 거의 끝날 무렵부터 봤습니다. 그런데 그건 왜……."

"아니, 그 애들 봤지?"

"네? 무슨 애들이요?"

"그 강원 선수들 말이야, 알록달록한 아이들……."

"아, 네에."

"걔네들 어떻게 생각하나?"

"어떻게 생각하다니요? 무슨 말씀이신지?"

"그 아이들은 강원도 거진에 있는 수산어업전문학교 학생들인데……."

"아, 5년제 고등학교 말인가요? 우리 나라에선 하나밖에 없는 5년제 전문 고등학교죠?"

"응. 내 친구가 그 학교 교장으로 있어서 얼마 전에 알게 되었지. 학교 예산만으론 안 되어 누군가 특별히 뒤를 봐주고 있는 모양인데, 그 스폰서가 절대 비밀을 요구하나 봐. 그래서 내 친구도 자세한 내막은 얘기를 안 해."

"……."

"그런데 걔네들 뭔가, 참으로 특별한 데가 있단 말이야. 이를테면 겉으로는 나타내지 않지만 무예의 기술이 아주 높은 고단자가 조용히 걷는 것 같기도 하고, 큰 저수지에 가득 찬 물이 찰랑찰랑 대는 것 같기도 한 느낌이 들어. 마치 댐에 갇혀 있던 물처럼 언젠가 방류를 하면 엄청난 힘으로 쏟아져 나올 것 같은 그런 느낌 말야."

"아직 어린데…… 재능들이 있나 보죠? 체격은 다들 커 보이던데요."

"암, 재능 있고 말고! 작년 여름부터 나타나 축구 명문 고등학교를 돌아다니며 다 이기고 대학팀까지 이겼다네."

"아니, 대학을요?"

"음, 선수들이 체격도 좋지만 돌파력이 좋아. 개인 기술도 뛰어나고……."

"그럼 프로팀이나 각 대학에서도 스카웃하려고 야단들이겠는데요?"

"그래. 그러나 그 선수들이 얼마나 똘똘 뭉쳐 있는지 몰라. 나도 탐나는 애들이 많지만 한편으로 그런 팀을 해체시키고 싶지 않거든……."

"!"

"자네도 아다시피, 우리 팀은 명실상부한 고교 최강이 아닌가. 그런데 거진팀한테 저번에는 3 대 0으로 지고, 오늘은 가까스로 비긴 거야. 그런데 오늘 비긴 것도, 그 꽁지머리가 일부러 안 넣은 것 같단 말이야."

"아니, 그렇게 잘 하나요?"

"글쎄, 그렇게들 잘해! 뒤를 봐주던 스폰서가 요즈음 중병을 앓고 있어서 자금 지원이 힘든가 봐. 그래서 다른 학교 축구팀을 돌아다니며 내기 시합을 하고 있다네. 내기를 해서 이기면 돈을 따 가는 그런 팀이야."

"아니, 어떻게 학교팀이 내기를 걸죠?"

"하하, 비공식 시합이니까. 그리고 처음에는 몰랐지만 이제는 학교마다 이긴 팀이 없으니까 어떻게 해서라도 한 번만 이겨 보려고 먼저 시합을 걸고 있지."

"그것 참, 그렇다면 오늘 꽁지머리가 실축한 거네요. 내기 시합인데 일부러 밖으로 차낼 리가 있겠습니까?"

"글쎄, 그게 이상하단 말이야. 그 꽁지는 넣으려면 넣을 수 있었을 텐데……. 킥이 얼마나 정확한지 몰라. 기술! 정신! 힘! 나무랄 데가 없단 말이야."

"!"

"경기 매너도 훌륭하고, 보통 때도 얼마나 예의 바르고 점잖은데……. 참 대견해!"

교감 선생은 얘기하는 것이 퍽 자랑스럽고 즐거운 모양이었다.

"교감 선생님!"

"야 인마! 그냥 선생이라고 불러! 그것이 우리끼리는 익숙하지 않니. 나는 널 별똥개라고 부르고, 하하하!"

"네, 선생님!"

하며 재범은 다시 고쳐 불렀다.

"거진 수산어업전문고등학교 교장 선생님이 친구분이라고 하셨죠?"

"응, 그래!"

"제가 한번 그 교장 선생님을 찾아가 그 스폰서가 누구인지 알아볼까요?"

"좋지. 그러나 내가 소개해 줄 수는 있어도 그 친구가 잘 설명을 해 줄지 모르겠어. 어쨌든 흥미 있으면 다음에 나한테 다시 연락하게나."

"네, 알겠습니다."

"자, 그러면 오늘은 우리하고 저녁이나 같이 하세. 오랜만에 사제끼리 잔을 부딪쳐 보자구!"

아파트로 돌아온 재범은 일찌감치 송고한 원고와 런던과 도쿄 등지에서 온 이메일 등을 대강 눈으로 훑어보고 나서 샤워를 하고 잠자리에 들었다. 저녁 식사 내내 오늘 있었던 페널티킥이 화제였다. 대개의 선생들이 꽁지머리의 실축이라고 몰아붙였지만 주심과 교감은 고의적인 실축이라고 믿는 것 같았다. 재범은 끝까지 어느 쪽 의견도 내지 않았다. 하지만 대학 2년까지 축구 선수 생활을 했던 체육부 기자의 눈이 그것을 놓칠 리가 없었다. 분명 그 꽁지머리는 뛰어 나가며 왼쪽으로 몸을 틀면서 페인트 모션을 취하였다. 순간 골키퍼의 몸이 왼쪽으로 쏠렸고 오른쪽이 열렸다. 오른쪽 골문에 인사이드킥으로 툭 밀면 되었다. 그런데 그것을 오른쪽 골대 밖으로 강하게 차내 버렸던 것이다.

'왜일까? 그것도 내기였다면서…….'

영진부고와 비기긴 했지만 분명, 강원팀이 한 수 위인 경기였다. 재범은 무엇인가 개운치 않은 생각이 들었다. 또 시골 학교팀이 어떻게 축구 명문팀들을 모두 이길 수 있단 말인가! 멀리서 보았던 꽁지머리가 자꾸만 눈앞에 아른거렸다.

'고의다!'

평소와 다름없이 몇 정거장을 버스 종점 방향으로 타고 가서 여유 있게 좌석 버스 뒷자리에 앉아 꾸벅꾸벅 졸면서 다시 시내에 있는 회사 쪽으로 나갔다. 기자 생활은 늘 잠이 부족하고 자는 시간이 일정하지 않았다. 그러다 보니 아무 때나 머리만 닿으면 어디서건 틈틈이 자는 버릇이 생겼다.

이 버릇 때문에 혼자 운전하고 갈 때 신호 대기에서 자기도 모르게 잠이 들어 혼난 적이 한두 번이 아니었다. 그리고 자동차는 늘 주차 때문에 곤란을 겪었다. 그래서 공휴일이나 새벽에 갑작스런 취재 외에는 택시나 전철, 버스 등 대중 교통을 이용하는 게 더 편했다.

재범이 사무실에 들어서자마자, 대학 선배인 정 부장팀장이 전화하다 말고 한 손으로 책상을 두드리며 불렀다.

"어이, 표 기자! 축구 협회에서 가을에 있을 한일전 대표 선수를 일부 교체하려나 봐! 오 부장이 어제 전화했는데 임의로 선수 명단을 작성해서 좀 보내 달래!"

"저번에 선정해서 보냈는데요?"

"몰라, 자기들 맘먹은 선수가 빠졌는지 어쩐지 다시 보내 달래. 어쨌든 표 기자가 알아서 하라구. 그리고 이정민 옹 돌아가신 것 알지? 빨리 기사 준비해. 발인이 내일이야."

기자들과 담당 축구 협회 간에는 가까이만 하다가는 큰일난다. 자칫하면 그들의 스피커 노릇이나 하는 홍보 부서로 전락하기 십상이기 때문이다. 그래서 기자들은 항상 협회와 일정한 거리를 유지하도록 노력해야 한다.

특히, 대표팀 선정 같은 일은 아주 민감한 사안이어서 특정 학교 출신이 많은 협회로서는 여간 신경이 쓰이기는 게 아니다. 하지만 나중에 명단을 보면 팔이 안으로 굽는 경우가 많다. 그래서 어느 때는 각 스포츠 담당 기자들의 추천을 받아서 아예 기자들의 입을 봉쇄하기도 하고, 명단 발표 전에 미리 기자들에게 사전 해명을 하기도 한다. 이런 식으로, 명단 발표 후 튕겨져 나올 반발을 미리 완화시키고자 한다. 또 축구 감독에게 선수 임명권을 주고 있으나, 실제로 감독의 권한을 자유롭게 발휘할 수 없도록 참견과 압력을 기히고 있다. 선수들은 현역에서 은퇴한 후 대표팀 감독을 맡는 것이 꿈이지만 나중에 감독직을 맡게 되어도 단명을 하게 되는 경우가 대부분이다.

그러나 지금은 그런 것도 배제할 겸 외국 감독을 데려와 그에게 모든 권한을 주었다 할 정도로 위임하고 있으니, 기자단의 추천이나 협회에서의 추천도 꼭 필요한 것은 아니었다. 일단 많은 돈을 들여 모셔온 이상 절대 간섭할 이유가 없다고 생각하고 있었다.

재범은 축구 협회로 전화를 걸었다.

"오 부장님 계십니까? 언제쯤 들어오십니까? ……네. 어쨌든 잠깐 들러 보겠습니다."

축구 협회의 조직 위원회, 홍보 부서 등에도 들렀으나 모두 출타 중이었다. 엘리베이터를 타려고 복도로 나오는데 축구 협회 신임 회장인 정몽준 씨가 주위에 몇 사람들과 같이 서 있었다.

"안녕하세요? 회장님!"

"어 누군가? 어어, 표 기자! 무슨 일로?"

말주변이 어눌하여 말의 속도가 느린 신임 회장은 기린 같이 훤칠한 키에 영국 신사 같은 멋이 풍겼다. 하지만 외모와는 달리 성격이 털털하고 서민적이었다. 주위 사람들을 아낄 줄 아는 정이 많고 진실된 사람이다. 재범은 FIFA 회의나, 세계 체육 관련 행사에 취재 기자로 여러 번 몽준 회장과 동행해서 잘 알고 있었다. 실제로 그에 대한 외국에서의 신임도는 놀라울 정도였고, 세계의 많은 중진급 인사들과 친분이 두터웠다.

"조직 위원회에 들렀는데 아무도 없어서 그냥 가는 길입니다."

"누구한테 볼일이 있었지?"

"오 부장 좀 만나러 왔습니다."

"아, 모두들 문상 갔을 거요. 이정민 옹이 어젯밤 늦은 시각에, 돌아가셨

거든. 말로를 우리가 잘 보살펴 드렸어야 했는데……. 숨어 지내셨기 때문
에 아무도 몰랐어. 또 누구 하나 신경을 못 썼어. 남은 유족들에게 잘 해
드려야지. 늦게나마 우리 후배들이 정신을 차려야지. 나는 오늘 외국 손님
이 있어서 저녁에나 빈소에 갈 텐데 늦게까지 있을 텐가?"

"네. 좀 있겠습니다."

"음, 기다리진 말고……. 그럼 이따 보게 되면 보세."

"네. 알겠습니다."

"어 그리고, 자네 휴대폰 번호 비서실에 좀 남겨 놓겠나? 내가 따로 연
락할 일이 있을지 모르니……."

"네, 그렇게 하겠습니다."

협회장의 비서실에 들렀다가 사무실로 돌아온 재범은 미리 작성해 놓았
던 원고에 '이정민과 한국 축구'란 제목을 붙이고 '축구 근대사와 스포츠
정신'이란 연재 원고를 간추려 편집부에 송고했다. 그리고 책상 서랍에
두었던 까만 넥타이로 바꾸어 매고 사무실을 나왔다.

많은 행인들의 틈을 빠져 나와 전철 2호선과 3호선을 갈아타고 일원역
에 내려, 택시를 타고 영안실 건물 앞에서 내렸다. 까만 양복을 입은 많은
사람들이 들락거리고, 건물 앞에는 문상객들이 담배를 피우며 끼리끼리
모여 있었다.

아래층으로 내려갔다. 복도 벽에는 화환에 달았던 검은 리본을 붙여 놓
았는데 아래위 두 줄이 꽉 차 있었다. 안으로 들어가니 빈소에는 7개의 화
환이 있었다. 대통령, 국무총리 등의 순서로 되어 있고 마지막에는 축구
협회장의 것이 놓여 있었다. 고인의 영정 앞에는 또 다른, 작은 화환 두 개
가 있었다. 하나는 천주교의 이름이고 다른 하나는 거진이라 쓴 리본이었
다. '기진?' 재범은 이상한 생각이 들었으나, 영정에 목례만 하고 상주들

과도 큰절이나 악수를 하지 말아 달라는 부탁의 글 때문에 간단하게 예의만 차린 뒤 빈소에서 물러 나왔다.

식당에는 문상객들로 붐볐다. 여기 저기서 안면이 있는 사람들이 손을 흔들어 댔다. 재범은 다른 사람들에겐 손으로만 답례하고 협회의 오 부장이 있는 곳으로 갔다.

"표 기자! 어제는 통화가 안 되더군. 정 팀장한테 얘기 들었나?"

"네, 들었습니다. 그런데 지난주에 기자 협의회에서 이미 작성하여 보낸 것으로 아는데요?"

"알아, 받았어. 그런데 나트라스 감독이 우리가 뽑은 명단하고 자기들 것하고 일치되는 것만 뽑으려 했더니 인원이 너무 적더래. 감독은 신인들도 좀 뽑아 달라는 거야."

"네에, 알겠습니다. 그럼, 저희 기자 협의회에 다시 건의하죠."

"저번 명단 외에 한 10명만 더 보내 줘."

"그거야 뭐 협회나 저희나 다 같은 것 아니에요? 똑같은 사람들을 서로가 아는 건데……."

"어쨌든 보내 줘. 빨리!"

다른 화제의 이야기도 많았지만 이정민 옹의 은둔 생활에 대한 얘기가 많았다. 재범은 오랜만에 보는 사람들에게 여기 저기로 불려 다니며, 술잔을 받았다. 손목시계를 보니 10시가 조금 넘었다.

협회장은 아직 모습을 나타내지 않았다. 잔술을 여기 저기서 받아먹은 탓에 취기가 확 올랐다.

재범은 영안실 밖으로 나왔다.

탁한 지하실에서 나와 밤공기를 쐬며 천천히 걸으니 몸도 기분도 상쾌해졌다. 기상청의 예보로는 금년 여름은 한 열흘쯤 일찍 왔다가 일찍 끝날 것이라 했다. 아직 6월 초인데 벌써 낮 온도가 27도까지 올라갔다. 그러나 장마철이 아니어서 햇볕만 피하면 견디기는 괜찮았다. 다만 자동차들의 매연만 없다면 좋으련만…….

병원의 지대가 높아서인지 유난히 하늘이 가깝게 보였다. 도시 사람들이 참 불쌍하다는 생각이 들었다. 걸어다녀도 빌딩에 가려 하늘 보기가 힘들고 게다가 지하철을 타고 굴 속으로만 다니니 하늘이 있다는 것조차 잊고 살 것이다.

하늘을 쳐다보다 갑자기 어렸을 때의 일이 생각이 났다.

중학교 1학년 때. 효창구장으로 축구 경기를 보러 가는 길이었다. 축구 부원 몇이서 버스를 타고 가다가 일부러 숙대 앞에 내려 효창공원을 들러서 큰길로 내려갔다. 앞에 허리가 구부정한 할머니와 손녀딸로 보이는 아이가 손을 잡고 가고 있었다. 유치원에 다닐 만한 어린애가 할머니에게 물었다.

"할머니!"

"와?"

"하늘은 높아요?"

"높다."

할머니는 퉁명스럽게 대답하고는 아이의 손을 잡아끌 듯이 바쁘게 내리막길을 걸었다. 나는 옆으로 지나치려다 그들과 보조를 맞추는데, 그 애는 또 물었다.

"할머니!"

"와?"

"그러면 하늘은 왜 파란 거에요?"

"모른다."

또다시 퉁명스럽게 대답했다. 나는 그 아이의 질문이 예사롭지 않게 느껴졌다. 그 애는 또 질문을 했다.

"할머니!"

"와?"

"그러면 하늘은 뭘로 만들어졌어요?"

할머니는 화난 듯이 아이의 손을 탁 잡아끌며 큰소리로 말했다.

"니는 와 할미가 모르는 것만 묻노? 땅에 있는 것 좀 물으라, 땅에 있는 거! 고마 입 다물고 가자!"

그 때 그 애의 얼굴은 잊었지만 할머니 손에 매달려 가던 모습과 퉁명스런 할머니의 말이 하늘을 볼 때면 가끔 생각나곤 했다. 어쩌면 그 아이는 천문학자가 되었든지, 아니면 여자 파일럿이 되지 않았을까?

이 생각 저 생각하며 수서역에 다다르니, 다행히 아직 전철을 탈 수 있었다. 분당선을 타고 자리에 앉으니 문득 고인의 영정 앞에 놓여 있던 '거진' 이란 리본이 생각났다.

'이정민과 거진? 무슨 관계일까……'

스르르 눈이 감기고 잠에 빠져 들었다.

2부 이제 경기는 없다

마쯔시마 히데요시 일본 문부성 장관은 정몽준 협회장에게 빈정거리듯 말했다.

"회장님! 우리는 이번 일한전 경기를 취소할까 합니다."

"예? 그게 무슨 말씀입니까?"

"우리는 더 이상 한국과의 친선 교류가 필요 없어졌단 말이외다."

"아니 갑자기 무슨 말씀입니까?"

마쯔시마는 짧은 콧수염을 만지작거리며 거만하게 말을 이어 갔다.

"아시다시피 이제는 한국팀이 일본의 적수가 안 된단 말입니다. 근래에는 일본이 한국에게 져 본 일이 없지 않습니까?"

"!"

"그래서 말인데, 이번 가을에 가질 정기전을 안 할까 합니다."

"예? 뭐라구요?"

"사실 말이죠. 이제 한국의 수준은 일본 2진에다 1진 두세 명만 넣어도 쫓아오기 힘들 것이라 보고 있습니다."

"아니 어떻게 그런 말을 할 수 있소? 2진 실력밖에 안 된다니……."

"아, 2진 실력밖에 안 된다는 것이 아니라 그만큼 수준차가 생겼다고 보는 것입니다. 그래서 우리 일본 국민들은 이기면 당연하고 비기기만 해도 온 일본이 난리니 어떡하면 좋습니까? 우리 협회의 고충도 생각해 주셔야죠."

"허 거참! 뭐라 대꾸조차 못 하겠습니다. 아니 양국의 실력 향상과 한일 간의 친선 교류를 도모하고자 시작되었는데, 그것도 요 몇 해 좀 나아진 것을 가지고 일방적으로……."

마쯔시마는 몽준 회장의 말을 가로막은 채 더욱 더 의기양양하여 떠들어 댔다.

"전번 일한전 후 각 매스컴에서 국민 설문 조사를 했는데 어떤지 아십니까?"

"………."

"천 명 중 14%만 정기전을 찬성하고, 해도 그만 안 해도 그만이 27%이고, 그 시간에 일본의 프로 축구 시합을 하든지 아니면 유럽이나 남아메리카의 나라들과 정기전을 갖자고 하는 의견이 59%로 나타났습니다. 일본에서는 일한전을 보는 관중수가 점점 줄어들고 있습니다."

몽준 회장은 속이 점점 답답해졌다. 자존심 같아서는 5 대 0, 10 대 0, 아니 100 대 0으로 이겨 주고, 그래 하지 말자, 하고 싶은 마음이 굴뚝 같으나 국제간의 친선 교류를 감정으로 대할 수는 없었다. 마쯔시마는 한 발 더 나아가,

"득이 없으니 시간과 돈이 아깝고……."

하더니, 은근한 목소리로 말했다.

"내기나 크게 하면 모를까?"

"내기? 아니 친선 경기에 상금을 걸자 말입니까?"

"하하하! 우리는 그만큼 자신 있다는 말이외다. 그렇게라도 해야 축구 팬을 더 모으고, 국민들의 지지도 얻어 낼 것 아닙니까? 명분을 만들겠다 그 말이외다. 절대 그냥은 득이 없으니 우리 축구 관계자, 아니 문부성은 힘이 나질 않아 그럽니다."

몽준 회장은 기가 막혔다.

'우리 축구가 어쩌다 이렇게 됐나? 다른 데는 져도 일본만큼은 항시 이겨왔는데…….'

일본 축구계에서는 일본 축구는 한국이 망쳐 놓는다, 좀 잘해서 붐이 일

어나는가 싶으면 한국이 꼭 짓밟아 버린다, 하며 울분을 터뜨리곤 했었다.

탈 아시아를 외치며, 아시아 국가들을 우습게 보고 유럽으로만 진출하려 하던 것을 '한국 제패' 부터라는 슬로건을 내세우게 한 것이 불과 7, 8년 전인데…….

그런데 몇 년 전부터 일본에게 지는 일이 많았다. 처음 일본에게 질 때는 국민들의 항의와 욕설이 축구 협회에 쏟아졌고, 심지어 홧김에 TV를 깨 버렸다는 기사도 나고 시합을 보다 심장마비로 죽었다는 기사도 났다. 하지만 근래에는 국민들 마음 속에도 '일본이 우리보다 낫다' 는 생각이 점점 고착화되고 있는 실정이 아닌가.

작고하신 이정민 옹 같은 분은 일제 치하에서도 볼을 일본놈 대가리로 생각하며 막 두들겨 패고, 일본 선수의 정강이를 냅다 차곤 하여 일본 선수들이 겁을 먹었다. 비록 그것이 조직적인 경기는 아니었다 하더라도 승부에서는 져 본 일이 없었다. 또 우리 마음에도 일본은 우리 밥이다, 하는 우월감을 항상 가지고 있었다. 하지만 이제 우월감은 사라지고 열등감이 많으니 다른 한일 회의도 끌려다니기 십상이고…….

'아, 저 더러운 입과 콧대를 꺾을 수가 없을까…….'

정민 옹은 한국이 일본에 패하는 것을 보면 울분을 삼키지 못하여 며칠씩 식사도 하지 않았다고 한다. 그러더니 작년 봄에 가산을 몽땅 팔아 어디론가 잠적했다. 가끔 친구나 후배들에게 나타나 "조금만 기다리라우! 우리 후배들이 다시 일본을 밟고 일어서게 될 거야!" 하며 말하곤 했다. 그런데 이정민 옹의 부고가 날아온 것이다. 강원도 어디에선가 교통사고 후유증으로 오래 고생하시다 돌아가셨단다. 그 분이 오늘의 저 오만한 일본을 본다면 차마 눈을 감을 수 없었으리라.

"어떻소? 회장!"

몽준 회장이 말이 없자, 마쯔시마가 재촉했다.

"무얼 말입니까? 돈을 걸잔 말입니까?"

"하하하! 걸어도 크게, 아주 크게 겁시다!"

"그게 무슨 말입니까?"

멋대로 지껄이며 경어를 썼다 안 썼다 하는 마쯔시마는 신이 나는지 또한 발자국 다가왔다.

"존경하는 회장님! 돈이 싫으시면 땅내기를 하셔도 좋습니다."

"뭐요? 땅내기요?"

"원래 조선인은 양반들이니 돈내기 같은 것은 싫어하실 것이고, 땅을 겁시다."

"마쯔시마 씨! 농담을 하셔도 분수가 있지 국제 친선 경기에 내기는 뭐며, 땅은 또 무슨 땅이요? 세계에 조롱이라도 받고 싶소? 아무리 사적인 자리라도 우리는 둘 다 국가에 몸담고 있는 사람들이오. 말을 삼가시오! 그렇지 않아도 교사서 왜곡 문제, 정신대 보상 문제, 어업 협정, 그리고 말도 안 되는 억지를 쓰고 있는 독도 문제까지 우리 국민들의 대일 감정은 점점 악화되고 있는데……."

그 때 마쯔시마가 말허리를 자르며,

"회장님, 그러니까 그런 한일간의 분쟁거리를 해결할 수 있는 좋은 기회 아닙니까?"

참다 못한 조철순 부회장이 벌떡 일어났다.

"이보시오, 마쯔시마 장관! 독도가 어째서 한일간의 분쟁거리입니까? 독도는 엄연히 우리 영해에 있는 우리 땅이오. 1800년 대에 만들어진 영국의 해도에도 'Korea Island' 라고 표기되어 있고, 미국의 군사 지도에도 한국령이라 표시되어 있습니다. 당신네들이 자꾸만 억지를 쓰는 바람에

할수없이 소가구가 그 곳에 생활을 하며 무궁화를 심고 지키는 것이오."

"아, 아! 좋습니다. 나도 개인적으로는 한국 영토임을 인정하고 있습니다. 그러나 우리 일본 지도에는 100년이나 넘게 다케시마 섬이라 그려져 있습니다. 자, 나는 여기서 그러한 이야기를 하자는 것이 아닙니다. 다만……."

목이 마른지 물을 한 모금 마시더니 또 괴상한 이야기를 계속했다.

"일한전을 보다 뜻 깊게 하고, 양국의 현안을 보다 원만하게 해결하자는 것입니다."

"뭐라고요?"

조 부회장이 화가 난 듯이 반문하자 마쯔시마는 말을 가로막으며,

"내 말은, 한국이 독도를 걸면 우리는 대마도를 걸겠다 이겁니다. 그래서 사학자들이 결말 못 짓는 것을 우리 축구인들이 깨끗하게 결론짓자 이것입니다. 물론 우리가 지면 귀국에선 우리 대마도를 가지시오!"

마쯔시마는 좀더 구체적인 이야기를 꺼냈다.

"에…… 우리가 이겨 독도를 차지한다면 그냥 그 곳에 일장기만 꽂아 놓으면 됩니다. 그리고 영해를 주장하지 않겠소. 다만 우리가 아무 때나 해로를 이용할 수 있게 해 주면 됩니다."

한국측은 너무나 기가 막혔다. 동행했던 젊은 기획실장이 일어나려는 것을 회장이 제재했다. 마쯔시마는 갑자기 목소리가 작아지며 상기된 얼굴로 빠르게 말을 쏟아냈다.

"물론 그럴 리는 없지만, 한국이 승리할 경우엔 대마도를 내주겠소. 마찬가지로, 한국도 영해 주장은 할 수 없소. 지금 그 곳엔 도민이 한 5만 명 정도 살고 있으며 그들은 어업과 인삼업, 그리고 밭농사로 주업을 삼고 있는데 살기 원하는 도민들은 영주할 수 있게 허용해 주면 됩니다. 그럴 리는 없지만, 만약 그렇게 되어 그 곳 도민들이 태극기 아래 있는 것을 원치 않

으면 일본 본토 어디든지 그들이 원하는 곳에 이주시킬 것이오. 그럴 리는 없지만……."

목소리는 떨리고 있었으며 '그럴 리는 없지만' 이라는 말을 계속해 댔다.

"보시오, 마쯔시마 장관! 지금 이 해괴한 발상은 누가 한 거요? 당신 혼자 생각입니까? 아니면 축구 협회 또는 당신네 정부의 생각입니까?"

몽준 회장은 치밀어 오르는 감정을 억누르고 낮은 목소리로 물었다.

"저희 장관님 말씀은 개인적인 의견이 아닙니다. 오늘 이 자리는 우리 측의 제안을 공식화하기 전에 미리 한국측의 의사를 타진하기 위한 것입니다. 한국측에서 동의만 해 주시면 곧 저희가 세부 사항에 관한 공문을 보내 드리겠습니다. 그런데……."

마쯔시마 장관과 배석한 스즈키 겐조 일본 축구 협회 회장은 상기된 모습으로 또박또박 이야기했다.

"그런데 뭡니까?"

조 부회장은 다급하게 물었다.

스즈키 회장은 이야기하려다 뭔가 숨기는 듯이 말을 바꾸었다.

"어쨌든 지금은 의향만 여쭙는 것이니 뜻을 밝히시는 대로 저희는 세부 사항을 곧 한국 정부에 공문화하여 보내 드리겠습니다. 사실 독도는 쓸모 없는 조그마한 돌섬이고, 대마도는 인구도 5만이 넘게 살고 있는 섬입니다. 그러니 귀국에서는 쓸모 없는 조그마한 것을 거시고 우리는 그에 몇 배 큰 것을 거는 것입니다. 우리가 큰 손해를 볼 수 있는, 바보 같은 짓을 하는 것입니다. 잘 생각해 보시면 피할 이유가 전혀 없는 게임이죠."

왕년에 센터포드로 이름을 날렸던 스즈키 겐조는 딱 벌어진 어깨에 키가 훤칠하고 구레나룻을 조금 길게 기른 모습이었다. 또한 한국에서 풀백으로 활약했던 조철순 부회장과는 친숙한 사이로 과거에 여러 번 한일전을 벌였고 그 때마다 한국팀이 져 본 일이 거의 없었다.

스즈키는 말을 이어 갔다.

"양국의 사학자들이나 외교관들이 해결하지 못하는 문제를 우리 체육계에서 간결하면서도 확실한 방법으로 매듭짓자는 것입니다. 사실 뭐, 근래에는 일본팀이 승률에서 앞서고 있지만 축구에서 어떻게 승률만 보고 승부를 확신할 수 있겠습니까? 어쨌든 저희 뜻을 전달했으니 한국의 현명한 판단을 기다리겠습니다."

아무리 사석이라지만 저렇게 막힘 없이 떠들어대는 것을 보면, 일본 정부에서도, 어느 정도 이야기가 진행된 것으로 짐작되었다. 한일전이야 저들이 싫다면 우리도 안 하면 그뿐이지만, 우리 축구계를 얕잡아 보고 망발을 내뱉는 일본측의 오만불손한 태도나 이런 황당한 제안을 내놓는 그들의 저의가 궁금했다.

몽준 회장은 더 이상 참을 수가 없었는지 자리를 박차고 일어났다.

"사석이긴 하나, 귀 정부의 분별 없는 생각과 행동에 유감을 금치 못하겠소. 오늘 이 자리에서 있었던 이 우스꽝스러운 얘기는 없었던 것으로 할 터이니 이만 돌아가시오!"

웃는 듯 마는 듯 마쯔시마의 입가가 찌그러졌다.

"알겠습니다. 하지만 정몽준 회장님! 좀더 심사숙고해 주셨으면 좋겠습니다."

"이보시오, 마쯔시마 문부성 장관! 지고 이기고를 떠나서 당신들의 이런 발상 자체가 가소롭소. 어떻게 이런 해괴한 생각을 다 할 수 있단 말이오? 이것이 어디 경기요? 도박이지! 어쨌든 지금 같아서는 한일전을 다 없애 버리고 싶소. 그러나 이 자리가 사석인 만큼 안 들은 것으로 하겠소. 당신들이 스포츠 정신을 배운 후에 다시 우리 팀과의 경기를 희망한다면 얼마든지 응해 주겠소. 그 때 승리란 무엇인지 깨닫게 해 주리다.”

하고 돌아서는 몽준 회장 일행의 등 뒤로 마쯔시마의 웃음 소리가 따라나왔다.

“회장님! 지지 않을 자신이 있다면 그렇게 역정낼 이유가 없으실 텐데요. 하하하……!”

일행과 호텔을 나온 몽준 회장은 차를 영안실로 돌리게 했다. 대표 선수들과 나트라스 감독의 얼굴들이 하나하나 떠올랐다.

'내가 분노하는 이유는 무얼까? 단지 내기가 스포츠 정신에 어긋나기 때문일까? 아니면 세계 축구 역사상 이러한 전례가 없어서 분노한단 말인가? 아니다. 핑계다. 질 것이 두려워 그러는구나. 혹 지기라도 하여 우리 것을 빼앗기기라도 한다면……. 그렇다면 일본은 어떻게 저토록 자신 있단 말인가? 기록 경기도 아니고 상대적인 시합인걸. 어떻게 저토록 자신을 갖고 대마도를 걸겠다고 호언장담하는 것일까?

몽준 회장은 영안실로 가는 내내 아무리 노력해도 마음이 가라앉지 않았다. 귓가에서 마쯔시마 기분 나쁜 웃음 소리가 계속 맴돌았다.

마쯔시마는 몽준 회장 일행이 나간 문 쪽을 한참 동안 응시하고 있었다.

“스즈키 상!”

“하이!”

“내 생각대로 해야 될 것 같소.”

“네, 말씀하십시오!”

“게이코 양은 지금 서울 지사에 근무하고 있소?”

“네. 지금 이 호텔 어딘가에 와 있을 겁니다. 제가 전해 줄 게 있어서 오라고 했습니다.”

“좋소! 자리를 내 방으로 옮깁시다. 스즈키 상은 게이코 양이 도착하면 함께 내 방으로 오시오. 그리고 다케바이시 자네들은 이 쪽지 내용을 일본 각 신문사에 전송하시오. 1면을 조금 비워 달라고 청해 놓았으니 지금 송고해도 받아줄 거요.”

마쯔시마 일행은 조용히, 그리고 분주하게 움직이기 시작했다.

잠시 후, 마쯔시마의 호텔방 앞.

“똑똑똑!”

“누구시오?”

“하이, 스즈키입니다.”

“들어오시오! 여어, 게이코 양! 여전히 눈부시군!”

키가 작은 마쯔시마는 게이코를 올려다보며 말했다. 마쯔시마는 스즈키의 여동생인 게이코를 볼 때마다 멋있는 여성이라고 느꼈다. 아마 스즈키의 집안은 순수 일본 혈통이 아닐 거라고 생각했다.

“보시오! 밤에 보는 서울은 마치 일본 어느 곳에 와 있는 것 같지 않소? 참으로 친숙하외다. 이는 아무리 문화가 다르다 하나 서로의 생김이 같고 중국의 문화가 한국을 통해 일본으로, 또 서양의 문명이 우리를 통해 한국으로 전해졌기 때문일 거요. 사실, 2차 대전 때 항복을 한 후에도 한국은 계속 속국으로 만들었어야 했소. 너도나도 일본으로 도망치기 바빴으니까 자연히 내주게 된 것이오. 미국은 2차 대전을 종식시키는 데 뜻이 있었지 한국이 일본 지배 하에 있는 것을 개의치 않았소. 우리 국민들, 특히 한국에 거주했던 일인들의 경망스러운 행동이 일을 그르친 거요. 게이코 양!”

"하이!"

"게이코 양은 한국 언론 기관에 친분 있는 사람이 있소?"

"?"

"다른 뜻이 아니고……. 우리가 이번 일한 축구 경기를 좀더 뜻있게 만들려 하니, 이것을 한국 언론 기관에 주어 내일 신문에 싣게 해 주겠소?"

마쯔시마가 조그마한 종이 한 장을 내밀었다. 읽고 난 게이코는 깜짝 놀랐다.

"마쯔시마 상! 이것이 정말인가요?"

"물론, 거짓이 하나도 없어요. 좀전에 한국 축구 협회 회장에게 통고한 것이니까요. 한국측은 내 말을 못 믿겠는지 곧이듣지 않는 것 같소. 그러니 일한전이 성사되지 못하면 괜히 한국민들은 우리 일본에게만 화살을 돌리지 않겠소? 아무 염려 말고 한국 신문사에 전해 주면 좋겠소."

게이코는 오빠인 스즈키 겐조를 쳐다보았다.

"응, 사실이야. 한국이 우리가 유치하려고 오랫동안 애써 온 월드컵을 갑자기 나타나 반쪽을 만들지 않았니? 우리는 일한전을 오랫동안 삿고 싶으니 한국은 월드컵에만 정신을 쏟고 있어 아직 일한전의 경기 일자도 못 잡고 있어. 우리는 숭고한 정신으로 일한 관계를 유지하려는데 한국은 말만 많지 자꾸 일정을 미루고 있어. 그래서 이런 식으로는 일한전이 무의미하기 때문에 우리측에서 조건을 내놓은 거야. 그런데 한국측은 우리가 내놓은 조건을 수용하지 않으려고 해."

"조건이라니?"

"우리는 한국이 그 조건을 수용하지 않으면 일한전을 전면 취소하려고 해. 너는 그렇게만 알고 그 소식을 한국 언론에 주기만 하면 돼. 지금 네 도움이 필요하다."

스즈키는 게이코에게 일본에서 가져온 조그마한 상자를 내밀었다.

"어머님이 보내 주신 거야."

마쯔시마 장관은 스즈키의 언변에 내심 흡족했다. 게이코 양에게 브이 자를 손가락으로 펴 보이며 웃었다.

게이코는 엘리베이터를 타고 내려오며 곰곰이 생각했다.

'한국 축구 협회는 왜 이런 사실을 믿으려 하지 않았을까? 오빠의 말로는 조건을 걸었다 했는데……. 조건이라는 것이 양국간의 일정을 미리 박아 놓겠다는 것 아니겠는가? 갑작스럽게 사정이 생겨 일정이 변경될 수는 있어도 이 일한전은 오랫동안 지속되어 온 것인데…… 한국은 별로 뜻이 없는 것일까?

게이코는 가끔 만나 술친구를 하는 정평일보 차진식 실장에게 전화했다.

"게이코 씨? 웬일이에요?"

"오늘 특종감을 줄 테니 나오실래요? 그리고, 한국식 일본 음식을 먹고 싶으니 한잔도 곁드려 사세요?"

"좋아요. 아, 거기 일식 집에서 봅시다."

게이코는 한국 남성이 좋았다. 좀 거친 것 같아 무례해 보이나 솔직한 면들이 많고 저돌적인 면이 일본 남성보다 훨씬 강했다. 처음에는 남을 아랑곳 않고 자기 편한 대로 웃고 떠드는 것을 이해하기 힘들었다. 하지만 살다 보니 게이코도 소리내어 웃고 하고 싶은 말을 다하는 서울의 생활이 훨씬 편하고 즐거웠다. 처음 만나도 상대방의 나이를 아무렇지도 않게 묻고는 '너는 내 동생이다. 나는 게이코 오빠다.' 하며 금방 친해지는 사람들, 속을 들여다보면 마음 속 끝까지 다 보이는 사람들이었다. 일본에서는 오랫동안 알고 지내온 친구들도 속마음을 알 수 없었다. 이것이 일본의 예의요 자존심이라고 배워 왔다.

하지만 이제는 상대방 의사에 아랑곳하지 않고 자기가 좋으면 남들도 좋을 것이라 하는 일방적인 언사도, 또 자기가 더우면 상대방도 더울 테니까, 하는 식의 생각도 이제는 이상하지 않다. 나도 한국화되는 것일까?

나오는 웃음을 입가에 담고 식당에 들어섰다. 차진식은 아직 오지 않았다. 게이코가 구석진 곳을 골라 앉기가 무섭게 차진식이 들어왔다.

"게이코 씨? 무슨 특종이오? 백령도 서해안에 유전이라도 발견 됐소? 아니면 김정일 위원장의 서울 답방이 정해진 거요? 하하!"

항상 유머가 넘치는 차진식은 게이코와 어울리는 키와 몸매를 지녔다.

"늦게 오셨으니, 특종을 들으려면 값이 더 올라갈 거예요."

"하하…… 알아 모시겠습니다. 그런데 오늘 일본 문부성 장관이 홍콩에서 서울로 직접 왔다는데 무슨 일이 있는 겁니까?"

"눈치는 빠르시네요."

엽차를 갖다 놓는 종업원에게 진식은 마주앙을 큰 것으로 시키고 약간의 튀김과 생선회 그리고 나중에 갈치 조림을 밥과 같이 갖다 달라고 했다. 진식과의 만남에서는 장소만 게이코가 정하면 진식이 음식 주문을 마음대로 하는 편이다. 말로는 게이코가 좋아하는 것을 시킨다지만 실은 진식이 좋아하는 것이 더 많았다. 허나 이제는 이런 것도 편했다.

"자, 이거예요!"

"이게 뭡니까? 한글로 써 주세요."

"일본어도 잘 아시면서 왜 그러세요! 그냥 보세요."

게이코는 조금 전 호텔에서의 이야기를 전해 주었다. 조건이 있다는 말은 빼고…….

"그러면 일본의 문부성 장관이 몽준 회장한테 이번 가을 정기전을 취소하겠다고 했단 말입니까?"

"네. 지금 만나고 오는 길이에요. 저희 오빠도 같이 있었어요."

게이코는 보여 준 메모지를 잘 접어 다시 핸드백에 넣었다.

"어? 보름 전에도 협회에서 선수 명단을 추천해 달라고 연락 왔다던
데……."

"그런데 오늘, 조금 전에 회의가 있었나 봐요."

"어쨌든 지금 회사에 전화 좀 하리다."

진식은 음식점이 시끄러워서인지 밖으로 나가 전화를 하고 왔다.

"내일 실리나요?"

"네. 마감 시간이 지났지만 어떻게든 알아서 내겠죠. 헌데 이 기사는 다
른 신문사도 아나요?"

"아닐 거예요. 한국 축구 협회에서 발설 안 했으면……."

"음…… 내일 또 전화가 빗발치겠는데? 내일 저는 아침 일찍 북경으로
갑니다. 며칠 있게 될 거예요. 전화를 끄고 갈 텐데 다른 신문사에서 더욱
야단이겠군……."

"내일 저도 같이 갈까요?"

"아니, 일행이 있어요. 언제 유럽이나 미주 지역으로 갈 때에 서로 시간
을 만들어 봅시다."

이혼한 적이 있는 게이코와 기자 생활에 충실하다 보니 바빠서 혼기를
놓쳤다는 차진식이었다. 두 사람은 가까워질 명분이 많았지만 웬일인지 게
이코가 앞으로 나가면 진식은 한 발자국 뒤로 물러서는 그런 모습이었다.
둘이 걸을 때는 늘 게이코가 팔짱을 먼저 끼었다. 남들에게는 다정하게 보
이는 한 쌍이었으나 게이코는 진식에게 왠지 모를 거리감을 느끼곤 했다.

'왜 그럴까? 내가 이혼녀라서?

딱 부러지게 물어 볼 수도 없는 게이코는, 진식이 먼저 손을 내밀어 주기만을 애타게 기다렸다.

'그가 손 내밀면 달려가 몸과 마음을 그에게 안기리라! 그의 가슴에 묻으리라!'

영결식에만 참석하고 사무실에 나온 재범은 신문을 뒤적이다 '한일전 무산되다' 라는 제목을 발견했다. '어제 내한한 일본의 마쯔시마 문부성 장관과 스즈키 축구 협회장은, 일본에 득이 없는 한일전은 이제 그만두겠다고 선언했다.' 라는 내용이었다. 밑도 끝도 없이 짤막하게 난 이 기사는 재범을 의아하게 했다.

'어제만 해도 협회에서 한일전에 대비해 선수 명단을 보내 달라고 했는데……. 오보가 난 것일까?'

축구 협회에 전화해 보았으나, 다들 장례식에 가고 없다. 기사를 낸 정평일보에 전화하여 담당 기자를 찾았더니, 해외 출장중이어서 며칠 후에나 출근할 거란다. 기자의 이름은 차진식으로 징평일보의 국제부 실징이었다. 재범도 잘 아는 선배였다.

신문을 훑어보고 몇 군데 전화를 하니 벌써 10시 반이다.

"영진부고죠? 교감 선생님 계십니까?"

학교 내 모든 전화를 구내 연결식으로 하여 안내를 맡고 있는 교환원이 대답했다.

"누구시라고 말씀드릴까요?"

"네, 제자 별똥개라고 해 주십시오."

"네에? 장난 마시고 성함을 대 주세요."

"표재범입니다."

"네, 표재범 씨요? 끊지 마세요, 연결해 드리겠습니다."

"교감 선생님, 표재범입니다!"

"……?"

"별똥개입니다."

"아아, 누구라고! 별똥개라야 알기 쉽지. 그런데 웬일인가?"

"약속 없으시면 점심 식사 모실까 해서요. 역삼동에 있는 횟집 어떠세요?"

"좋아. 뭐? 어촌? 알았어, 12시 10분에 보도록 하지. 10분이면 충분히 갈 수 있네."

어촌은 100여 석의 좌석을 갖춘 큰 횟집으로 개업한 지 15년이 넘었다. 단골이 많아 밤에는 항상 사람이 시끌시끌하나 낮에는 그래도 조금 한가한 편이었다. 재범과 교감 선생은 홀에 자리를 잡았다.

"저… 선생님, 그 꽁지머리가 머리 속에서 지워지지 않아요. 사실은 그때 저도 보았습니다. 제가 보기에도 분명 일부러 안 넣은 것 같습니다."

"그렇지! 그놈이 고의로 안 넣은 거야. 참, 알다가도 모를 일이야……."

"그래서 그들을 한번 만나보고 싶은데 어떻게 하면 만날 수 있을까요? 시간이 가면 갈수록 무엇인가 꼭 있을 것만 같고…… 취재라기보다 좀 알아보고 싶습니다."

"음, 하루 만에는 안 되지. 강원도 거진까지 가야 되거든. 연습을 그 곳 천연 모래사장에서 한다니까. 거진에 뭔가 큰 뜻이 있는 것 같아. 뒤를 봐주시던 분이……. 어쨌든 내가 자네에게 부탁하고 싶었던 일이기도 하네."

"감사합니다."

값에 비해 생선회가 신선하고 양도 푸짐하게 나왔다.

그 날 오후, 전화 번호와 약도를 팩스로 전해 받은 재범은 회사에 3일간 휴가를 신청했다.

3부 거진에서 부는 바람

다음날 아침 일찍 재범은 차를 가지고 거진으로 출발했다.

아침 공기를 마시며 중부고속도로를 벗어나 영동고속도로로 달렸다. 곳곳에 빨갛게 파랗게 칠한 지붕들과 어울리지 않는 아파트나 빌딩들이 나타났다. 많은 것이 변하여 옛 시골의 정취나 풍경이 달라졌건만 예나 지금이나 산등성의 완만한 곡선은 우리 민족의 부드러운 심성을 그대로 보여주고 있는 듯하다. 강릉 주문진을 지나 거진으로 가는 길은 꾸불꾸불 하던 길을 넓히고 직선으로 터놓아 운전하기도 좋고 시간도 단축되었다. 하지만 그것 또한 옛길을 그립게 하고 있었다.

차창 너머로 푸른 바다가 보이기 시작하자 오랜만에 맛보는 해방감이 파도처럼 밀려왔다. 그 무엇을 성취한 듯한 만족감과 무한히 달리고 싶은 욕망이 외세에 의해 아직도 그어져 있는 저 경계선을 열고 북으로 북으로 무한히 달려 가고 싶게 했다.

휴게소에서 도시락을 준비한 뒤 전망 좋은 곳에 내려 혼자만의 시간을 가지며 한가로움을 실컷 즐겼다.

오후 늦게 도착한 거진은 어촌으로는 제법 컸다. 상가도 즐비하고 여인숙도 여러 채 눈에 띄었으나, 재범은 조그마한 민박을 정했다. 똘만이 선생이 알려 준 휴대폰으로 전화를 했으나 계속 응답자가 나오지 않았다. 내일 일찍 학교로 찾아가겠다 마음먹고 파도 소리와 짠 냄새가 나는 어촌과 모래사장을 거닐어 보았다.

탄탄한 모래사장을 거닐 때면 발바닥을 꼬집기도 하고 간지럽히던 게, 굴, 그리고 소라 껍질……. 조개껍데기로 팔찌, 목걸이를 만들어 걸어 주며 하염없이 걷기도 하던 아름다운 해변의 추억이 있었다. 그러나 요즘은 어느 해변을 가도 그러한 것을 찾아보기 힘들다. 다만, 모래사장에다 소라 껍데기로 조각을 하던 파도와 바람만은 변함이 없었다.

불쑥, 저편 소나무 숲 속에서 한 여인이 모래사장으로 달려왔다. 긴 머리를 휘날리며 아무 것도 걸치지 않은 여인이 두 팔을 벌리고 노래하며 달려왔다. 여인은 온몸으로 나를 안았다. 나도 순수를 가리운 거짓과 교만의 거추장스러운 옷을 훨훨 벗어 버렸다. 여인과 함께 깊은 바다 한가운데로 헤엄쳐 나아갔다. 이어 훌쩍 솟아오르더니 푸른 바다 위 수평선을 향해 날 듯이 달려갔다.

재범은 고개를 가로 저었다. 무엇인가 솟구쳐 오르는 것 같은 기분이었다.

바다가 전면으로 보이는 횟집으로 들어갔다.

오히려 부둣가에는 서울보다 생선의 종류가 많지 않았다. 싱싱한 가자미와 산오징어를 시켰다. 소주 한 병도 늘 과하다 싶던 재범이 두 병째를 시켜 빈을 미셨는데도 별로 취기가 오르지 않았다. 맑은 공기를 쐬며 먹으니 그럴 것이라 생각하며 문득 똘만이 선생이 말하던 것이 생각났다.

'너, 바닷가에서는 술이 잘 들어간다. 그러니 안 취한다고 막 마시지 마라. 아침에 지장이 있으니, 하하!'

재범은 웃음이 나왔다. 연세가 들어도 하나 변함이 없으신 분이다. 항상 젊은이들과 생활해서인지 예나 지금이나 똑같다. 매사 긍정적이고 열심이니 생활이 항상 즐거운 것 같다.

재범은 수평선을 바라보았다.

언젠가 옛날 자료를 찾기 위해 도서관에서 '사상계' 라는 책을 보다가 외어 두었던 시가 생각났다. 이것이 쓰인 때는 한국이 6·25전쟁 이후, 정치 불안과 경제적 곤란을 겪을 때였다. 그 시절, 간호사들과 광부들이 독일로 취업을 떠나고, 사람들은 브라질로 아르헨티나로 파라과이로 이민을 가고, 또 해외 유학파들이 한국을 떠났다. 그 때 흰돌이란 이름으로 쓰였던 이 시는 바다만 보면 생각나곤 했다.

산에 오름은
들을 보잠이오.

들에 나감은
바람 쐬잠인데.

그대가 수평선 넘음은
그 무엇 하잠인가?

갈 때 그 얼굴,
올 때 그 얼굴일까?

그 때 떠났던 광부나 간호사, 또 유학생들은 다 돌아왔을까? 이 글은 '조국을 잊지 마라' 그리고 '조국 앞에 건방 떨지도 마라', 외치는 것 같았다. 조국이란 무얼까? 꼭 되돌아와야 하는 곳인가? 왜 우리는 조국이 어머니 같다고 생각을 할까?

오랜만에 늦잠을 잤다. 아침을 민박에서 주는 한치 물회로 먹고 계산을 하려니까 물회 값은 안 받겠단다. 한사코 말리는 손에 넉넉히 쥐어 주고 밖으로 나왔다.

어제와는 달리 큰 목선 여러 척과 오징어잡이 배 같은 등이 달린 배들이 정박해 있었다. 수산업협동조합의 분소를 돌아 언덕으로 올라가니 빨간 기와를 얹은 청색 2층 건물이 나왔다. 위에는 '국어사랑 나라사랑', '거진 사랑 나라사랑'이 나란히 써 있고, 밑에는 '거진수산어업고등학교'라고 써 있었다.

학교 담은 안이 들여다보이게 빨간 벽돌로 얼기설기 낮게 쌓고 담장을 따라 배나무를 심어 놓았다. 또 한쪽에는 정성스레 가꾼 흔적이 역력한 꽃밭이 보였다. 운동장에는 2개의 축구 골대와 4개의 농구 골대가 있고, 테니스 코트까지 있었다. 학교 건물에 비해 운동장이 무척 크고 여러 가지 시설이 갖춰져 있었다.

재범은 학교 안에 주차한 뒤 교장실을 물어 1층 복도 끝에 있는 방으로 찾아갔다. 창을 통해 안을 들여다보며 문을 '똑똑!' 두드렸다. 의자에 앉아 있던 사람이,

"누구십니까? 들어오세요."

하며 일어나 나오고 있었다.

"저어, 영진부고 김기완 선생님께서 소개해 주셔서……."

"아, 표재범 씨죠? 연락 받았습니다. 그런데 어제 오시지 않았습니까? 어제부터 기다렸는데요."

"네, 어제 도착했습니다."

"그러면 어디서 주무셨습니까? 혹 아시는 분이라도 계신가요?"

"아닙니다. 모처럼 바다를 보니 즐거워서, 바닷가 근처에서 민박을 했습니다."

"저런! 저한테 연락을 주시지 않고서요. 어쨌든 반갑습니다."

교장 선생님은 똘만이 선생과 고등학교 동창이라고 했는데, 검게 그을리고 주름이 많아서인지 똘만이 선생보다 5, 6세쯤 더 들어 보였다.

"그런데…… 이 학교 축구 선수들에 대해 알고 싶어 이렇게 왔습니다."

"어제 김 교감한테 들었습니다. 사실은 그동안 비밀리에 키우던 선수들이라 누구한테도 얘기한 적이 없었습니다……. 이제는 후원자가 돌아가셨으니, 숨기는 것만이 잘하는 것 같지도 않군요. 내, 김 교감을 믿고 얘길하겠습니다. 음……."

교장 선생은 잠시 눈을 감고 있더니 말을 시작했다.

"그 아이들은 가정이 넉넉하지 못한 애들이었어요. 그 중에는 사고를 쳐서 소년원에 다녀온 애도 있고, 아버지 없이 엄마 밑에 자란 애들도 더러 있어요. 하지만 대부분 어부의 자식들인데다가 이 고장에서 자란 애들이라 체격이 크고 체력도 좋은 애들이지요."

"이 거진이 뭐 특별한 곳이라도 되나요? 이 고장에서 자라서 체격이 좋다 하시니……."

"네. 이 곳은 산악 지대와 바다가 맞닿아 있는 곳이죠. 여름에도 수온이 낮아 4~5일 외는 물에 들어가기 힘들며, 겨울에는 보통 평균 영하 10도이나 어느 때는 영하 20~30도까지 내려가고 눈이 한번 오면 산간 지대라 폭설로 뒤덮여 모든 길이 끊어지곤 한답니다. 물론 요즈음에는 신작로가 생겨 옛날 같지는 않으나, 아직도 웬만큼 눈이 온다 싶으면 길이 끊기는 곳이 많지요. 따라서 이 곳 사람들은 선천적으로 장골로 태어나고, 학교를 다닐 때에도 늘 높은 산을 타고 몇십 리 길을 뛰어다니고, 어릴 때부터 거센 파도를 헤치며 고기잡이 다녀야 하기 때문에 담력이 좋고 인내심이 강한 아이로 자라게 됩니다.”

이야기를 들으니, 영양은 좋지만 허여멀게 가지고 체력이나 인내력이 점점 떨어지고 있는 도시 아이들이 떠올랐다.

“그래서 대부분 체격이 크고 힘이 좋답니다. 돈이 많이 들어가는 운동은 못 해도 달리기, 농구, 축구, 육상은 만능에 가깝습니다. 그런데 그 아이들이 중학교 2학년 때 경기도에서 구현제라는 체육 선생 한 분이 전근을 왔습니다. 그 분은 학생 시절 축구를 하셨는데 아이들을 모아 축구부를 만들었어요.”

교장 선생이 들려 준 구현제 감독과 축구부 아이들의 이야기는 이랬다.

구 감독은 아이들에게 몸으로만 훈련하게 하지 않았다.

“운동은 몸으로만 하는 것이 아니다. 머리로 해야 한다, 머리로! 머리를 발달시키려면 지식이 있어야 돼, 지식!”

아이들은 맨 처음엔 볼만 잘 차면 되는 게 아니냐며 반발이 심했다. 하지만 구 감독의 지도 철학은 확고했다.

“너희는 체격도 좋고 힘도 장사들이니, 그 썩은 머리에 맑은 공기와 생수를 주어 살려만 놓으면 된다. 그래야만 살아 있는 볼을 만들 수 있다. 그것은 곧 지식으로만 가능한 것이다.”

“지식 없이는 뇌가 발달하지 못하여 죽은 볼밖에 못 만든다!”

참으로 열성이었다. 얼마 후, 축구부 아이들은 수업에 안 들어가고 빈둥빈둥 하다가 볼만 차는 그러한 생활을 바꾸게 되었다.

구 감독은 모든 운동의 기본인 육상, 달리기에 초점을 두었다. 처음에는 선수들의 양 발에 모래주머니를 달게 하여 뛰게 하고, 그 다음에는 조금씩 무게를 늘려 뛰게 하였다. 게다가 훈련 때만이 아니라 평상시에도 모래주머니를 달고 생활하게 했다.

훈련은 혹독했다. 그러나 학교 수업을 빼먹어도 안 되고, 숙제를 안 해도 안 되었다. 또 수업이 끝난 후에는 모래주머니를 찬 채 모래사장을 뛰었다. 70미터 달리기, 1미터 간격으로 꽂아 놓은 막대 10개를 지그재그로 뛰며 빠져 나가기……. 이 모든 훈련을 당연히 모래주머니를 달고 해야 했다. 훈련은 구 감독이 정한 시간이 될 때까지 계속되었다.

초주검이 다 되어 들어오는 아이들을 보고 처음엔 학부형들의 반발도 만만치 않았다. 하지만 운동을 하면서도 성적이 좋아지고, 자신의 봉급까지 모두 학생들을 위해서 쓰는 구 감독의 열성을 알고 학부형들은 구 감독을 무조건 믿고 따르게 되었다.

구 감독은 아이들에게 많은 훈련량에도 불구하고 절대 공부나 숙제를 게을리 하지 못하게 했다.

"너희는 하루 4시간만 자면 충분하다 나폴레옹은 3시간씩밖에 안 잤어도 유럽을 제패했다. 너희는 1시간을 더 자는 것이니 시간이 없어 공부나 숙제 안 하는 놈은 아예 죽어라! 사람은 자기가 자기 자신을 길들이기 나름이다. 그렇게 하면 너희들도 모르게 자신감과 떳떳함이 몸에 배이게 되며 어디서나 당당해질 수 있다. 그래야만 머리와 몸이 하나가 되어 살아 있는 볼을 만들 수 있다. 살아 있는 볼!"

아이들이 달라지기 시작했다. 타지방에서 놀러온 관광객이나 타고장 아이들과 패싸움이나 하던 애들이 자신감이 생기더니 의젓해지기 시작했다.

그리고 그 해 가을부터 도내 대회, 그 다음해 전국 대회에 나가 석권을 했다. 거진에서는 마을 축제가 열렸다. 그런데 우승하고 오는 그 날도 아이들은 발에 모래주머니를 차고 있었다. 물론 보통 때에도 늘 발에 착용하고 다녔고 심지어 잘 때도 풀지 못하게 했다. 가끔 더우면 연습하다 바다로 뛰어 들어가 수영을 하기도 하는데 그 때에도 비닐로 씌운 모래주머니를 발에 차고 해야 했다. 오직 시합 전에만 풀어 놓았던 것이다.

보기에 안쓰러웠던 교장 선생이 한번은 물었다.

"늘 생활 속에서도 발을 무겁게 하다 시합 때만 벗으면 볼에 대한 감각이 다르지 않겠습니까?"

구 감독은 한마디로,

"발이 가벼워져서 볼을 더 못 차지는 않습니다!"

하였다. 한 2, 3년 동안을 그런 식으로 연습하고 하니, 실력이 대단해졌다. 한 번도 시합에 진 적이 없었다. 관중들도 거진팀을 응원했다. 거진팀이 시합에 나갈 때면 '거진은 영원한 승자, 강하여 누구에게도 지지 않는 영원한 강자' 라고 불려졌다.

재범은 이 믿을 수 없는 이야기에 흥분하고 있었다.

"그러면 지금도 그 선생님이 감독입니까?"

"아닙니다……. 사고가 있었습니다. 모든 시간과 재산을 탕진하며 온 정성을 쏟아 선수들을 지도하니 학교에서도 가정에서도 누구 하나 마다하는 사람이 없었어요. 도지사도 후원하고, 모든 사람들이 성원했어요. 구 감독이 와서 학교도 고장인 거진도 유명해져 우리 고장이 힘차게 변화하고 있다고 칭찬들이었죠. 참으로 한 사람의 힘이 그렇게 대단한 줄 몰랐어요. 그런데 어느 공휴일 전날, 다음날이 공휴일이고 또 3일 후면 일요일에 강릉의 축구 명문 대학교와 연습 게임이 있었거든요."

"아니 고등학교팀이, 대학팀과요?"

"네. 고2였지만 체격은 이미 대학교 선수들과 맞먹었죠. 덩치도 컸지만 실력이 월등하여 주로 대학교에 다니며 연습 상대를 많이 해 주었습니다. 그 때도 지는 경우가 없었으니까요."

"그럴 수가!"

"그런데…… 연습 강도 높게 하고 그날 일찍 해산하는데, 그 중 한 선수의 모래주머니가 터져 나왔대요……."

구 감독은 석찬이의 모래주머니를 새로 만들었다. 그리고 웬만해선 풀어지지 않도록 꼼꼼이 묶었다. 비닐에 모래를 담아 새지 않게 하고 큰 가죽 가방을 잘라 주머니를 만들었다.

석찬이가 일어나 걸으려 했지만 너무 무거웠다. 무게를 좀 줄여 달라고 했으나 구 감독은,

"습관되면 괜찮다. 면도칼로 찢어 풀어야 되니까 그냥 차 보고 정 안 되면 내일 다시 줄이자."

하며 하루만 견뎌 보라고 했다. 그래서 석찬은 일어나서 발을 떼어 보았지만 잘 떼어지지 않았다.

"오늘 연습을 많이 해서 그런가 보다."

하고 억지로 밀어서 집으로 보냈다.

이튿날 새벽, 석찬이는 아버지를 돕겠다고 따라나갔다. 먼 바다에 나가 그물을 치고 그물 당길 시간을 기다리며 새참을 먹고 있었다. 석찬이는 낚

시를 하겠다며 배 뒷머리에 서 있었는데 갑자기 배가 무엇에 부딪혔는지 크게 기우뚱하였다. 아버지와 다른 어부들은 밥과 반찬 그릇들이 엎질러져 그것들을 챙기기에 바빴다. 그러다 갑자기 무슨 생각이 났는지 석찬이 아버지가 소리쳤다.

"석찬아! 석찬아! 괜찮니?"

아무 대답이 없었다. 뒤쪽으로 달려가 보니 낚싯줄만 뱃머리에 걸려 있었다. 사람들이 바다 속으로 뛰어들어 한참을 찾아봐도 발견할 수가 없었다. 아마 상어 같은 큰 고기가 배를 쳤던 것 같았다. 새벽에 집을 나설 때에 석찬이가 발이 무거워 잘 못 걷는 것을 보고 집에 있으라고 해도 괜찮다, 하며 기어이 배에 탔다는 것이다. 석찬이 아버지는 시체도 못 찾고 돌아와서는,

"내가 우리 석찬이를 죽였다! 안 데리고 나갔어야 했는데!"
하며 통곡을 했다. 구 감독은 석찬이의 죽음으로 마음에 큰 충격을 받았다. 석찬이가, 너무 무거워요, 하는 것을 괜찮다며 밀어 낸 것을…….

구 감독은 결국 살인 교사 혐의로 구속됐다. 왜냐하면 모래주머니 때문에 수영을 못 했다는 것이있다. 구 김독은 항소를 거부했고 스스로 유죄를 인정했다. 축구부 학부형들과 고장 사람들, 그리고 도지사까지 탄원서를 내고 구 감독을 위해 구명 운동을 했다. 그래서 중형은 면했으나 아직도 수감중이었다. 선수들이 찾아가 면회를 요청해도 구 감독은 만나 주지 않았다.

"그럼 지금 어느 교도소에 있습니까?"

“진주 교도소에 있습니다.”

재범은 갖다 준 음료수를 한번 마시고는 조용히 들으며 구 감독을 만나 봐야겠다고 생각했다.

잠시 말이 없던 교장 선생은,

“잠깐만 계세요!”

하더니 교장실을 나갔다. 잠시 후에 들어와서 점심 식사를 하러 가자며 앞장섰다.

어제 갔던 횟집과는 다른 곳이었다. 앞에는 간간히 조그마한 섬들이 내려다보이고 깨끗한 모래사장이 넓고 길게 퍼져 있으며 전망이 탁 트인 넓은 2층집이었다. 안으로 들어서자 여기저기에서 사람들이 일어나 인사를 했다.

종업원이 물컵을 탁자에 놓으며 탁자 옆에 무릎을 꿇고 앉았다. 교장 선생은,

“잡어가 맛이야 최고지만 서울에서 귀한 손님이 오셨으니 오늘은 서울식으로 해야 되겠지. 산오징어와 도다리 한 접시하고 세꼬시를 좀 주시오. 그리고 청하도 하나 주시고……”

종업원은 주문을 받아 적고 공손히 웃으며 얌전하게 일어나 나갔다.

“여기는 원래 군사 지역으로 민간인 출입이 통제되던 곳이오. 이 곳 사람들이나 민간인들에게는 큰 불편을 주었지만 그 덕에 이렇게 해변이 깨끗하게 보존된 것이니 오히려 감사드려야 할 판이오. 다른 곳엔 무분별하게 군인 사옥을 지어 경관을 해친 곳도 많은데 다행히 이 곳은 휴전선이 가까워 그러한 짓들을 못 했죠.”

모래사장 주변을 자세히 보니 정말로 티없이 맑은 금모래였다. 휴지는 물론, 간이 매점이나 광고용 파라솔도 없었다. 맑고 깨끗함이 남유럽의 그

리스나 이태리의 해변보다 더 나아 보였다. 아무도 밟지 않은 처녀의 모래 사장, 어떠한 흔적도 없는 깨끗한 해변이었다.

"그럼 이 곳은 아직도 민간인 출입 금지 구역입니까?"

"아닙니다. 이제는 야간에만 해상을 감시할 뿐 민간에게 돌려 주었습니다. 그러나 주민들과 환경 보호 단체에서 이 곳을 잘 보존하려고 출입 시간과 잡상인의 출입을 통제하고 있어요. 잘된 일이죠."

"그렇군요."

주문한 큰 접시 외에도 크고 작은 반찬 그릇이 한 상 가득히 들어왔다. 교장 선생이 청하병을 들었다.

"표 선생, 한잔 드시오."

재범은 병을 두 손으로 같이 잡으며,

"아닙니다. 제가 드려야죠."

"표 선생! 나는 김 교감을 대접하는 것이잖소? 먼데서 이렇게 촌구석에까지 찾아 주셨는데, 내 잔부터 받으세요."

재범은 두 손으로 쥔 병을 한사코 움켜쥐며,

"교장 신생님, 똘… 아니 김기완 교감 선생님은 제 은사이십니다. 은사님의 친구이신 교장 선생님도 저에게는 은사나 다름없으십니다. 제발 제가 조금이나마 예의를 찾게 해 주십시오."

교장 선생님은 할 수 없다는 듯이 병을 주었다.

"똘만이가 부럽습니다."

"네?"

"제자가 스승의 친구도 스승으로 생각하겠다 하니, 이거 얼마나 고마운 일이요? 아, 그리고 김 교감이 언제부터 똘만이가 된 줄 아시오?"

"네에? 글쎄요. 학교 들어가니깐 모두들 그렇게 부르던데요."

"하하하! 그 친구, 그 키가 중학생 때 키라오. 중1 때는 학생들이 너무 덩치가 커 보여서 '형님, 형님' 할 정도였지만 그 후로는 키가 안 자라 제일 꼬마가 되었죠. 그래서 우리가 차돌이, 차돌이 하다가 차돌이는 너무 좋아 보여 똘만이로 고쳐 부르게 된 거라오. 지금도 똘만이라 하니, 별명이란 참 재미도 있고 악착같은 것 같소. 하하하! 우리 김 교감의 학창 시절 무용담 하면 할말도 많죠. 정말 솔직하고 싸움 잘 하고, 의리가 있었으니까. 언제 기회가 되면 실컷 해 보기로 합시다."

교장 선생은 잔을 입에 갖다 대었으나 입술에만 묻힐 뿐 마시지는 않았다. 재범은 구 감독에 대해 더 물어 보았다.

"그러면 구 감독을 면회한 사람이 아무도 없습니까?"

"그렇답니다. 구 감독의 고향은 경기도 안성인데 큰 과수원을 하고 있지요. 집에서도 면회를 수차 갔으나 한 번도 만나지 못했고 돈과 옷가지를 넣어 주어도 받질 않는답니다. 간수 말로는 잘 있다고 하지만……. 쯧쯧!"

"구 감독은 결혼을 안 했던 모양이지요?"

"워낙 학교와 축구에만 열성을 쏟느라 다른 데는 시간 쓸 수가 없었을 거예요. 가끔 여자분이 찾아오긴 했지만 와도 두 사람의 시간을 못 갖고 학생들과 어울리곤 했지요. 지금은 어떻게 됐는지 ……."

"………."

"구 감독은 선수들을 자기의 분신인 양, 자기가 이루지 못했던 것을 성취하려는 듯 훈련이나 생활이나 꼭 함께 했답니다."

"아까 말씀하신…… 구 감독이 했다는 그 훈련 말예요……."

"모래사장 훈련 말입니까? 좀 특이하게 가르쳤죠."

"특이했다……?"

"매주 공휴일이면 10km 거리를 모래주머니 달고 왕복달리기를 했습니다. 평상시에는 50m 허들 경기를 하고, 또 1m 간격의 장애물을 지그재그로 10m 달리기…… 같은 것을 했습니다. 이것은 모래사장에 1m 간격으로 사람키만한 막대기를 꽂아 놓고 몸이 안 닿게 빠져 나가는 건데 볼 없이 달리기도 하고, 드리블할 때는 볼이 30cm 이상 나가면 안 된다고, 선을 그어 놓고 달리는 것이었습니다. 처음에는 힘들었나 봐요. 그러나 얼마 후에는 발에다 볼을 묶어 놓은 것처럼 잘했어요. 또 나무에 볼을 달아 놓고 매일 1cm씩 높여 가며 헤딩 훈련을 했는데, 이것은 선수들의 점프력과 지구력을 향상시키기 위한 것이었지요. 구 감독은 기초를 튼튼히 해야 한다며 기본을 중히 여겼어요. 하지만 그 모든 것보다 중요시한 것은, 매너였어요.”

“매너라면?”

“아, 보통 축구 경기를 보다 보면, 프리킥할 때 심판이 지정해 주는 자리보다 자꾸 앞에다 볼을 놓거나 드로인할 때도 괜히 한두 발 앞쪽로 가서 던지는 행동 같은 것 말예요. 이맛살을 찌푸리게 하는 아주 안 좋은 매너지요. 구 감독은 이런 행동을 절대 못 하게 가르쳤어요. 그것뿐인 줄 아세요? 만약 심판이 잘못 보아 상대 선수에게 드로인을 선언하더라도 판정에 절대 승복할 것, 또 상대편이 잘했던 못했던 쓰러지면 먼저 손을 내밀어 도와 줄 것을 강조했어요. 승부에 집착하다 보면 스포츠맨십을 잃기 쉽지요. 구 감독은 진정한 스포츠 정신을 길러 주려 했던 것 같아요. 그러나 정당한 몸싸움, 전면 태클을 적극적으로 하면서도 플레이는 아주 과감하고 박진감 있게 했습니다. 그러면서도 절대 치사한 행동이나 반칙은 못 하게 했죠. ‘치사하게 이기는 것보다는 후회 없이 져야 한다.’고 늘 얘기하곤 했으니까…….”

“참 대단한 분이었네요. 꼭 만나 뵙고 싶군요.”

"정말로 요즘 보기 힘든 사람이었죠. 그리고 어찌나 단결력을 중시하는지 골을 넣은 선수만 칭찬하지 않았어요. 그래서 골 넣은 선수가 자기가 넣었다고 손 들고 표시하거나 코트 밖으로 뛰어나가고 하는 행동이 절대 없었죠. 다들 가까운 거리에 있는 사람끼리 어깨 한번 툭 치고 그냥 자기 진영으로 돌아오는 것이죠. 이렇게 겸손하고 단결된 모습을 보여 주는 선수들은 우리 고장의 자랑이었죠."

재범은 오랜만에 공기 좋은 곳에 와서 깨끗한 음료수를 마시는 것 같이 상쾌한 기분이 들었다. 정말로 이 곳에 오기를 잘했다고 생각했다.

"교장 선생님, 그런데 지금 그 선수들은 어떻게 하고 있나요? 아직도 시합을 하고 있는 모양이던데요. 구 감독이 없는데……."

"구 감독이 그렇게 된 뒤에 선수들은 뿔뿔이 흩어졌었죠. 강릉과 서울의 고등학교로 몇몇 선수들이 스카우트되어 갔고, 축구부는 훈련을 계속할 수 없었어요."

"네? 그럼, 그 때 영진부고에서 본 그 선수들은 어떻게……?"

그 때 식사를 드는 둥 마는 둥 하며 말을 계속하던 교장 선생이 시계를 보더니,

"어떻게…… 오늘 가실 겁니까? 아니면 내가 잠자리를 마련할 테니 푹 쉬다 올라가시죠?"

"네. 저도 모처럼의 여행이라 하루이틀 더 쉬어 가고 싶습니다."

"그러면 학교에 들어가 일 좀 처리하고, 다시 나오기로 하죠."

"네. 좋습니다. 그렇게 하시지요!"

식대를 한사코 교장 선생님이 내신다 하여 재범은,

"저녁은 제가 대접하겠습니다."

하고는 교장을 따라 음식점을 나와 학교로 들어갔다.

교장 선생은 교무 주임과 다른 교사들이 가져온 결재 서류를 처리하고 난 뒤 재범이 기다리고 있는 소파로 와서 앉았다.

"학교 건물에 비해서는 운동장이 넓고, 운동 코트가 여러 개 있는 것 같습니다."

"아, 네. 요즘 어촌은 어느 학교나 학생수가 적지요. 그러나 이 거진은 그나마 학생수가 많은 편이에요. 구 감독의 열성으로 학교가 이름이 나서 좀 떨어진 고장에서도 학생들이 찾아오고 있어요. 그리고 전교생이 모두 운동부에 들어 각자의 취미에 맞는 운동을 하고 있지요. 그래서 운동장이 크고, 코트도 여러 개 있는 것입니다."

"그것 참 대단하군요! 한 사람의 힘이 이렇게 학교와 고장을 발전시킬 수 있다니……!"

재범은 식당에서 중단되었던 이야기가 궁금했다.

"선생님, 아까 선수들이 모두 흩어졌다고 하셨는데……."

"그러니까…… 구 감독이 떠나고 나자, 선수들은 큰 도시의 여러 학교로 스카우트 되었어요. 그러나 그들의 마음 속엔 항상 구 감독이 있었으니, 다른 학교 축구부에서 적응하지 못했답니다. 다른 학교에 갔지만 텃세 부리는 다른 선수들과는 호흡이 맞지 않고 외톨이가 되어 버렸던 모양이에요. 따라서 방황도 하고 팀을 이탈한 학생도 생겼지요. 그 때 축구계의 원로인 이정민 씨가 우연히 후배인 강원도 지사에게 이러한 내용을 들으셨어요. 몇 번이나 이 곳을 다녀가더니, 아예 재산을 몽땅 정리해 가지고 이 곳에 정착하셨지요. 그리고는 흩어져 있던 선수들을 다시 불러 모으기 시작했어요."

"네? 이정민 옹이라고 하셨나요?"

"그렇습니다. 그 분은 한국 축구의 실정을 못내 안타깝게 생각하셨어요. 다 자란 나무에서만 가지치기하여 열매를 얻으려는 현재의 상황으론 일본을 절대 이길 수 없다, 새싹부터 보살피고 가꾸어 좋은 열매를 맺는 큰 나무로 키워야 된다, 하셨지요. 이 일은 나와 관계자 몇 명만 알 뿐 철저히 비밀에 붙여졌답니다. 이 선수들을 한국 축구의 대들보로 만든다며 열심이셨습니다. 다른 한편으론, 구 감독 있는 곳에 사람을 보내어 여러 번 접촉을 시도했습니다. 그러다가 지금은 현식 선생이 오셔서 거진팀의 코치를 맡게 됐지요."

"아, 그랬군요. 그래서 협회에서도 원로 축구인들도 그 분의 행방을 몰랐던 거군요. 그런데 비밀로 할 필요가 있었을까요?"

"튼튼한 나무가 되기까지는 불필요한 외부 간섭이나, 선수들의 잡념 같은 것을 아예 차단하려 하셨던 것 같습니다."

재범은 이정민 옹이 세상과도 단절한 채, 왜 그토록 거진팀에 열성을 기울인 것인지 도무지 이해할 수가 없었다.

"그분이 거진팀을 키울 결심을 한 가장 큰 이유는, 선수들의 강철한 투지와 반칙을 모르는 매너 때문이었다고 합니다. 그들에게서 진정한 스포츠맨의 모습을 본 것이지요. 이정민 옹도 구 감독과 마찬가지로 기본 체력과 전술에 중점을 두었어요. 쓸데없는 시합은 필요 없다고……."

"그러나, 운동이란 것이 실전 없이 이론으로만 되는 건 아니지 않습니까? 제 아둔한 생각으로는 도저히 이해가 가지 않는데요. 운동은 독학으로 열심히만 한다고 실력이 길러지는 게 아니라고 생각합니다. 이것이 어떠한 학문을 겨루는 것도 아니고 경기이기 때문에 상대에 따라 실력이 발휘되기도 하고 저하되기도 합니다. 때문에 다른 팀과 경기를 많이 가져야 어떠한 변수에도 대처할 능력이 생긴다고 봅니다. 그런데 그런 식의……."

"맞습니다. 운동은 공부하고는 다르지요. 상대적인 것이니까요. 그러나 잦은 시합은 승부에만 집착하게 되어 잔기술만 늘게 한다고 하셨지요. 거목을 만드는 데에 방해가 되는 것들이라고 보신 거죠. 이러한 정민 옹의 특유한 고집으로, 그 어떠한 때가 올 때까지 다른 팀과의 사사로운 경기를 일체 금했어요. 그리고 현식 코치로 하여금 특별한 방법으로 지도하게 했습니다. 구 감독과도 다른 방법으로……."

"네?"

"즉, 유럽 챔피언십이나 남미 축구 토너먼트 같은 게임을 비디오로 보면서 자꾸 머리 속에 익히게 했습니다. 연습 때에는 코트 안에 사람 키보다 조금 큰 나무들을 적진에 25개, 아군 진영에 11개씩을 꽂아 놓고 지역 방어에 대한 공격을 연습하죠. 막대, 그것이 우스운 것 같지만 수시로 막대를 옮겨 놓으며 드리블과 센터링을 나무 사이로 하는 게 쉬운 일이 아니에요. 오히려 실전 같으면 페인팅을 써 상대 선수를 따돌려 공간을 만들 수 있으나, 수시로 옮겨 놓은 막대 사이에서 드리블하다가 패스로 연결하여 슛을 넣는나는 것이 질대 쉽지 않지요. 25개의 막대 사이를 빠르게 뚫고 나가려면 스핀을 넣어 막대에 닿지 않도록 휘어 차야 되는데 그게 어디 말처럼 쉽습니까? 그래서 또 궁하면 통한다고, 선수들은 이것저것 궁리하고 연구하더군요. 그러더니 어느 날 파랑머리 김태원이 좋은 아이디어를 냈지요."

선수들은 발등으로 발가락으로 아무리 요령을 부려 봐도 휘어지는 각도가 마음에 안 들었다.

"저어 코치님! 축구화를 좀 개조했으면 좋겠습니다."

"어떻게?"

"축구화 겉면에 좀더 마찰을 줄 수 없을까요? 탁구채를 보면 밋밋한 고무판보다 도돌도돌한 고무판이 스핀을 더 먹지 않습니까? 그것처럼 축구화도 공이 닿는 표면을 스핀을 잘 먹게 개조하면 어떨까요? 그것이 축구 규정에 어긋나나요?"

"아니지…… 옛날에 축구화 밑이 쇠로 된 스파이크였는데 지금은 선수들을 보호하기 위해 합성고무로 바꾸었단다. 그러니까 위험한 표면만 아니라면 상관없다. 옳지, 정민 옹과 의논해 보겠다!"

"말씀을 들은 이정민 옹도 굉장한 아이디어라 생각하여 태원이의 이름으로 실용실안특허를 제출했답니다. 곧 특허가 나오는 대로 축구화를 만들어 선수들에게 신길 생각이었지요. 하지만 안타깝게도 그걸 보시지도 못하고……."

"네, 알고 있습니다……. 그런데 이정민 옹께선 어떻게 돌아가신 건가요?"

"작년 초여름에 서울에 다녀오시다가 미시령에서 브레이크 파열로 큰 사고가 있었답니다. 운전수는 본네트와 핸들이 가슴으로 치고 들어와 하반신과 가슴을 크게 다쳐서 병원으로 옮겼지만 숨졌고, 차 밖으로 튕겨 나간 정민 옹은 목뼈가 부러지고 머리에 큰 타박상을 입어 큰 병원으로 옮겨 여러 차례 수술을 받았지만 의식을 찾지 못했습니다. 그렇게 식물 인간으로 근 1년 정도 병석에 계시다가 운명하신 거랍니다."

"아이 참! 그러면 선수들은 어떻게 지내게 됐나요?"

"선수들은 계속 연습을 했지만 정민 옹의 수술비 등으로 재원이 바닥나 더 이상 팀을 운영하기 힘들게 되었죠. 그래서 궁여지책으로, 선수들과 현식 코치는 축구 명문인 각 학교에 의뢰하여 내기 경기를 하게 된 것입니다. 처음에는 대수롭지 않게 여기고 시합에 임하던 축구 명문 학교들이 하나둘씩 무너지자, 나중에는 각 학교마다 거진팀에 이겨 보려고 열을 올리게 됐지요. 이런 소문이 나기 시작하자 우리 선수들을 스카우트하기 위해 대학팀과 프로팀에서 요청이 들어오고, 급기야 대학팀들도 시합을 청해 왔답니다. 그런데 그들은 명문 고등학교 팀보다 더 철저하게 점수를 내주어 3 대 0, 4 대 1 등 무차별로 무너졌지요. 녀석들이 같은 고등학생들보다는 선배 뻘인 대학생들을 더 혼내 주고 싶었던 모양이에요. 아마 모르긴 해도 프로팀과 시합해도 만만치 않을걸요. 하하하!"

"원, 선생님도 그럴 리가요……."

"이보오, 표 기자! 정민 옹은 원대한 꿈을 지녔던 것이오. 즉, 이들에 의해 한국 축구사가 새로 쓰여지길 바랐던 것이오. 따라서 프로 입단이나, 아니면 한두 명이 대표팀에 뽑히는 그러한 것이 아니오. 일본은 말할 것도 없이 전 세계 어떤 팀보다 우수한 단결 팀을 구성하려 했던 것이오. 그들은 가히 축구 선진국인 유럽이나 남미의 어떤 팀과도 당당히 맞설 수 있는 실력을 가지고 있소. 게다가 그보다 중요한 것은 선수들의 정신이 살아 있기 때문에 그들이 찬 볼도 항상 살아 움직인다는 것이오."

재범은 볼이 살아 움직인다는 말에 납득이 안 갔다.

"그런데 어떻게…… 저희 같은 기자나 축구 협회에서 이런 사실을 전혀 몰랐을까요?"

"아, 그건 철저히 비공개 시합이었기 때문입니다. 비밀 유지 각서를 쓰지 않으면 시합을 하지 않았지요. 그렇기 때문에 친구인 똘만이 교감한테도 함부로 얘기할 수 없었던 거요. 그러니 그 친구도 거진팀이 실력이 대단한 줄은 알지만 이러한 계획이 있다는 건 전혀 생각도 못 했을 거요. 정민 옹은 거진팀을 세상에 드러낼, 그 어떠한 때를 기다리고 있었어요. 그때가 되면 일시에 나타낼 준비를 하고 있었던 것입니다. 그리고 고안된 축구화가 나오면 그것을 신고 완전한 팀으로써 나타낼 그 때를……."

재범은 지금 교장 선생이 실제가 아닌 상상의 세계를 넘나들며 얘기하고 있는 것처럼 생각됐다. 재범은 맑은 공기가 쐬고 싶어졌다.

"저어…… 잠깐 화장실 좀 다녀오겠습니다."

화장실로 가면서 휴대폰을 켜고 수신 메시지를 확인해 보았다. 사무실에서 여러 개의 메시지가 와 있었다.

"정 부장님이 전화 주셨습니까?"

"어, 표 기자! 자네 지금 어딘가?"

뭔가 다급한 목소리였다.

"저 지금 좀 멀리 있는데요. 무슨 일이십니까?"

기자들은 원래 휴가라 해도 항상 기사 거리와 연관돼 있어 긴장감을 풀어놓지 못했다.

"응, 축구 협회에 무슨 일이 생긴 거 같아. 협회도 문광부도 술렁거리는 것이 확실한데…… 도통 접근을 못 하고 있어. 자네 휴가는 취소됐어. 당장 회사로, 아냐 아냐! 축구 협회나 문광부로 가는 게 좋겠어. 일단 그 쪽에 도착하면 통화하자구, 알았어?"

"저도 그냥 놀러 온 것이 아닌데요……."

"이봐, 재범이! 보통 큰일이 아니라니까, 예감이……."

"여기도 아직 확실치는 않지만 특종이 될 만한 것이 있습니다. 그래서 시간이 좀 필요한데요……."

"야, 후배! 그런 것은 나중에 다른 사람 보내도 되잖아! 그건 지방 문제일 거 아냐? 지금 이건 한일 간에 큰 문제인 모양이야. 너, 엊그제 정평일보에 난 거 봤지? 한일 정기전이 취소될 거란 기사 말야!"

"네. 뭐 밑도 끝도 없이 짤막하게 한 줄 실렸던데요."

"아냐. 그게 다가 아닌 것 같아. 어디서 샜는지 정확히는 모르지만…… 그 전날 내한했던 일본 축구 협회에서 나온 정보인가 봐. 일본측 관계자가 고의로 정평일보에만 흘리고는 그걸 여론화시켰던 모양이야. 그런데 그게…… 뭔가 일본애들의 음모가 있는 눈치야. 그래서 축구 협회고 문광부고 청와대고 발칵 뒤집혔나 봐. 어쨌든 특급보를 자네한테 내리는 것이니 지금 당장 출발하게! 그리고 도착하는 즉시, 밤중이든 새벽이든 나한테 가능한 빨리 전화해……."

어안이 벙벙했다. 이건 또 무슨 숨 넘어가는 소리일까? 특급보라니? 보통 상황이 아닌 것은 분명하고 내용으로 보아 조금도 지체할 수 없는 것 같았다.

"교장 신생님, 징말 죄송힙니다. 무슨 문제기 생긴 것 같습니다. 지금 당장 서울로 올라오라는 팀장 명입니다. 곧 다시 교장 선생님을 뵈러 오겠습니다."

"아니, 무슨 일입니까? 어떤 특별한 일이 생겼기에……."

"모르겠습니다. 한일 간의 문제라고, 휴가를 중단하고 급히 귀사하라니……. 하여튼 바로 올라가 봐야겠습니다. 그런데 잠깐만이라도 선수들을 한번 만나 보고 싶은데 가능할까요?"

"아, 선수들과 현식 코치는 오늘 정민 옹의 3·5제에 갔습니다. 아마 내려오는 중일 겁니다."

"그렇군요. 그러면 제가 서울에서 일이 끝나는 대로 다시 한번 찾아 뵙겠습니다. 거진에 와서 가슴이 뿌듯한 말씀도 듣고 자랑스런 우리 후배들을 알게 되어 정말 기쁩니다. 저도 뭔가 거진팀에 도움될 만한 일을 찾아보겠습니다. 그리고 무슨 일 있으시면 바로 연락주십시오."

"고맙소. 여기는 별 이상이 없을 테지만 서울 일이 별일 아니었으면 좋겠습니다. 특히 한일 간의 문제라니 뭔가 석연치 않군요. 하도 음모가 많은 나라 사람들이니……."

교장 선생은 친절하게 자동차가 세워진 곳까지 따라 나와 배웅해 주며,

"정민 옹은 돌아가셨지만 시간이 지나면 그 분의 뜻을 저절로 알게 될 것으로 믿습니다."

재범의 손을 꼬옥 잡았다.

"아무튼 조심히 올라가시고 똘만이에게도 안부 전해 주십시오."

"네. 그렇게 하겠습니다. 교장 선생님, 곧 찾아뵙겠습니다."

재범은 액셀을 힘차게 밟았다.

4부 음모

협회장은, 마쯔시마가 얘기한 것에 대해 어떻게 받아들여야 할지 혼란스러웠다. 사석에서의 얘기였지만 일국의 장관이 빈말을 하고 다닐 리가 없었다. 이러한 우스꽝스러운 내용을 어떻게 얘기를 해야 하나. 더구나 우리 축구를 경멸한 것에 대해 무어라 말할 수 없이 자존심이 상했다.

뜬눈으로 밤을 새웠다.

협회장은 다음날 이정민 옹의 영결식에 참석하기 위해 가고 있는데, 문광부 장관으로부터 전화가 왔다.

"회장님! 이게 무슨 말입니까?"

"무엇 말씀입니까?"

"아, 정평일보에 난 기사 보셨습니까?"

"글쎄, 지금 신문을 뒤적이고 있습니다만……. 어느 면이죠? 제목이 뭡니까?"

두 사람은 나이가 엇비슷하고 오래전부터 잘 아는 사이지였만 서로 경어를 썼다.

"아니, 1면 오른쪽 밑에 난 기사 안 보이십니까?"

반을 접어 보던 신문을 펴서 밑의 기사를 보니 '한일전 무산되다' 라는 제목으로 두 줄의 기사가 실려 있었다.

'어? 이거 조 부회장이 발설했나? 아닌데, 그럴 리가 없는데……. 어제 나랑 영안실도 같이 가고 나중에 좀더 있겠다 했지만 누구에게도 이 바보 같은 얘기를 발설하지 말라고 함구령을 내렸는데…… 어찌된 일일까?'

회장이 응답을 않자, 장관이 다그쳤다.

"회장님! 이 기사 내용 사실입니까, 아닙니까?"

“어, 허어…… 다른 신문엔 어떻게 났습니까?”

회장은 다른 신문들을 펼쳐 보며 장관에게 물었다.

“글쎄요. 유독 정평일보에만 눈에 띄는군요. 그런데 어제 마쯔시마 장관과 만나서 뭐 별다른 얘기 없었습니까?”

어제 문광부 장관은 남북체육장관회의 개최 문제 때문에 통일원 장관과 함께 청와대에서 회의가 있었다. 그래서 몽준 회장이 마쯔시마를 접견했던 것이다.

아침의 짤막한 기사. 그것도 정평일보에만 난 밑도 끝도 없는 기사였다. 하지만 일본 장관의 말을 빌렸다면 어느 정도 책임져야 하는 기사이다. 그러니 근거 없이 함부로 냈다고 보기도 어려웠다.

“네. 만났습니다! 어쨌든 오전 중에 찾아뵙고 말씀드리겠습니까?”

“그럽시다. 비서한테 전화 먼저 주게 하세요. 그런데 회장님, 정말 마쯔시마가 한일전을 취소했습니까?”

“……장관님!”

“네.”

“마쯔시마가…… 취소는 아닌데 조건을 내걸었습니다.”

“조건요? 어떤 조건이요? 날짜 변경입니까, 아니면…… 장소? 뭔데요?”

“가서 말씀드리지요. 땅따먹깁니다.”

“허허, 무슨 말씀인지 통 모르겠군요. 어쨌든 이따 뵙도록 합시다!”

“알겠습니다. 이정민 옹 영결식이 끝나는 대로 사무실에 전화해 보고 그리로 곧장 가겠습니다.”

어떻게 말을 해야 하나, 고민하던 것을 장관이 먼저 알고 전화를 해 주었으니……. 일단 부딪쳐 보자.

이정민 옹의 영결식이 끝나자 몽준 회장 일행에게 기자들이 몰려들었다.

"정평일보의 기사는 사실입니까?"

"어째서 정평일보에만 정보를 주셨습니까? 왜 취소한다는 것입니까? 취소라면 언제까지 취소입니까?"

"그러면 월드컵 전에 전력 타진을 어느 팀하고 할 것입니까?"

기자들도 그럴 것이, 정평일보가 기사를 독점한 상황이니 축구 협회에 원망스런 마음도 생기고, 기사는 밑도 끝도 없으니 무엇이 사실인지 확인해야 했다. 한편으로는 정평일보의 차진식 기자가 얄밉기도 했다. 특히 이러한 공식적인 기사 같은 경우, 혼자 취득했어도 서로 귀띔을 주는 것이 상례인데 혼자만 기사를 실은 것이다.

"여러분! 정평일보에서 어떤 경로로 그런 내용을 기사화했는지 모르겠으나 발원지는 협회가 아닙니다. 다만, 어제 마쯔시마 장관과 만난 자리에서 그러한 말은 분명 있었습니다. 그러나 공석이 아닌 사석에서의 말로써, 그 진의를 파악하는 데 조금 시간이 필요합니다. 그러니 조금만 참으시고 문화관광부와 협의하여 밝힐 만한 것이 되면 그 때 말씀드리겠습니다. 지금 현재로선 그 정도밖에 말씀드릴 수 없으며, 나중에 뵙겠습니다."

기자들을 뿌리치며 나오자 차들이 갑자기 몰려 이중 삼중으로 얽히게 되었다. 몽준 회장은 운전 기사에게 차가 빠지면 상황을 알려 달라 하고, 직원들과 걸어서 전철역까지 갔다.

내용을 전해 들은 박 문화관광부 장관은 기가 막혔다.

"아니, 그게 무슨 말씀입니까?"

"말한 그대로입니다……. 저는 한숨도 못 잤습니다. 무슨 홍두깨에 놀 란 것 같기도 하고, 참으로 어떻게 해야 될지……. 뭐가 뭔지 하나도 모르 겠습니다."

천성이 약삭빠르지 못한 몽준 회장은 천천히 말을 이었다. 말을 꺼내자, 어제의 불쾌감이 다시 생생하게 떠올랐다. FIFA의 중요한 직책을 맡아 많 은 외교 활동을 한 회장이었지만. 어제같은 경우에는 도저히 자제력을 유 지할 수가 없었다.

"아니 회장님! 정말로 마쯔시마 장관이 그러한 제의를 했단 말입니까?"

자그마한 체구에 무뚝뚝하지만 추진력이 강한 박 장관은 도저히 믿을 수가 없었다. 협회장의 말을 안 믿을 수도 없고 믿자니 너무 기가 막힌 일 이었기 때문이다.

"아니, 이건 해괴하다 못해 정신이상자 같군요. 세상에, 자국의 영토로 내기를 하자니! 그 자들은 어떻게 생겨 먹은 사람들입니까? 우리는 흙으 로 빚어졌는데 그들은 창과 칼로 만들어졌답니까? 어째 남의 국토에만 신 경을 쏟습니까? 참, 개똥보다도 못한 놈들 아닙니까?"

경상도 출신의 장관은 뛸 수도 앉아 있을 수도 없는 듯 흥분하며 물었 다.

"그래서 뭐라 하셨습니까? 또 만일… 만일에 시합을 한다면 어떻게 될 까요?"

"…… 지금으로선 그들 축구가 낮게 평가되고 있는 건 사실입니다. 세 계 축구지 '월드 사카' 도 일본은 28위, 한국은 42위로 발표하고 있습니다. 일본은 그동안 정부 차원에서 투자를 많이 한 것도 사실이고……. 축구는 기록 경기가 아니고 상대적인 경기이니 순위에 관계없이 승패는 달라질

수도 있지요. 다만 우리 축구가 이토록 추락했다는 사실이 부끄러울 뿐입
니다. 이정민 옹 같은 분이 이 사실을 알면……. 참으로 후배로서 면목이
없습니다……."

특유의 냉정함을 잃지 않던 협회장이었지만 북받치는 감정을 어찌할 수
가 없었다.

"아무리 축구가 상대적이라 해도 근래에 계속 열세를 보이고 있는 판이
니, 섣불리 응할 수도 없고……."

참으로 답답한 일이었다.

"그런데 회장님, 정평일보엔 어떻게 기사가 난 것입니까?"

"글쎄 그게……. 어제 참석했던 직원들에게 함구령을 내렸고, 함구령이
아니라도 모두 협회에 적을 두고 있는 사람들로서 함부로 입을 열지 않았
을 것입니다. 좀더 자세한 걸 알아보라고 지시해 두었습니다. 알아내는 대
로 연락드리죠. 그럼…… 이만 일어나겠습니다."

"허허, 이렇게 아무 대책 없이 헤어져도 되는 겁니까? 지금 곧 상부에
알려야 하지 않을까요?"

그 때 협회장의 휴대폰이 울렸다.

"부회장입니다! 정평일보 쪽에 알아봤습니다. 기사는 차진식 실장이 썼
는데 오늘 해외 출장을 갔답니다. 신문사에서도 확실히 모르는 상황인데
다 문의 전화가 빗발쳐 야단인 모양입니다."

"아니, 제멋대로 기사를 실었단 말이오?"

"기사의 진원지는 알 수 없지만, 차 실장이 편집 마감 이후에 처리한 것
같습니다."

가끔 편집 마감 시간이 지난 다음에 특종 기사를 싣는 수가 있었다.

"회장님, 아무래도 마쯔시마 쪽에서 의도적으로 흘린 게 아닌가 싶습니

다……!"

"뭐라고! 마쯔시마가?"

"왜냐면, 어제 저희는 회장님 먼저 배웅해 드리고도 새벽에야 자리를 떴습니다. 다른 데에 알릴 시간도 없었을 뿐더러 저희들도 속이 상하여 밤새 술만 먹었습니다. 아침에 근처에서 같이 샤워하고 영결식에 참석했었습니다. 아마, 마쯔시마가 누구를 통해 신문사에 알려서 우리 쪽의 여론을 일으키려는 저의가 아닌가 싶습니다."

회장은 마쯔시마라면 그럴 수도 있겠다 싶었다. 기어이, 어떻게 해서라도 일을 저지르고 싶은 모양이었다.

'나쁜 놈들! 이제 한일전을 그만두자고 할 수 없게 분위기를 끌어가려는 모양이다…….'

"아니, 뭐라고 합니까? 어떻게 된 거랍니까? 네? 몽준 회장!"

협회장은 언뜻 잠에서 깨어난 듯 가벼운 진저리를 떨어내더니 목소리에 힘을 주어 말했다.

"장관님! 가만히 기다리고만 있을 수 없을 것 같습니다."

박 장관은 협회장을 쳐다보았다. 그 때 인터폰으로 전화가 왔다.

"장관님, 도쿄 대사관에서 전화입니다."

장관은 스피커폰을 누르며 물었다.

"누구요? 뭐 때문에 전화요?"

"유진회 상무관인데 긴히 말씀드릴 게 있답니다."

"연결하세요."

"여보세요? 장관님, 유 상무관입니다."

"아, 어쩐 일인가?"

"오늘 여기 조간 신문에 이상한 게 났습니다. 금년 한일전은 마지막으로 총결산할 거라며…… 무슨 내용인 줄 아십니까?"

"응? 뭐라고 돼 있소?"

"제가 팩스로 보내드리겠습니다."

하는데 비서가 직원들이 인터넷으로 뽑은 것이라며 일본 신문에 난 기사를 프린트해 가지고 왔다.

여러 장의 종이 중 일부를 회장에게 건네주고 서서 기사를 읽던 장관의 얼굴이 사색이 되었다.

"어? 이런 미친놈들 봤나?"

"아 아니? 이 사람들…… 어떻게 된 거야?"

하는데 인터폰이 울리며 다급한 여비서의 목소리가 들렸다.

"장관님, 지금 많은 기자들이 장관님 면회 요청을 하고 있습니다."

그 때, 청와대와 연결되어 있는 장관실의 핫라인이 울렸다.

"네, 박 장관입니다! …… 네. 네. 아, 여기 협회장과 같이 있습니다. 네. 네. 지금 곧 들어가겠습니다!"

수화기를 내려놓은 박 장관은 캐비닛에서 재킷과 넥타이를 꺼냈다.

"몽준 회장, 넥타이 이 색깔로 바꾸어 매고 함께 위에 좀 들어가십시다."

"그 일 때문입니까?"

"네. 지금 여러 곳이 발칵 뒤집힌 것 같습니다. 정말로 뭐가 뭔지 모르겠군요……. 저 친구들, 이미 작당을 하고 자기네 생각대로 몰고 있는 것 같습니다."

그들은 기자들을 피해 비상문을 통하여 두 층 계단을 내려가 다시 복도 문을 열어 다른 부서의 전용 엘리베이터를 타고 건물을 나왔다.

초여름 날씨는 햇볕은 따가웠지만 하늘은 초가을처럼 맑고 높았다. 저 무한의 공간을 날아 멀리, 저 멀리, 더 멀리 빠져 나갈 수 있을 것만 같았다. 회장은 어제의 편치 않았던 대화가 일방적으로 누설되고, 방화하여 불질러진 이 해괴망측하고 불쾌한 현실이 자신을 '저 높고 깊은 하늘 속으로 가고 싶게 하는구나!' 생각했다. 밥 하킨스의 7차원 세계, 또 다른 우주의 벽이 있다는 것은 그 큰 우주도 한계가 있다는 것이 아닐까. 그런데 왜 이렇게 인간은 서로의 작은 욕심에서 벗어나지 못하는 것일까. 우리가 상대를 안 해야 되는 것인가. 어째서 우리를 못살게 구는 것일까. 통신과학, 전자공학, 컴퓨터, 인공위성…… 그 모든 것의 첨단을 가는 그들이다. 하지만 그들은 별의별 신을 다 모시면서도 종교와 인간의 철학을 아직도 깨닫지 못했단 말인가…….

무아의 경지로 빠져드는 것 같았다. 그 순간, "내립시다!" 한다. 언제 경비 초소를 지났을까? 벌써 무궁화실 앞에 차가 섰다.

"어제 피곤하셨던 모양입니다. 조그맣게 코를 골기에 안 깨웠습니다."

"아, 피곤하지만…… 피곤해도 되는 건지 모르겠습니다. 죄송합니다."

건물 밖의 경호원들의 경호를 받아 안으로 들어가니 비서들이 나와 안내를 했다. 무궁화꽃을 양옆으로 수놓은 융단을 밟고 가면 오른쪽 벽으로는 역대 대통령의 초상화 액자가 걸려 있고, 왼쪽에는 내빈들의 사진이나 초상화가 걸려 있었다. 대부분 외국의 대통령들이었고, 그 외에 기술자들이나 과학자들과 함께 마이클 잭슨의 사진도 걸려 있었다. 양쪽으로 여러 개의 조그만 문이 있는 방을 지나 곧바로 가니 큰 회의실이 나타났다. 그곳에는 국무총리, 재정부 장관, 외교통상부 장관 등 몇몇 장관과 여야 국회의원 다수가 모여 있었다. 원래 다른 목적의 회의를 하던 중이었는데, 일본에서 한일전 소식이 전해지자 급히 박 장관과 협회장을 호출하여 그에 대한 대책 회의로 바뀌었다. 잠시 기다리니 대통령께서 자리에 같이 하셨다. 모든 각료 및 참석한 국회의원들이 자리에서 일어났다 앉았다.

"거 어떻게 된 겁니까?"

대통령께서 박 장관에게 물었다.

"네! 여기 협회장이 상황을 설명해 드릴 수 있습니다."

"들어 봅시다."

"어제 오전에 일본에서 스즈키 일본 축구 협회장으로부터 전문이 들어왔고 그 뒤 전화로 확인 요청을 해 왔습니다. 마쯔시마 문부성 장관이 4시 30분 경 홍콩발 캐세이 퍼시픽 편으로 인천 공항에 도착할 예정인데 저녁 6시 30분 경 힐튼 호텔에서 볼 수 있겠냐구요. 그래서 방문 사유를 물었더니 이번 한일전 때문이라고 하더군요. 박 장관께 연락을 했는데 시간을 내실 수가 없었습니다. 일본측에서도 자기네 일방적인 약속이니 할 수 없고, 저만이라도 보겠다는 것이었습니다. 그래서 박 장관께 확인하고 제가 협회 사람들과 같이 마쯔시마 장관 일행을 만나게 되었습니다. 그들의 애기를 요약하면, 한일전을 종식시키겠다는 명제 아래 자신들의 실력을 과신하여 남의 영토를 빼앗아 보겠다는 의도인 것 같습니다."

"그 외에 뭐 다른 애기는 없었습니까?"

"공식적인 면담이 아니었기 때문에, 저로선 마쯔시마의 그런 발언을 안 들은 걸로 하겠다고 했습니다. 하지만 그들은 이미 작정하고 벌인 일 같습니다."

"그런데 회장님! 일본 신문에는 일본이 대마도를 거는 대신에 한국은 독도, 정신대, 역사 교과서, 어업 협정 등 모든 것을 걸었다고 났던데, 어제 그 애기는 없었습니까?"

야당 국회의원 중 통일외교통상위원을 맡고 있는 도 의원이 물었다.

"네. 저도 일본 신문 기사를 보고 기가 차 있는 중입니다. 잘못하면 저들의 농간에 말려들 수도 있습니다. 지금 저들은 여론몰이를 하고 있으니……."

"허어 거참, 어쩌면 좋습니까?"

"우리가 일본에게 그렇게 딸립니까? 이길 수만 있다면 발로 밟아 주고 싶군요."

모두들 흥분되어 회의가 잠시 어수선해졌다.

그 때 외교통상부 장관이 발언을 했다.

"어쨌든 가만히 있으면 저들의 뜻대로 더욱 여론을 몰아갈 수 있습니다. 어떠한 결정이든지 한시라도 빨리 내려야지, 그렇지 않으면 문제가 눈덩어리처럼 불어날 것입니다."

"그렇습니다. 하지만 이런 사태는 쉽게 어떻게 할 수가 없군요."

박 장관이나 다른 참석자들도 당황스럽긴 마찬가지였습니다.

"박 장관!"

"네!"

"박 장관께선 협회장과 의논하여 한일 선수들의 기량이나 체격, 전술 등 모든 면을 비교해서 보여 주시오. 그리고 우리에게 얼마나 승산이 있는지도……."

대통령은 좀더 구체적인 자료를 원했다.

"이 사안을 정식으로 국회에 제출해야 되지 않을까요?"

"글쎄요……. 국회에서의 논의보다는 협회와 문화관광부에서 자신이 있다 할 때, 국회에 상정해야 되지 않겠습니까? 전문가들의 의견이 무엇보다 중요한 때입니다."

"아니? 세상에 이런 것도 정부에서 안건으로 처리하는 것입니까?"

"아니 보세요! 이것이야말로 땅따먹기 시합입니다. 세상에 이것보다 큰 일이 또 어디 있겠소?"

"그렇기도 하군요."

모두들 한마디씩 안 하는 것도 아니고, 하는 것도 아닌 괴상한 회의가 계속되었다. 잠시 후 아무런 결정도 못한 채 그저 앉아서 한마디씩 허공에 던지고만 있었다.

일본으로 돌아온 마쯔시마 히데요시 장관은 공항에서 기자들에 둘러싸여 있었다.

"한국의 응답을 기다리는 중이오. 2~3일 기다려 봅시다."
하고는 기다리는 차에 타고 사토오 이에야스 수상 집무실로 직행했다.

"마쯔시마 장관!"

"하 이!"

"그래, 한국의 반응은 어떻소?"

"겉으론 잠잠한데……. 아마 오늘내일 벌집을 쑤셔 놓은 것 같을 겁니다."

"그건 그렇고. 한국이 발뺌 못 하게 확실하게 하고 있는 거요?"

"하! 2~3일 후에는 CNN을 비롯해 세계 방송사에서 일제히 보도할 것입니다."

"또 선수들 영입 문제는 잘 되고 있소?"

"하이! 서류상으로 완벽하고 이미 10일 전에 입적시켜 놓았습니다."

"확실하게 해야 하오! 이번 기회에 독도를 영원히 우리 영토로 만들어야 하니, 차질 없어야 됩니다. 혹 패배라도 한다면……."

"걱정 마십시오. 지금의 실력으로도 2골 정도 앞서는데다, 추가 선수들과 합세하면 100전 100승입니다!"

"계약서도 좀더 다듬어 보시오. 혹 한국이 빠져 나갈 데가 있는지."

"알겠습니다. 국제 변호사들과 계약 전문팀을 기업에서 빼내어 함께 합숙하고 있습니다."

"잘했소! 그런데 이번 기회에 월드컵 장소도 일본으로 묶어 버리는 게 어떻소? 개막전은 한국에서 하고 결승과 폐막식은 일본에서 한다니……. 이거 뭐 석연치 않아, 마음에 들지 않아……. 내기에 월드컵 장소도 넣는 게 어떻소?"

"그건… 좀……."

"보시오, 이 시합이 성사된다면 보통 일이요? 세계의 이목이 집중되는 데서 국가간에 한 약속이니……. 한국이 진다면 할말 없을 게 아니요?"

"수상님, 그렇다곤 하나 한국이 월드컵 경기장을 여러 개 새로 짓는 등 크게 돈을 들였고, 몽준 회장의 힘이 FIFA에서 막강하니 어떤 상황이 또 벌이질지 모릅니다. 현재 독도 문제에 역사 문제 등이 추가되어 있는 상황이니 월드컵까지 거론하기는 좀……."

"알았소. 헌데…… 마쯔시마 장관은 꽤 친한적이구려."

수상실을 나온 마쯔시마는 괜히 찜찜해졌다. 친한적이라는 말에 기분이 상했다.

'아니, 더 이상 어떻게 한국을 죄란 말인가?

마쯔시마는 집무실로 돌아와 홍보실의 이와다 과장과 스즈키 회장을 불렀다.

"두 사람 들으시오. 지금 한국은 어떻게 해야 될지 결정을 못 내는 것 같소……. 이번에 치러질 브라질 축구팀 산토스와의 친선 게임에 2진 선수들을 주축으로 하여 참패하도록 만드시오.”

“네? 지면 이긴 값을 더 주어야 하는데요?”

일본은 친선 게임에도 초청되는 팀에게 전력을 다하게 하기 위해 승패 및 점수 차이에 따라 초청 금액을 다르게 하고 있었다.

“진다면 1만 5천 불 정도 잃겠지만, 한국이 내기에 응한다면 독도가 우리 땅이오. 일장기만 꽂는다 했으나, 그건 열세인 한국이 응하지 않을까 봐 하는 소리지. 일장기만 꽂으면 3년 내에 일본의 해로를 다시 그리게 할 것이오. 몇 만 불이 문제요?”

“그래도……. 경기를 조작하는 일은 쉽지가…….”

“아직도 모르겠소? 산토스 팀에게 우리한테는 이기고, 한국한테는 져 달라고 부탁하는 거요. 한국의 마음을 들뜨게 하고 싶으니까……. 또 그 다음에 아프리카 팀을 불러 똑같은 방법으로 치르도록! 이와다 과장과 스즈키 회장은 신경을 쓰시오. 허나 이것은 누구에게도 발설하면 안 되오. 나이지리아 팀 같은 데는 한국 도박꾼으로 변하여 꼭 져 달라 하란 말이오. 대가는 얼마든지 상관없소. 그리고 스즈키 회장은 곧 선수들을 데리고 북경으로 건너가 중국 대표팀과 비공개 시합을 가지고 돌아오시오. 물론 이것도 지는 게임이오. 이 일은 홍콩의 루이챈한테 애기해 놓았소. 2~3일 내에 비공개 시합을 주선해 줄 것이오. 루이챈은 유명한 갬블러인데 돈 되는 일은 마다 않는 영국계 화교요. 깊은 내용은 말 안 하고 한국과 중국의 친선 경기 전에 비공개로 열게 해 달라 부탁한 것이오. 이 점 중시하고 열심히 하는 척 하고 승부에는 져 가지고 오시오. FIFA에서 매월 발표하는 각국의 축구 평가 점수도 한국에게 뒤져야 하오. 모든 친선 경기도 한국과의 계약이 맺어질 때까지 무조건 져야 하오. 일본 내에서도 시끌시끌하게……. 이것은 수상과 각료 몇 사람, 그리고 우리만 아는 비밀이오. 알겠소? 또 이와다 상은 2, 3일 후에 한국의 실정을 파악한 뒤 지시할 테니, 세계 유명 방송사 기자들과 긴밀한 관계를 유지하도록……."

일본은 겉으로 드러나지 않게 조용히 바빴다. 실현 불가능할 것 같은 이 계획을 일단 터뜨리고 나니, 의외로 일이 점점 쉽게 풀리고 있었다. 계약이 성사될 것으로 확신하고 있는 일본은 유럽 각지에서 뛰고 있는 일본 선수들을 불러 모으고 계약서도 완벽하게 했다. 한국이 지고 나도 독도를 내놓지 않는다면 전 세계에 고립시켜 견딜 수 없게 할 계획 등……. 문부성, 외무성, 법무성 등의 핵심 세력들은 이 좋은 기회가 이루어져야 한다며, 조용히 조용히 그리고 빠르게 물밀듯이 진행시켰다.

그리고 전 세계로 나가는 네트워크를 일시에 열어서 주요 국가 7개 도시에 동시 전송했다.

"급보! 일장기 X1"

해가 지는 6월의 저녁 햇빛이 정면으로 비춰서 운전하기에 불편했다. 재범은 햇빛 가리개를 내렸다. 큰 차를 쫓아 5시간 넘게 운전하고 있었다.

'갑자기 한일 관계에 어떤 문제점이 생겼단 말인가? 엊그제 난 정평일보의 기사 때문인 모양인데……. 협회에서 대표 명단을 추천해 달라는 연락도 받았잖아. 전날 영안실에서도 오 부장이 부탁했었고. 아마 차 실장이 오보를 냈나 보다. 하지만 웬만해서는 출장이나 휴가중인 사람을 부르지 않는 것이 상례인데……. 무조건 귀사 조치를 시켰다. 도대체 뭘까? 한일전이라면 그때 그때 기상 사정을 감안하여 한 달 전쯤 날짜를 합의하여 정하면 그만인데……. 또 좀 연기되면 어떻고……."

아무리 생각해 보아도 감을 잡을 수가 없었다. 재범은 고개를 저어 그 생각을 떨쳐 냈다.

'그나저나, 이런 곳에 그런 감독이 숨어 있었다니……. 도대체 어떤 사람일까? 막대기를 꽂아 놓고 돌파 연습이라……. 적진에 25개, 아군 진영에 11개 막대를 피해 2대 1 또는 3대 1로 좁은 공간에서의 훈련이라…… 패스, 드리블 연습에는 좋겠다. 막대 위치를 자주 변경해 놓는다면 어디에 다 놓고, 또 바꾸고 하는 것일까? 실전에서 가능할까?'

여러 가지 생각났다 없어지곤 했다.

'특허 낸 축구화라고? 언제 나올까, 실용성은 있을까?'

축구 선수였던 재범은 축구화가 얇은 가죽보다는 조금 탄탄한 것이 볼을 차기에는 좋다는 것을 잘 안다. 어떻게 생각하면 참 기발한 아이디어라고 생각했다.

이정민 옹은 팀워크를 매우 중요시한 것 같다. 하지만 새로운 팀을 창단하지 않는 한 선수 전원을 쓸 수 있는 곳이 있을 리 만무했다. 현 국가대표 팀에도 아시아를 대표할 만한 스위퍼와 공격수들이 포진해 있고, 나아가 유럽에서 맹활약하는 프로 선수들도 있다. 팀워크는 어떨지 모르나 각 선수들의 기량은 나무랄 데가 없다. 그러므로 이 어린 선수들이 국가대표가 되는 일도 아직은 미지수이다. 그렇다면 이정민 옹은 왜 이런 일에 마지막 인생을 바쳤을까. 언제 이들을 쓰려고 한 걸까……. 이 미스터리한 일들이 마치 현실의 일이 아닌 것만 같았다.

선수들을 만나지 못한 것이 못내 아쉬웠다. 보고 싶다……. 재범은 일이 끝나는 대로 다시 내려가리라 생각하며 부지런히 차를 몰았다.

집에 도착하여 정 팀장에게 전화를 하니, 뜻밖의 말을 듣게 되었다. 어제 일본 신문에 한일전에 관한 기사가 대서특필되었는데, 양국이 분쟁 현안을 걸고 축구 시합을 한다는 거였다.

이 무슨 어린애 장난도 아니고 웃음거리가 되고 싶은가.

인터넷으로 일본의 신문들을 뒤져 보았다. 내용은 정 팀장이 얘기한 대로였다. 그런데 이러한 제의를 한국에서 한 것처럼 비쳐지고 있었다.

'한국 축구가 최근 1, 2년 동안 계속 수세에 몰려 있는 게 사실인데 협회장이 그런 얘기를 했을 리가……'

며칠 전 낮에 협회 복도에서 몽준 회장을 만난 일이 생각났다.

'휴대폰 번호를 비서실에 남겨 놔요.'

그리고는 외국에서 온 손님을 만나러 간다고 했다.

여러 개의 조간 신문을 일일이 찾으며 읽어 보았다. 신문에는 일본 신문의 기사를 그대로 번역해 놓았을 뿐 특별한 것은 없었다. 다만 문광부 장관과 협회장 등 소수의 국회의원 등이 대통령과 총리를 모시고 청와대에서 부언가 장시간 숙의를 했다고만 석혀 있었다.

'아니 어떻게 이런 시합이 있단 말인가? 우습지도 않군……. 설마 이런 일들을 정말로 하려는 것 아니겠지. 세계의 반응은 어떨까?'

CNN, BBS, CTV 등 여러 채널을 돌려 보았다. 하지만 그에 관한 뉴스는 볼 수가 없었다. 무엇에 꼭 홀린 것만 같고 믿을 수가 없었다. 내가 지금 제정신인가 의심도 되었다.

5부 땅따먹기

아침 일찍 축구 협회로 향했다. 사람들의 동향을 살폈으나 별다른 기색이 없다. 조간 신문에도 별다른 기사 내용이 없다.

무엇이 이렇게 잠잠한가 싶기도 하고 내가 어제 꿈꾼 것은 아닌가 싶었다. 협회의 기자 대기실에는 많은 기자들이 모여 있었다. 기자들에게 물었다.

"한 이틀 지방에 다녀와서 그런데 어제 일본 신문에 난 게 사실이오?"

야구 선수 출신으로 2년 아래 후배 뻘인 정평일보의 백 기자가 얘기를 받았다.

"아니, 표 기자님 속도 편하십니다. 저희는 어제 그제 여기저기 쫓아다니느라 혼이 나고 있습니다. 기사는 하나도 못 얻고……."

"아니 그럼, 독도니 대마도니 하는 말들이 사실이오? 또 그걸 우리가 제의했다는 거요?"

"그건 아닐 거예요. 일본한테 펑펑 지면서 우리가 어떻게 그런 얘길해요……. 일본애들이 꾸미는 일 같아요."

"꾸미다니?"

"이쪽을 자꾸 건드려서 정말 어떻게 해보자는 거겠죠……. 지들이 FIFA 평가 점수도 우리보다 좋고, 이길 수 있다 생각하니 자꾸 우리쪽 신경을 건드리는 거라구요. 틀림없다구요! 생각 같아서는 확 해 버리면 좋겠는데 우리가 질 게 뻔하니……. 아이, 어제 우리 기자들 하루 종일 쫓아다녀도 누구 하나 입을 열지도 않고 화딱지 나서 술 무지하게들 먹었다구요. 취중에도 해야 된다고 말하는 사람 하나도 없고, 그게 다 열세니까 할 수 없다는 탄식뿐이었어."

"표 기자님! 회장님하고도 가까우니 회장실에 한번 들어갔다 나오시죠, 네?"

"글쎄……. 그러면, 내가 혼자 들어가 볼 테니 아무도 쫓아오지 마. 나까지 못 들어가면 소용없잖아?"

"예 예. 알았습니다. 혼자만 특종으로 안 하면 상관없습니다!"

다같이 입을 모았다. 몇몇은 술이 안 깼는지 눈을 감고 있다. 기자 대기실을 나와 엘리베이터를 타고 회장실 복도에 내렸다.

회장실로 직원들이 분주히 드나들었다. 전에 전화번호를 일러 주었던 김 비서에게 물었다.

"회장님 바쁘신가요?"

"그럼요. 지금 사람들이 많아 곤란하실 텐데……. 잠깐 기다려 보세요."

김 비서는 찻잔을 네 개 들고 회장실로 들어갔다. 2, 3분 후 나오더니,

"들어오시랍니다."

회의를 하던 중이었다. 문가에 서 있던 한 직원이 문을 열어 주었다.

"어서 와요, 잠깐만 거기 앉아요, 곧 끝나니까."

다들 안면이 있는 직원들이라 짧은 목례로 인사치레를 갈음했다. 재범은 뒤쪽 의자에 앉았다.

"……그리고 이 기록들을 간단하게 도표화시켜 오버 프로젝트로 할 수 있게 만들고, 우리 선수들과 일본 선수들에 대한 신상과 그동안 개인 레코드를 총망라하여 비교표를 만들어 주게."

다들 갖다 놓은 차도 마시지 못한 채 협회장의 말이 떨어지기가 무섭게 우르르 몰려 나갔다.

"표 기자!"

"네."

“뭐 좋은 방법 없을까? 이기는 것이면 더욱 좋고, 아니면 감정들 상하지 않으면서 피하는 방법이든가…….”

“아니, 개네들 지금 제정신인가요? 어떻게 그런 제안을 내놓을 수 있죠?”

“그러게 말이지. 내가 회장 맡은 지 얼마나 됐다고 나를 이렇게 궁지에 모는지 알 수가 없어. 아무리 궁리를 해도 4 대 6로 우리가 져. 현재 데이터로는 한일전의 근래 시합도 그렇지만, 제 삼자팀에 대한 한일 평가로도 한국은 일본의 득점수에 3 대 7 비율로 약하고 실점도 우리가 더 많아. 냉정하게 성적표로만 보면 3.5 대 6.5의 비율로 절대 약세야. 그런데 일본측은 우리 대답을 듣기도 전에, 하지 않으면 안 되는 쪽으로 세계 여론을 부추기고 있어…….”

“세계 여론이라뇨? 세계가 이 말도 안 되는 내기를 인정한다는 말인가요?”

“글쎄……. 인정한다는 것보다 기사 거리지. 그야말로 대단한 기사 거리! 또는 그저 빅게임 정도로 흥미 있어 하는 건지도……. 이런 분위기에서 일본이 주장하는 건 양국간의 오랜 분쟁거리를 스포츠를 통해서 해결해 보자는 것이니, 얼른 생각하면 그리 나쁜 방법도 아닌 것처럼 보이지. 국가의 영토를 놓고 하는 시합이니 이게 어디 보통 일인가……. 이건 총만 안 들었지 전쟁이야!”

“저들은 아주 용의주도하군요.”

“그래서 일단 우리 나라 언론에는 뉴스화하지 말아 달라고 한 거야. 뭔가 대책을 강구해야 되니까……. 지금 한일전 소식을 들은 우리 선수들이 강하게 반발하고 있다는군. 왜 망설이냐고, 지금 당장이라도 싸워 이길 자신이 있다면서…….”

“한편에서는 프로팀에서 뛰는 외국 선수들 중에서 영입하자는 얘기도 나온다던데요?”

“외국 선수들 중에서 태극마크를 달 수 있는 선수는 몇 명이나 되는지 알아보고는 있소. 나는 이번 시합이 승패의 두려움도 크지만 그보다도…….”

“네에?”

“시합보다도 나중의 일이 더 걱정되네.”

그 때 인터폰이 울렸다.

“회장님, 장관님 전화입니다.”

“네, 장관님!”

“어떻게 자료는 준비되셨습니까?”

“네, 곧 됩니다.”

“그러면 내가 먼저 청와대에 들어갈 테니, 준비되는 대로 그리로 직접 오도록 하십시오.”

“알겠습니다.”

협회장은 다시 인터폰으로 직원들에게 자료들을 가져오게 지시하고는 재킷을 걸쳤다.

“표 기자! 오늘 저녁에 시간 있소?”

“네.”

“회의가 언제 끝날지 모르지만 이따가 연락하리다. 둘이서 조용히 머리나 식힙시다.”

비상대책회의에는 국무총리와 모든 행정 부처의 장·차관급들과 관련

실무진까지 확대시켜 참석했다. 대통령이 착석하시자, 문화관광부 장관이 발언을 했다.

"대통령께서 불필요한 서두는 삼가하라 하셨기 때문에 본론으로 바로 들어가도록 하겠습니다. 아직 우리 나라는 여론을 잠재워 조용하지만, 오늘 새벽부터 세계 매스컴에서 한일전에 대한 기사를 조금씩 다루기 시작했습니다. 우리는 어떤 결정도 못 내리고 있는 상황인데 이미 외국 언론들은 한일전에 대해 방송을 하고 있습니다. 방송 내용을 간추리면, 한일 간의 미묘한 분쟁거리를 국제 헌법 재판소에 의뢰치 않고 좀 특이하지만 양국은 5 대 5, 막상막하의 실력인 축구 시합을 통해 해결키로 합의했다, 이 시합은 역사상 가장 흥미 있는 경기가 될 것이다, 라며 보도하고 있습니다. 이 일련의 일들은 결코 우리가 원하는 바가 아님을 압니다. 허나 그러한 마음과는 상관없이 이미 우리의 또 다른 현실이 되고 있습니다. 부디 오늘은 결말을 내어 일본에 통지를 하게 되기 바랍니다. 그러한 각오로 임해 주기 바라며 먼저 축구 협회장이 나와 그간의 기록을 보여 드리겠습니다."

협회장이 나와 한일 간의 경기 비교 전적을 설명하려는데, 한 젊은 경제 차관이 발언했다.

"저어 회장님! 그간의 기록은 필요할 것 같지 않군요. 백 번 잘 해도 한 번 지면 끝장인 것입니다. 또 우리가 일본에 열세인 것도 이미 알고 있는 마당에, 그간의 승패가 뭐 중요하겠습니까? 그것보다, 한번 시합을 해 본다는 가정 하에 시합의 승산을 따져 봐야 한다고 생각합니다."

모두가 술렁이기 시작했다. 마음 속에 '에라 썅, 한번 붙어 보자!' 하는 마음도 있으나 혹 지기라도 한다면 그 때의 원망은 자손 대대로 남게 될 것이기 때문이다. 누구 하나 말을 못 꺼내고 있었던 것이다.

며칠 동안 청와대 회의에서는 다들 걱정만 하였지, 이러한 얘기는 처음 나온 것이었다. 웅성거리며 서로 얼굴을 쳐다보면서 일단 얼굴에 수심들이 없어지는 것 같다.

"알겠습니다. 그러면…… 처음 장부터 10쪽까지는 양팀의 기록을 비교 분석한 것이니 넘어가겠습니다. 한국팀 신상은 11쪽부터이고 일본은 13쪽부터이며, 17쪽에서 19쪽까지는 전년 대비 예상 전적 분석표입니다. 평균 연령은 우리가 조금 많으나 33세 넘은 두 사람을 빼면 평균 연령도 23.5세로 22.7세의 일본과 큰 차이가 없으며…… 신장은 우리의 180.5cm이고 일본이 180.4cm로 비슷합니다. 또 평균 100m 달리기의 기록은……."

협회장의 브리핑이 모두 끝나도 좌중에서 먼저 발언하는 사람이 없었다. 그 때, 아까의 젊은 차관이 다시 말했다.

"제 의견은 우선, 왜 일본이 이러한 선전포고와 같은 짓을 했는가를 알아보고, 우리의 무기로 과연 그들을 대적할 수 있는가 점검하면 될 일을 수세적인 입장만 취해 오다가 세계 각 언론사들까지 흥미를 가지고 떠들게 된 것에 대해 반성을 촉구하는 바입니다. 일본은 이미 일본 국민의 여론은 물론, 진 세계의 여론을 유발시켜 시간이 가면 갈수록 우리가 반대하기 힘들게 만들고 있습니다. 또 그래서 어쩔 수 없이 시합을 한다 한들 우리 선수들의 사기는 어떨 것이며 결과는 뻔할 것 아닙니까? 따라서 각자의 의견을 개진하되 가부를 신속히 정할 수 있기 바랍니다."

여러 상관들을 질타하고는 당당하게 앉았다. 그러자 국회의원 출신의 나이 지긋한 장관이 물었다.

"당신은 직책이 뭐요?"

"예. 차관입니다."

일어나 대답했다.

“그러면 당신은 시합을 하자는 쪽이요, 아니요?”

“제가 말씀드린 것은 수세에 몰려 전전긍긍하는 우리 모습이 너무 가엾고, 이러지도 저러지도 못하는 것이 한심스러워 말씀드린 것입니다. 제 의견을 물으셨으니 대답하겠습니다.”

회의장은 일시에 물을 끼얹은 듯 조용해졌다. 그리고는 젊은 차관의 입만 응시하고 있었다.

“저는 싸우겠습니다!”

웅성거림이 일더니 장내가 소란스러워졌다. 그러자 그 늙은 장관이 벌떡 일어났다.

“자고로 지피지기면 백전불패라는 말이 있습니다. 어찌 전력이 우리보다 나은 것을 알면서 전쟁을 치를 수 있단 말이오? 누구는 저 젊은 차관보다 용기가 없어서 그런 줄 아십니까? 적군이 아군보다 우세할 때는 전쟁을 피하여 패를 면하는 것도 용기입니다. 절대 해서는 안 됩니다!”

다시 또 웅성거리기 시작했다. 여기 저기서 아예 한일전을 없애버리자는 얘기가 나왔다. 그러자 또 다른 한 사람이 일어났다.

“저는 국방부에 근무하는 이태영 차관입니다. 한 가지 장관님께 반문해 보겠습니다. 우리가 일본보다 우세한 입장이라면 저들에게 이러한 바보 같은 제의를 했겠습니까? 참으로 야속한 사람들을 이웃에 두고 있습니다. 우리들은 죽었다 깨어나도 이러한 생각을 할 수 없는 국민입니다. 하지만 저들은 그렇지 않습니다. 저들은 간교한 수작을 부려 세상 사람들의 흥미를 유발시켜 이 바보 같은 안건을 점점 구체화하고 있습니다. 지금 모두들 우리가 기술면에서 열세라고 하지만 한일전만큼은 정신력이 우위일 수 있습니다. 그래서 우리 선배들은 일제 치하에서도 축구의 어떤 기술적인 면보다는 일본을 이겨야겠다는 투지 하나로 승리를 이끌어 왔습니다. 물론 요즘 세상은 모든 것이 과학적이고 치밀한 계산으로 이끌어 나가는 세상이기는 하지만, 현재 한일의 격차는 극복할 수 있는 차이라고 생각합니다. 그러니 좀더 적극적인 입장에서 어떻게 해서 이길 것인가에 대한 방법을 구상하는 것이 낫다고 생각합니다. 그래서 저는 싸워야 된다고 생각합니다.”

또다시 웅성거리며 소란스러워지기 시작했다. 치사하지만 치사한 것은 잠시일 뿐 우리의 독도를 지키자는 노장파와 일본과 싸워야 한다는 소장파로 의견이 양분되었다.

“박 장관의 생각은 어떠시오?”

대통령이 물었다.

“네. 저는 솔직히 말씀드려 피하는 것이 좋다는 생각입니다. 지금의 전력으로는…… 확실히 이긴다는 보장이 없고 질 확률이 더 높습니다. 무모한 시합보다는 피하는 것이 상책이라 생각됩니다. 그리고 독도나 정신대 보상금 문제는 흥정의 대상이 아니라 당연히 인정해야 하는 일들입니다. 그러니 단순한 운동 시합으로 결말지으려는 그들의 얕은꾀에 넘어가지 않아야 된다고 봅니다.”

노장파들은 고개를 끄덕이며 동의를 표했다.

“냉철한 판단이오. 외교 채널을 통해 협상해야 될 일을 한갓 운동 경기로 결정짓자니……!”

한편, 소장파들은 주먹을 불끈 쥐며 얼굴을 붉혔다.

대통령은 잠시 눈을 감고 있다가, 사람들이 서로 웅성대며 떠들자 오른손으로 장내를 제지시킨 뒤 말했다.

“하루이틀 더 지난다고 뾰족한 방법은 없겠으나, 일본과 세계의 반응도 더 지켜본 뒤 회의를 속개하십시다. 각자 좀더 심사숙고하여 결정을 볼 수 있도록 바랍니다. 모레 결정을 내리도록 합시다. 나 먼저 일어납니다.”

하더니 힘없이 일어나 나가셨다.

참석했던 사람들도 하나 둘 일어나며, 서로 뜻이 맞는 사람들끼리 자연스럽게 뭉치며 회의장을 떠나가고 있었다.

결말은 못 냈지만 문광부 장관이 '피하는 게 낫다', 했으니 싸우지 않는 쪽으로 기우는 것 같았다. 어쨌든 회의는 예상 외로 일찍 끝나고 말았다.

재범은 대표팀 감독을 맡고 있는 나트라스 감독을 만났다.

"한국 선수들의 최대 단점은 어디에 있다고 보십니까?"

"제 실력을 제대로 발휘하지 못하는 데 있다고 봅니다."

"제 실력을 발휘하지 못하는 이유는 뭡니까?"

"그게 저도 걱정이에요. 연습 때는 잘 하면서도 시합만 나가면 흐트러지니……. 연습 때 과감한 슛과 찬스 만들기에 역점을 두지요. 하지만 정작 시합에만 나가면 다 소극적이에요."

"정신적인 문제군요."

"그렇습니다. 특히 유럽팀과 붙으면 더 주눅이 들어요……. 아마 한국인들의 민족성이 아닌지 모르겠어요."

"네? 민족성이라면……."

"기분 나쁘게 생각하지 마십시오. 솔직한 심정으로 말씀드리는 것이니, 또 달리 표현하기도 어렵고…… 선수들은 연습도 열심히 하고 감독의 지시도 잘 따라줍니다. 성심성의껏 연습하는 것을 보면 참으로 고맙지요. 그래서 편안한 분위기의 연습 게임이나 좀 약한 팀과의 시합에서는 자기 기량들이 다 나타나죠. 아니 실력 이상으로 가볍게 게임을 풀어 나가지만,

정작 유럽팀을 만나면 과감해야 할 때에도 엉거주춤하고 다른 선수에게 미루어 버려 찬스를 잃는 것이 문제입니다. 즉 자신감을 못 갖는 게 문제예요.”

“그게 우리 민족성하고 어떤 관계인지?”

“네, 그러니까 한국인들은 너무 많은 제약을 받으며 자라는 것 같아요. 어른이나 조직이 시키는 것만 해야 되고, 그 이상을 벗어났다가는 혼이 나기 때문에 스스로 생각하고 행동하지 못하죠. 즉 자발적인 자립심이 부족해요. 그래서 눈치를 보며 소극적인 것이 모든 방면으로 나타나는 것 같아요. 그러나 자유분방하게 자라는 유럽인은 자발적인 열성과 자립심이 강하기 때문에 찬스에서 과감한 플레이를 할 수가 있지요. 허나 한국 선수들은 확실하지 않으면 피하려 하고 잘못하면 어쩌나 하는 두려움이 많아요. 골프를 연습장에서는 잘 쳐도 필드에 나가면 엉망인 것처럼 자신감과 도전 정신이 약해요.”

“……”

“그래서 연습노 중요하시만 강한 팀보다는 약한 팀하고 자꾸 씨워 이겨서 자신감을 불러 일으키는 게 급선무라고 생각하고 있어요.”

“요즘 한일전에 관한 내용을 아십니까?”

“네. 알고 있지요……”

“어떻게 해야 된다고 생각하십니까?”

“글쎄요, 제 생각은 하라고 했으면 좋겠어요. 그러면 지지만은 않을 겁니다. 그러나 시간을 끌면 끌수록 선수들이 더 소심해질까 두렵습니다. 일본의 실력보다 우리의 정신 자세를 더 걱정하고 있지요. 그러나 일본은 어찌 스포츠 정신은 다 팽개치고 도박을 하자는 것인지……. 하지만 빨리 결정을 내려 준다면 기필코 지지만은 않겠습니다.”

나트라스 감독은 한국 선수들뿐만 아니라 한국 토양까지 연구하는 노력
파였다. 또 지지만은 않겠다는 말이 큰 자신감을 나타내지는 못했으나, 책
임감을 피력하는 것으로 받아들여졌다. 기자들의 인터뷰를 항시 피하는
감독이라 내심 건방지다, 졸장부다, 라고 생각했는데 오늘 개인적으로 만
나 보고 나니 그런 오해가 사라졌다.

선수촌을 나오며 영진부고에 전화를 했다.

"별똥개입니다, 교감 선생님 계십니까?"

"네? 하하하!"

교환원이 웃더니 똘만이 선생이 나왔다.

"선생님, 저 별똥개입니다. 찾아뵈도 될까요? 네, 곧 가겠습니다."

교감실에 들르기 전 혹시 박 선생이 있는지 교무실을 슬쩍 들여다보았
다. 수업에 들어갔는지 보이지 않았다. 교감실에 노크를 했으나 반응이 없
어 조용히 문을 열고 들어갔다. 누가 왔다 갔는지 응접 테이블에는 빈 찻
잔만 두 개 있고 재떨이에 타다만 담배꽁초가 한 개 있었다. 재범은 창가
로 가서 블라인드를 작동하여 보았다. 한쪽 끈을 잡아당기면 수직으로 왔
다갔다하고, 다른 왼쪽 끈을 잡아당기면 수평으로 오르내리는 것이 참으
로 편리했다. 그 때 문이 열리며 교감 선생이 들어왔다.

"어제 왔다며?"

"네."

"그래. 지금 떠드는 한일전 때문인가?"

"네."

"개새끼들, 어떻게 혼쭐을 내주어야 되는데……. 근데 우리 정부는 어
쩌려는 거지?"

"난처한가 봐요. 지금 나트라스 감독을 만나고 오는데, 감독은 한국이

하라면 싸우겠대요. 지지는 않겠다구요."

"제기럴! 그야 싸우라면 싸워야겠지……. 지지 않겠다는 말은 뭐야? 11명이 축구 골대에 서 있겠다는 얘기인가, 공격은 않고?"

"그래도 생각이 깊은 것 같았어요."

"생각이고 뭐고 실적이 없잖아. 일본애들은 져도 2 대 1, 3 대 1 하는 것을 우리는 5 대 0이 뭐니? 저번 프랑스하고 할 때 봐라. 도대체 요즘 애들은 잘 먹고 옛날보다 형편이 훨씬 나은데도 그 모양이니……. 헝그리 정신이 없어서 그래, 헝그리 정신!"

교감 선생은 금방 얼굴이 벌개지면서 흥분했다.

"저 이번에 거진에 가서 아주 놀랐습니다."

"그래, 그 선수들 만나 봤나?"

"아니요. 시간이 없어 못 봤는데요. 그 애들 내력을 들으니 참 대단하더라고요. 감독도 놀라운 사람이고, 후원자도……."

"음. 그 친구가 많이 알던가?"

"네. 교장 선생님도 후원자 중에 한 분 같으셔요. 시간이 되는 대로 거진에 다시 찾아갈 겁니다."

그 때 똑똑, 소리가 문에서 나더니 전에 봤던 박 선생이 들어왔다.

"어머, 안녕하세요?"

"아, 안녕하세요. 박 선생님?"

"결재 서류는 그냥 내 책상에 놓아두세요."

"네, 알겠습니다. 음료수 갖다 드릴까요?"

"누구시키지 그래요."

하고 교감이 얘기하니,

"벌똥개님 오셨으니 제가 갖다 드리겠습니다."

하고는 활짝 웃으며 나간다. 교감 선생은,

"요즘 젊은 사람들은 참으로 개방적이야. 박 선생은 영어를 담당하고 있어. 아버지가 외교관이라 여러 나라에서 살았다더군. 이곳이 첫 부임지인데 인기가 많지. 실력도 있고 예쁘고 활달하거든……."

"네에. 성격이 참 밝아 보여 좋네요."

음료수를 가지고 온 박 선생은 탁자에 놓으며,

"한 가지 여쭈어 봐도 되나요?"

"뭐요?"

하고 교감이 대답했다.

"왜 별명이 별똥개인가요? 똥개 말고 별똥개라는 동물이 따로 있나요?"

"와하하!"

"하하하!"

교감과 재범은 큰소리로 웃어 댔다.

"별똥개라는 동물은 따로 없어요. 나중에 본인한테 직접 물어 보세요. 이봐, 재범 군!"

"네."

"자네 아직 총각이지?"

"네?"

"나중에 우리 박 선생에게 시간 내서 자네 별명을 풀이해 주게나. 데이트도 할겸!"

당황한 빛을 띠운 박 선생이 양어깨를 으쓱 올리더니,

"제 이름은 박지원이에요. 나중에 풀이해 주세요."

하고 웃으며 나갔다.

재범은 교감 선생에게 거진에서 들은 이야기를 해 주었다.

거진 선수들이 어떻게 조직됐으며, 구 감독이 어떤 방법으로 훈련시키고, 나중에 이정민 옹이 사재를 털어 비밀리에 국가 상비군으로 키우며 어떠한 때를 기다렸다는 얘기를 들려 주었다.

똘만이 선생은 믿기지 않는 듯했다.

"구 감독을 한번 만나 보고 싶구먼……, 음 그랬군! 걔네들 플레이는 아주 환상적이야!"

다음번 거진에 갈 때에는 같이 가기로 했다. 나오는 길에, 교무실에 들러 박 선생에게 명함을 건네주었다.

"언제 시간 내주시면 별명을 풀이해 드리겠습니다."

재범은 박 선생의 명함을 받아 쥐고는 학교를 나왔다. 회사에 연락하기 위해 휴대폰을 여는데 전화가 왔다.

"표 기자?"

"네, 표재범입니다."

"나 협회장이에요. 오늘 시간 있소?"

"네, 있습니다."

"그럼, 지금 어디요? ……어디? 어, 가깝네. 그럼 우리 빌딩 앞으로 오시오. 내 20분 후에 나가겠소."

퇴근길이라 시내도로는 혼잡했지만 미사리를 벗어나자 한산했다. 구리 쪽으로 가는 다리를 타고 가다 양평 쪽 강변 도로를 들어섰다. 팔당댐에서 흐르는 강에는 윈드 서핑이나 제트 스키를 즐기는 사람들이 많았다.

"올해에는 가뭄이 좀 오래 가는 것 같습니다."

"음, 그러게 말야. 비가 좀 골고루 오면 좋겠는데 7월에만 집중적으로 내리니……."

협회장은 직접 운전을 하며, 머릿속이 복잡한지 별말을 안 했다. 차는 뚫은 지 얼마 안 되는 터널들을 지나 잘 닦여진 큰 도로를 과속으로 달렸다.

오른쪽으로는 한강 상류의 물이 흐르고 그 옆으로 새로 난 넓은 길이 시원하게 펼쳐져 드라이브하기에 그만이었다. 미국의 오레곤 주에서 101번 도로를 타고 샌프란시스코까지 달리는 길도 오른쪽 절벽 밑의 태평양 바다를 끼고 달릴 수 있어서 기분이 좋으나, 지금은 우리의 것이 더 아름답고 시원했다.

홍천 가는 길로 한 시간쯤 더 가다 오른쪽 비포장 도로를 1.5km 정도 가서 다시 오른쪽으로 꺾으니 조그마한 마을이 나왔다. 한옥들이 몇 채 띄엄띄엄 있었다. 그 중 마당이 넓은 집 앞에 차를 멈췄다. 겉모양은 낡은 것 같았으나 안으로 들어가니 뜰도 넓고 방도 많은 큰 집이었다. 자세히 보니 큰 기둥과 석가래가 반짝반짝 윤이 나고 튼튼해 보여 앞으로도 몇십 년은 끄떡없어 보였다. 뜰 한가운데는 우물이 있고 방마다 식탁이 있었다. 반갑게 맞이하여 뛰어나오는 주인과 종업원들의 모습을 보니, 영업도 잘 되는 오래된 큰 식당임을 느낄 수 있었다. 안내해 준 방은 양쪽으로 미닫이문이 있었는데, 모기장으로 덧문을 해서 문을 활짝 열어 놓아도 벌레나 모기들이 들어오지 않았다. 해가 긴 저녁에는 앞뜰에 보이는 우물과 뒤쪽의 정원을 둘러싼 작은 묘목 밭을 보며 정취를 느낄 수 있을 것 같았다. 거진의 어촌과는 다르나 또 한 번 도시를 떠나 고향에 온 것 같은 편안함을 느꼈다.

재범은 서울에서 나고 자랐지만 이러한 정감 있는 곳에 오면 그 곳이 자기 고향 같은 즐거움이 생기곤 했다.

"이 곳은 팻말도 없고 구석진데도 퍽 영업이 잘 되는 것 같습니다."

"그런 것 같네. 이 곳은 홍천 콘도를 오게 되면 한 번씩 들리는 곳이라네. 조금 있으면 손님이 북적대. 대개 단골이지."

말하고 있는 협회장의 얼굴에 수심이 가득했다.

"표 기자."

"네."

"자네 생각엔 어떻게 될 것 같은가?"

"한일전 말씀이시죠?"

"음."

"낮에 나트라스 감독을 만났는데 지지 않을 수는 있다는군요. 그런데 질질 끌면 심리적으로 선수들이 부담을 느낄 수 있다고……. 나서서 말은 못 해도 빨리 치렀으면 하는 눈치였습니다."

"그래? 그러지 않아도 내일 회의에 감독을 부르려고 해. 그런데……."

삭힌 냄새가 푹푹 나는 홍어찜과 소주병이 들어왔다. 주문을 안 해도 기본으로 먹는 것인지, 아니면 회장의 단골 메뉴인지는 몰라도…….

"자네 이것 먹을 줄 아나?"

코를 붙잡고 있던 재범은 놀란 듯,

"이렇게 진한 것은 처음이네요. 좀 노력하다 안 되면 전 다른 걸로 하면 좋겠습니다."

"음, 그래? 아주머니 여기 제육을 푹 삶아 기름 빼서 한 접시 주세요. 이 친구가 잘 못 먹는 모양이니……."

"죄송합니다. 다른 것은 다 괜찮은데 많이 삭힌 것, 절인 것은 잘 못 먹습니다. 김치만 빼고요."

홍어찜을 젓가락으로 입에 넣다 다시 놓았다.

"괜찮아. 나도 처음에는 손도 못 댔으니까……. 그런데 말이야."

협회장은 소주잔을 입에 대며 얘기를 했다.

"사실은 마음이 답답해……."

"저도 회장님 마음을 이해할 수 있겠습니다. 외신에는 실력이 백중세라고 보도되지만, 실질적으로 열세이니……. 그렇다고 피하자니 이제는 세계의 여론까지 이 일을 기정사실화하고……."

"표 기자, 사실 나는 승패보다 더 답답한 것이 있어."

재범은 오전에 회장실에서 나가며 하던 말이 생각났다.

"승패보다 더한 것은 무엇일까요?"

"음…… 우리 모두가 승패에 대한 실력 평가에만 열을 올리고 있잖아? 그런데 어느 한쪽이 이겼다고 해 봐. 패국은 어떻게 되겠어? 어떻게 운동 경기 하나로 남의 나라에 들어가 국기를 꽂느냐 말이야. 일본은 국민성이 그렇다 치고, 우리가 어떻게 5만 명이 넘게 지금 살고 있고, 조상 대대로 그 곳을 지키며 살고 있는 그들에게 어떻게 나가라 하냔 말이야. 강하고 약함의 차이가 뭐가 그리 대단한 것이라고……. 우주 만물에도 이치가 있고 세상 사는 데도 진실과 진리라는 것이 있잖아? 어찌 한번의 강함을 가지고 그들의 삶을 도려내겠어? 승부를 떠나 이것은 악마의 장난이야. 그 악마의 장난에 칼을 차고 나가야 되는지……. 그것이 나를 답답하게 하는 것이야! 어쩌면 사람들은 약자들의 핑계라고 생각할지 모르지……. 그러나 하늘에 있는 정의가 이 땅에 없다면, 하늘의 정의를 끌어다 사람들에게 가르쳐 주어야지……."

재범은 협회장의 깊은 뜻을 헤아릴 것도 같았다. 승부를 떠나 조금만 생각해 보면……. 그러나 모두가 이기는 방법만 생각하고 있었던 것이다.

"말씀을 들으니 저 자신도 부끄럽습니다. 가슴 졸이고 있는 사람들, 들떠 있는 사람들, 아니 전 세계 사람들이 다 한심스럽습니다. 그런데도 일본은 몰아붙이고만 있으니……."

"다른 나라 사람들은 한 치 건너 두 치이니 굿이나 보면 재미있겠다 싶겠지. 하지만 당사자인 우리는 어떻게 처신을 해야 옳으냔 말이야……. 오늘은 마음껏 취하고 싶네. 다른 누구의 결정보다 나의 순수한 결정과 굳은 결심을 갖고 싶어. 남의 손이 전혀 타지 않은 깨끗한 물로 마음을 씻을 거야……."

신사는 순수한 마음을 눈물로 떨어뜨리고 있었다. 고개를 돌려 재범은 산촌의 하늘을 보았다. 오늘따라 더 많은 별들이 쏟아져 나와 외치고 있는 것 같다.

"정의! 정의! 진실! 진실!"

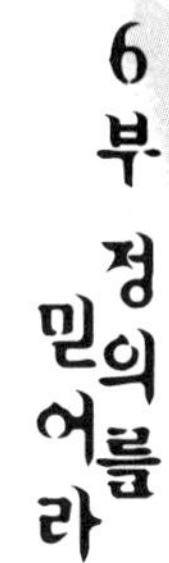

6부 정의를 믿어라

새벽에 주인이 끓여 준 담백한 북어국을 두 그릇씩 마시고, 새로운 기분으로 서울로 향했다. 운전을 하는 협회장의 옆모습은 어제의 수심에 찼던 모습이 아니었다. 어떤 굳은 결심을 한 듯 서울에 도착할 때까지 한마디 말도 없었다.

재범은 중간에 내려 택시를 타고 집으로 와 컴퓨터 앞에 앉았다. 도쿄와 런던, LA, 뉴욕에서 이메일이 들어와 있었다. 한결같이 어떻게 된 것이냐, 결정된 것이냐 등과 꼭 이겨야 한다는 내용이었다. 거기다 유럽에서는 한국이 이길 수 있는 전략적인 면까지 상세히 보도하고 있다는 내용이었다. 일본의 인터넷 기사 내용은 이미 한일전이 시작되고 있었다. 포메이션은 4-4-2로 해야 된다느니, 공격수는 누구 누구이며, 유럽에서 뛰고 있는 선수와 그들의 장기는 무엇이며, 우리는 그에 대한 대책을 이렇게 세워야 한다, 등등 모든 것이 결정된 듯한 분위기였다.

재범은 샤워를 간단히 하고 차를 몰고 사무실로 나갔다.

동경 시내의 길은 신호 체계가 잘 되어 있으나, 차량이 워낙 많아 항상 혼잡하고 소란스럽다. 마쯔시마는 신문에 난 기사들의 호들갑스런 대목을 하나도 빠짐없이 보다가 신문을 팽개치듯 내려놓았다. 신문들은 하나같이, 아무리 친선 게임이라도 일본 대표팀이 중국에게 0 대 3으로 진 것은 그 동안 일본 축구가 과대 평가된 것이라고, 보도했다. 일한전을 취소해야 한다는 여론이 일었다. 대마도를 내건 것은 미친 짓이며, 일본 축구 협회장과 문부성 장관은 사표를 내고 하루빨리 한국 정부에 사과하라는 기사로 뒤범벅이 되었다.

"5가 뒷길로 돌아, 돌아가!"

마쯔시마는 속이 뒤틀렸다. 그리고 조금 걱정이 되기도 했다.

"이와다에게 전화해! 스즈키한테 연락해서 나한테 지금 전화하라고!"

운전수는 신호 대기에서 입력된 번호를 눌러 말을 전했다. 차는 5가 뒷길로 해서 가다 다시 큰길로 나갔으나, 이 곳도 차들로 꽉 차 있었다.

마쯔시마는 생각했다.

'한국 정부는 아직 꿀먹은 벙어리처럼 가만있는데 과연 한국이 응할까?'

전날 내보냈던 '일장기 X1'은 세계 주요 도시 중 미국의 CNN이나 영국의 BBC 등 세계적인 채널을 가지고 있는 주요 도시로 전송되었다. 또한 각 대사관에는 방송이나 언론 매체를 통하여 여론화시킬 것을 1단계, 2단계, 3단계로 지시해 놓고 있었다. '일장기 X1'이 발신된 후 세계의 대형 매스컴을 통해 뉴스가 보도되고 있었다. 한국도 어쩔 수 없이 곧 응하게 될 것이라고 생각했다.

그런데 이번 중국과의 경기에서 진 것을 가지고 장관 사퇴론과 한일전 경기 취소를 들고 나오니, 조금 걱정되기도 했다. 물론 이 모든 것이 계획대로 이루어지고 있는 것이었지만…….

그 때 마침 전화가 왔다.

"스즈키 겐조입니다!"

"그래, 지금 어딘가?"

"아직 호텔에 있습니다. 이제 막 식당에 들어갔습니다."

"아, 거기가 1시간 늦지? 그런데 말이야, 0 대 3이었다며?"

"네."

"음, 누구누구 뛰었나?"

"다케이하고 오다만 전후반 스위치 했습니다. 한 명이 뛴거나 다름없었습니다."

"그런데, 중국이 그렇게 잘 하는가?"

"하하! 걱정 마십시오, 장관님! 저희는 수비만 했습니다. 하나는 일부러 페널티킥을 만들어 내주었고요. 제대로 한다면 아마 저희가 3골은 넣었을 게임입니다. 일부러 지기도 힘들었습니다. 장관님! 걱정하지 마십시오!"

"음, 수고했소. 선수들한테도 함구령을 내리시오!"

걱정스럽던 마음이 일순간 사라졌다. 이제 남은 것은 한국이 응하는 일 뿐이었다. 홍보과장 이와다를 불렀다.

"어, 이와다 과장인가? 음, 잘 들리나? 나는 휴대폰이라 잘 안 들리니 크게 얘기해! 음, 좋아. 잘 들리네. 산토스 팀 관계는 준비하고 있나? 좋아! 우리가 게임에 지는 것은 수월하지만 걔네들이 한국팀에 지게 하는 것은 쉽지 않아. 어? 그래 그래. 잘했어! 그깟 정도의 돈은 문제가 아니야. 이번 에 자네 할일 다하면 내 독도에 일장기 꽂을 때 특별히 데려가지. 음, 약속 하지. 역사에 길이 남을 걸세!"

마쯔시마는 훨씬 마음이 가벼워졌다. 청사 빌딩 앞 큰길도 역시 교통이 혼잡스러웠다. 마쯔시마는 차에서 내려 걸어 들어갔다. 집무실이 23층인 데도 초고속 엘리베이터는 1분이 채 안 걸렸다. 집무실에 엽차를 가지고 따라 들어오는 비서에게 전산실장을 부르게 했다. 응접 테이블에는 차 속 에서 본 신문들이 가지런히 놓여 있었다. 마쯔시마는 신문을 한쪽으로 밀 어 놓고, 얼마 안 되어 나타난 전산실장에게 쪽지를 건네주며 어전트로 보 내도록 지시했다.

'급보 – 일장기 X2' 는 동시에 세계 7개 주요 도시로 전송됐다.

마쯔시마 장관은 머리를 식히려 잠시 눈을 감고 소파 뒤로 머리를 대고 있는데, 갑자기 직통 전화가 울렸다.

"마쯔시마 장관!"

"하이, 수상님! 이른 아침부터 웬일이십니까?"

"신문에 자네를 해임시키라고 기사가 났더군, 하하!"

"무슨 말씀이십니까?"

"신문도 못 봤나? 우리가 중국에 0 대 3으로 졌다고 난리인 것을……."

"네, 그건……."

"아네 알아, 진짜 그런 것은 아니겠지?"

"여부 있습니까? 아침에 스즈키 회장하고 통화했습니다. 저희는 주전 선수가 1명밖에 안 뛰었습니다."

"알겠소. 신문 기사 보고 혹시나, 걱정되어 마쯔시마 상에게 전화 한번 해보는 것이오."

수상도 못내 걱정이 되었나 보나. 허긴 아무리 직진이리 해도 0 대 3으로 졌다고 그렇게 떠드니……. 마쯔시마 자신도 염려되지 않았덩가. 마쯔시마는 피시시 웃었다.

축구 협회장, 문화관광부 장관, 외교통상부 장관, 국무총리가 관저에서 밀담을 나누고 있었다.

"총리께서도 아시겠지만 여러 곳에서 지금 은밀히 저희에게 압박을 가해 오고 있습니다. 특히 미국의 대통령이 바뀌고 나서는 여러 모로 우리보다는 일본에 편중되어 전과 같지 않습니다. 그런데, 오늘 미국의 공식적인 입장은 아니었지만 한일 간의 역사적인 축구 시합을 진심으로 축하한다는 전문을 윌리엄 아시아 담당 국무차관보가 보내왔습니다. 저희의 의견을 한국 주재 미 대사로부터 미리 타진해 볼 만한데 말입니다. 또 프랑스, 영국, 캐나다, 중국 등 주요 국가 6곳에서도 사견을 전제하고 비슷한 내용을 보내 왔습니다. 처음에는 세계 언론 매체에서 조그맣게 다루던 것이 확대되었고, 이제는 우리와 경제가 밀접한 7개 도시에서까지 여론을 이끌어내고 있는 상황입니다. 그냥 이렇게 하루하루를 보낼 수는 없는 것 같습니다.”

무뚝뚝한 총리는 얼굴이 더욱 상기되어 물었다.

“몽준 회장! 어떻게 전혀 안 되는 것입니까? 이번에 일본이 중국한테 0 대 3으로 졌다고 하더군요. 그동안 잠잠하던 우리 국내 언론들도 중국과 일본의 성적을 자세히 보도하며 한국도 용기를 내어 응하라는 내용들로 활자가 커지고 있는데 말입니다. 정말 안 되는 것입니까?”

“저는 사실…… 시합의 승패보다 그로 인한 파장이 염려되어 깊이 생각하여 왔으나, 이제 마음을 굳혔습니다.”

일시에, 협회장의 얼굴을 근심스러운 눈초리로 주시했다.

“싸웁시다!”

“예?”

국무총리가 놀라 물었다.

“이번 중국·일본전은 일본이 우리를 끌어들이기 위한 간교한 수작에 지나지 않습니다. 얼마 전, 일본이 중국에게 갑자기 친선 게임을 요청했다는 정보를 듣고 북경 주재원에 확인시킨 결과 사실이었습니다. 그리하여 정평일보의 차진식 실장과 협회 직원을 몰래 관전하게 했습니다. 일본은 갑작스러운 시합을 만들었기 때문에 우리가 전혀 눈치 채지 못했을 줄 알 것입니다. TV 중계도 안 한 것이니까요. 비디오 촬영도 없었고요. 그런데 경기 내용을 들어 보았더니 주전은 한 명밖에 안 띈 상황이었습니다. 일부러 일본이 약하다는 것을 한국 여론에 호도하고 싶었던 것이죠. 그러나 저는 그런 것과 상관없이 이번 시합을 정정당당히 치르고 싶습니다.”

다들 말없이 고개를 숙인 채 주먹을 불끈 쥐고 있었다.

“물론 현재의 성적표로는 우리가 열세인 것은 사실입니다. 그러나 이런 어처구니없는 제안을 한 일본은 그들의 과오가 어떠한 결과를 낳는지 보게 될 것이라 믿습니다. 즉, 정의가 살아 있다는 것을 믿습니다.”

“그것은 우리도 마찬가지입니다만……. 어떻게 일본은 승리를 그토록 확신하는 걸까요?”

총리가 조용히 말을 했다.

“그것은 좀더 알아보겠습니다. 다만, 먼저 결정을 빨리 내려야 되니, 우선 말씀드린 것입니다. 그리고 이 모임이 끝난 후 국정원 부장과 만나기로 되어 있습니다.”

“아, 같이 회의했어도 될걸. 어쨌든 대통령께 말씀드려 비상대책회의를 곧 주선하겠소.”

밖으로 걸어 나오면서 문광부 장관이 협회장에게 말했다.

“좋소. 이왕 이렇게 흘러가는 물, 힘들게 거슬러 가지 말고 물결 따라 노를 저읍시다. 옆에서 힘껏 노를 저으리다.”

문광부 장관은 먼저 회의 때와는 달리 굳은 결심을 하고 있었다.

“사실은 말이오. 내가 저번에 피하자 한 것은 이 무슨 해괴한 것에 휩싸이나 싶어 똥물에 발 담그지 말자는 뜻이었소. 하지만 일본이 이렇게까지 치밀히게 나오는 이상 사생결단을 내야 한다, 생각하오”

문광부 장관도 협회장과 똑같은 생각을 하고 있었던 것 같았다.

재범은 기자들이 잘 모이는 무교동의 연 다방으로 갔다. 공휴일이라 차의 왕래가 없어 쉽게 도착했다. 근처의 많은 곳이 카페로 변모하여 고급차와 고급 술 파는 곳이 되었지만 이 곳 연 다방은 주인이 딸에게 물려 주며 2대째 영업을 하고 있었다. 그렇게 해서 40년이나 된 이 명소에는 새로운 단골들과 오래된 단골들이 한데 어우러져 항상 사람들로 붐볐다. 웬만한 궁금증은 이 곳에서 풀 수가 있었다.

"어, 표 기자! 여기!"

여러 명의 기자들이 줄담배를 피웠는지 재떨이에 꽁초가 수두룩하고 하나같이 입에 담배를 물고 있었다. 윤 기자가 자리를 내주며 말했다.

"바쁜 모양이지? 그런데 왜 휴대폰은 끄고 다니는 거야?"

"응, 멀리 갈 때가 좀 많았어. 그래서 방해 안 받으려고 메시지 전송만 체크하는 거야."

"휴가는 다녀오셨잖아요? 어제 저녁에도 어디 가셨어요?"

다른 후배 기자가 물었다.

"응, 촌에 좀 다녀왔어."

"서울보다 지방에 더 많이 계시네요?"

"그런데, 지금 뭐가 어떻게 돌아가는 거야?"

"서로 입장이 똑같아. 외부의 정보도 우리가 아는 게 전부고, 시합을 해야 되나 어쩌나? 똑같이 결론을 못 내리고……. 그래서 줄담배만 피우고 있는 거야."

또 다른 동년배 기자가 얘기했다.

"세상에 이렇게 결론을 내릴 수 없는 것도 있나? 에이, 우리 낙지하고 조개탕이나 하러 가지……."

재범도 피곤했지만 별 뾰족한 수가 없어 쫓아갔다. 가서도 축구 얘기뿐이었다. 대표 선수들 이야기며, 이번 한일전을 해야 된다, 말아야 된다 의견이 분분했다. 하지만 누구도 끝까지 싸워야 된다고 주장하지 못했다.

재범은 박지원 선생에게 휴대폰을 걸었다.

"네, 말씀하세요."

"저 별똥개입니다……."

"하하하, 그냥 재범 씨라고 하세요. 웬일이세요?"

"아니 그냥…… 통화가 되나 하고요."

재범은 박 선생이 밝은 목소리로 '재범' 이라 하라는 말에 숙기가 없어졌다.

"어머! 그런 말이 어딨어요? 그렇게 수줍어서 기자 생활은 어떻게 하세요?"

"이봐, 표 기자! 술 먹다 말고 무슨 전화야. 온 것도 아니면서……."

윤 기자의 핀잔이다.

"어머, 지금 다른 분들과 계세요?"

"네. 무교동에서 매운 낙지에다 한잔 하고 있어요."

"아니, 대낮인데요?"

"시간이라는 것을 제때에 못 써먹는 것이 저희 생활이에요."

"호호호……."

"네, 그러면 또 연락 올리겠습니다."

"참 싱거우시네요……. 오늘 저녁에 시간 있으세요?"

"네? 지금 현재는 그런데요."

"그러면 저녁에 전화 주시겠어요? 저도 어떻게 될지 몰라서 그러는데……."

"아니에요. 사실 요즘 시국이 그래서…… 언제 어떻게 호출될지 모릅니다. 정말로 전화가 되는지 해 봤습니다. 제가 다음에 전화를 미리 드리죠."

"네, 알겠습니다. 너무 늦게 하시면 저도 전화번호가 맞는지 먼저 겁니다."

전화 목소리도 티없이 맑았다. 재범은 괜히 다음에 한다, 했나 후회가 됐다. 활달하며 예쁜 박 선생을 생각하며 슬며시 웃었다.

"자, 들어! 전화만 하지 말고."

"알았어! 조금만 하지……."

다음날 비상대책회의 분위기는, 일본이 중국에 0 대 3으로 졌다는 기사 때문인지, 세계 여론의 움직임 때문인지 협회장의 각오를 들어서인지 몇몇 노장파를 뺀 참석자 전원이 '싸우자' 라는 쪽으로 흘렀다. 그에 대한 대비책으로 우리가 요구할 조건, 우리의 전략과 그들의 전략, 또 그 후에 패했을 때 오는 파장과 승리했을 때의 약정 이행 방법 등에 대해 논의하고 각 부서별로 세밀히 검토하여 제출하도록 했다. 그리고 마지막으로, 대통령께서 주한 일본 대사의 공문을 접수한 뒤 국민들에게 담화 형식으로 발표하기로 결론지었다.

나카시마 사오시 주한 일본 대사는 본국에 타전을 보냈다.

'한국, 일·한 정기전 수락! 합의서 초안 요청!'

일본 정부는 한국에서 온 전문을 접수하고는 또다시 내각이 분주히 움직였다. 일본의 수상실 문에는 '국가비상대책회의', '접근 불허'라는 팻말이 붙었다.

"마쯔시마 장관!"

"하이!"

"용병들은 다 채웠소?"

"하이, 이미 7명을 확보해 놓았습니다."

"7명씩이나? 아니 그렇게 많이 교체할 거요?"

"아닙니다. 대책이 서 있습니다."

"알겠소. 그럼 약정서 초안을 좀 봅시다. 음, 그런데 한국이 이것을 수락하겠소?"

"뭐 말씀입니까?"

"1차전, 3차전을 일본에서 한다는 것 말이오."

"1차전은 꼭 일본에서 해야 한다는 조건을 달 작정입니다."

"어쨌든 초안이니까……. 그대로 보냅시다. 그리고 이 사실을 전 세계 언론에 흘리시오."

사람들이 들어가고 나오고 마라톤 회의는 밤 11시가 넘도록 진행됐다.

"나카시마 대사를 호출하시오!"

"이것을 먼저 전송할까요?"

"보내시오. 아, 나카시마 상! 여기는 일본 수상실이오."

"하이!"

"그래, 한국의 분위기는 좀 어떻소?"

"정부에서 결론만 내고, 아직 국민들한테는 홍보를 안 해서 잠잠합니다."

"알았소. 지금 약정서 초안을 보내니, 내일 날이 밝는 대로 한국 외교통상부 장관에게 전하시오. 나도 내일 일찍 주일 한국 대사를 불러 다짐하며 전하리다. 다시 뒷걸음질치는 일이 없도록 서두르란 말이외다."

"하이, 알겠습니다!"

일본의 수상실을 비롯한 한국 주재 일본 대사관에도 새벽까지 불이 꺼질 줄 몰랐다.

한국은 한국대로 바쁘게 움직이기 시작했다. 일본 대사가 전해 준 약정서를 각 부서별로 심의하고 있었다.

"그런데 관중석 배정 비율을 3 대 3 대 4로 하면 4는 어느 나라 사람들이 온다는 겁니까? 또 특이한 사항 중 하나는 오늘 이후 국적을 새로이 취득한 자는 선수로 뛸 수 없다. 즉 '오늘' 이란 말은 왜 하는 것일까요?"

약정서에 대한 세부 사항까지 조목조목 살펴 가며 심의를 진행했다. 그 밖에 약정서 내용 중 문제가 된 사항은 아래와 같았다.

- 시합 일자는 양국이 합의하되 30일 이내에 정한다.
- 1차전은 일본, 2차전은 한국, 3차전은 일본에서 개최한다.
- 선수 명단은 매 시합 당일에 본부석에 제출한다. 약물 검사는 양국의 임원과 심판진 합의 하에 시합 전에 한다. 부적격자가 1명이라도 발견되면 승부에 관계없이 게임을 몰수 패한다.
- 한국이 패할 경우, 한국은 독도를 개방함에 있어 3개월의 유예 기간을 둔다.
- 일본이 패할 경우, 일본은 대마도를 개방함에 있어 6개월의 유예 기간

을 두어 철수한다. 다만 승국은 패국이 약속한 곳에다 1개월 내 국기를 꽂을 수 있어야 한다. 이 모든 것을 UN의 감시 하에 진행하며 UN의 경비는 양쪽이 반반씩 부담한다. 만일 일본이 패했을 경우, 대마도의 일본 국민이 거주를 원하면 이를 허용해야 한다.

한국은 다음 사항을 수정하여 일본에 다시 보냈다.

- 선수의 국적은 오늘 이전의 양국 국법에 준하는 국민으로써 인정된 자로 한다.
- 관중석 배정 비율은 한국, 일본, 제3국을 4 대 4 대 2로 한다.
- 경기 장소는 1차전은 한국, 2차전은 일본, 3차전은 제3국의 장소로 한다.
- 약물 검사는 시합 후 바로 소변 검사로 실시한다.
- 심판진은 FIFA에서 지정하는 제3국의 심판으로 한다.

■ 일본이 패할 경우

- 정신대 문제를 공식 사과하고, 한국의 계산법에 의해 무조건 보상한다.
- 역사 교사서에 사실을 기록하고 왜곡된 교과서는 전량 폐기시킨다.
- 일본의 대마도를 6개월 내 양도한다.
- 단, 대마도에 잔류 희망자는 주거를 허용하나, 조세법 및 모든 것을 한국의 법률에 따라야 한다.

■ 한국이 패할 경우

- 한국의 독도를 6개월 내 일본에 양도한다.

■ 그 밖의 조건은 '일본이 패할 경우'와 동일하게 적용한다.

그 후 일본과 오고 가는 수십 번의 정정을 거쳐서 다음과 같이 결정됐다.

■ 관중석 배정 비율은 4 대 4 대 2로 '2'는 FIFA의 몫으로 한다.
■ 1차전은 일본에서, 2차전은 한국에서, 3차전은 1차전과 2차전을 합쳐 승점이 많은 쪽에서 경기를 주최한다. 1, 2차전으로 승부가 났을시 3차전은 없다.(3전 2승제) 3차전까지의 결과가 1승 1무 1패, 동률일 경우 골득실로 승부를 가른다.
■ 경기 일정은 1차전은 다음해 4월 27일, 2차전은 5월 5일, 3차전은 5월 12일로 하되 5월 중순 이내에 3경기를 끝내야 한다. 단, 악천후로 인해 시합이 연기될 때는 양국이 협의하고 협의가 안 될 경우 주최국에서 임의로 정할 권리를 갖는다.
■ 합의 각서가 체결되는 시점은 한국은 대통령이, 일본은 일왕이 국민에게 담화를 발표하는 시점이며, 양국은 똑같은 시간에 발표해야 된다. 등등…….

일왕의 담화 발표 장면이 일본 전역에 생중계되고 있었다. 흥미를 갖고 있는 세계의 방송사들도 생중계를 하고 있었다. 일본은 온통 축제 분위기에 휩싸였다.

"신뢰하는 국민 여러분, 우리는 세계 역사를 만들어 온 나라입니다. 우리가 세계로 발돋움하기 위해 주변국을 통로로 이용한 적이 있었습니다.

그러나 모든 것에는 음과 양이 있듯이, 그것이 그들 당사국들에게 아픔과 슬픔을 가져다 준 것은 사실이지만 그로 인해 문명의 앞당김이 빨라진 것 또한 사실입니다. 그리하여……. 끝으로, 우리는 그 동안에 이웃인 한국과 영토 분쟁으로 많은 세월을 보냈고 또 앞으로도, 어쩌면 영원히, 해결될 수 없었을지도 모릅니다. 하지만 이제 양국은 평화적인 해결 방안을 찾았습니다. 그리하여 진정 누구의 것인가를 판정하기 위해 모험을 시작한 것입니다. 세계를 증인으로……. 우리 일본은 어떠한 경우에도 결과에 승복할 것입니다. 한국 또한, 이번의 결정에 깨끗이 따라야 한다는 것을 명심해 주기 바랍니다. 일본과 한국, 양국의 역사적인 합의를 우리 국민과 온 세계에 선포하는 바입니다!"

축제 분위기 속에서 10분 내에 끝내야 할 담화문이 30분을 경과했다.

"와!! 천황 폐하 만세! 만세! 만세!"

일왕도 누구도 자리를 뜨지 않았다. 만세 삼창과 기미가요와 박수가 끊임없이 이어졌다.

같은 시각 한국.

땅에서는 온 세상 것이 소리를 죽였고 움직이던 모든 물체가 정지했다. 날던 새들도 곤충도 하늘의 구름도 해도 꼿꼿이 서 움직이지 않고 있었다. 오로지 TV와 라디오의 전파만이 흘렀다…….

"존경하는 국민 여러분, 조금 전까지 우리는 어처구니없는 상황에 마음을 졸여 왔습니다. 그러나 역사 앞에 떳떳하고 당당한 우리에게 정의의 칼이 쥐어져 있음을 굳게 믿기에, 피하지 않고 당당히 맞서 싸우기로 결정했습니다. ……. 여러분, 의로운 전쟁을 위하여 우리 함께 힘차게 행군합시다! 다같이 한마음 한 뜻이 되어 걸어 나갑시다. 나는 우리의 승리를 믿습니다. 우리 모두 승리를 믿읍시다. 그리고 두려움 없이 힘차게 나갑시다!"

대통령은 담담한 어조로 한 마디 한 마디에 힘을 주어 말했다. 대통령의 담화문은 짤막하게 끝을 맺었다. 기자들이 몰려와 있었으나, 그들 누구도 질문을 하지 못했다. 그들 누구도 아는 것이 없기 때문이었다. 아니 모르는 것도 없었기 때문이다. 조용히 대통령이 일어나자, 세상의 모든 것이…… 땅 위의 것이나 공중과 저 하늘의 것들이 본연의 자세로 돌아갔다. 그리고 조용히 생동감이 흐르기 시작했다.

곧이어, 평양 TV 중앙 방송에서 뉴스가 보도되었다.

"친애하는 조선 인민 공화국 여러분, 지금 일본은 섬나라의 근성을 버리지 못하고 천인공노할 짓거리를 하고 있습니다. 독도를 차지하기 위해 얕은 짓거리를 하고 있는 일본에게, 본때를 보여 주어야 합니다. 우리는 남조선의 승리를 위해 모든 것을 제공할 것이며 함께 싸울 것입니다. 7천만의 겨레여, 일어나 무찌르자……!"

세계의 주요 방송들도 한일전을 대서특필했다. 양국의 역사와 현안 문제들을 다루었고, '세계에서 처음 일어나는 역사적인 축구 시합에 한·일 두 나라가 최선을 다하여, 공정한 시합이 되길 바란다.'고 전했다.

시간이 흐르면서 세계 언론들은 한일 간의 땅따먹기 시합을 잊어버린 듯 잠잠해졌다. 오직 한국과 일본만이 겉으로는 침착한 체 하며 밑으로는 바쁘게, 그리고 나름대로 치밀하게 정보를 구하며 작전을 짜고 있었다.

나트라스 감독은 대표 선수들을 데리고 외국으로 많은 시합을 하러 다녔다. 국가 대표 선수들은 땀을 흘리며 많은 연습을 시합처럼, 시합을 연습처럼 사력을 다하며 전력을 조금씩 쌓아 나갔다. 영국에 1 대 2, 덴

마크에 0 대 2, 독일에 0 대 1, 체코에 1 대 1, 승전 소식보다 패전 소식이 많았으나 0 대 5, 0 대 3으로 질 때보다는 조금씩 자신감을 얻게 되었다. 또 겨울에는 남미, 호주, 아프리카 더운 지방으로 다니며 실력을 가다듬고 있었다.

7부 한번도 지지 않은 팀

재범은 그동안 거진에 여러 차례 다녀왔다. 그러면서 거진 선수들의 실력과 됨됨이를 익히 알게 되었다. 특히 영진부고에서 본 꽁지머리의 실축은 고의로 판명되었다.

그 당시, 양팀의 선수들이 엉켜진 상황이었는데 볼이 영진 수비수의 팔에 닿기 전에 꽁지머리 영규의 손에 맞았다고 한다. 그러나 주심은 영진 수비수의 팔에 맞은 것만 보고 페널티킥을 선언한 것이었다. 그래서 꽁지머리 영규는 만일 그 자리에서 밝히면 주심에게 오점이 생길 것 같아서 밖으로 차냈다는 것이었다.

거진 선수들은 여전히 모래주머니를 차고서 연습을 했다. 휴일마다 단축 마라톤을 하고 막대를 꽂아 놓고 빠져 나오기, 드리블로 지그재그 빠져 나오기, 장애물 경기, 25개 막대 사이로 드리블하여 센터링 올리기 등 강도 높은 훈련을 계속해 나갔다. 이정민 옹이 말한, 언젠가 때가 올 것이라는 믿음을 갖고 성실하게 훈련하고 있었다.

그 동안 재범은 구 감독을 두 번 찾아갔으나 면회를 사절하는 바람에 한 번도 만날 수가 없었다. 다만, 얼마 안 있어 곧 석방된다는 얘기를 들었다.

차진식은 스즈키 게이코에게 전화를 했다.

"게이코! 나 오늘, 아시안 국제 환경 심포지움 때문에 싱가폴에 갑니다."

"갑자기 무슨 일이에요? 며칠 전에도 말씀이 없으셨는데……."

"아, 갑자기 담당 기자가 부친상을 당하는 바람에 내가 대신 가게 됐어요."

"그러면 언제 오시나요?"

"글쎄, 회의는 2, 3일만 취재하면 되는데 오는 길에 홍콩이나 다른 곳엘 들렀다 오게 될 것 같아요. 공식적인 일은 아니고……."

"그러면 제가 싱가폴로 가서 뵈면 안 될까요? 차 기자님이 공식적인 일을 하는 동안 저는 다른 일을 하면 되니까……. 또 오랜만에 서울, 동경을 떠나 보고 싶기도 하구요."

"글쎄……. 그러면, 게이코는 며칠 뒤에 서울에서 직접 콸라룸푸르로 와요. 나는 싱가폴에서 일 끝내고 그리로 갈 테니……."

"정말이에요? 나 정말, 말레이시아 꼭 가 보고 싶었어요. 시간은 제가 만들면 되니까."

"좋소. 그러면 연락하리다."

"차 기자님, 꼭 연락주세요."

진식은 싱가폴 에어라인을 타고 싱가폴로 직행했다.

진식은, 곰곰이 생각해 보았다. 게이코는 다른 일본인과 달리 속을 다 털어놓는 것 같았다. 한 번 이혼한 여자이기는 하나 진식보다 4살 아래였다. 그리고 아름답고 늘씬한 키에 소탈하고 쾌활한 성격도 마음에 들었다. 또 게이코도 자기를 좋아한다고 믿고 싶었다. 그러나 진식의 집안은 큰아버지가 독립 투사인데다 부모님 또한 완고한 편이었다. 그래서 게이코를 가까이할 때마다 이루어질 수 없는 관계라고 생각하곤 했다. 그러나 이제 그렇게 그녀가 바라던 해외에서의 만남은 둘 사이의 벽을 허물게 되리라 생각했다. 그녀를 불행하게 만들지 않겠다고 다짐을 했다.

바람을 심하게 안고 가는 비행기는 예정보다 40분쯤 늦게 공항에 도착했다. 싱가폴은 조그마한 나라이지만 세계 금융의 중심지며 세계에서 제일 깨끗한 도시 중의 하나다. 길거리에서 침이나 담배꽁초를 버리거나 고

성방가를 하여도 벌금을 크게 물리는 등 엄격한 법질서를 가지고 있다. 때문에 치안이 잘 되어 있고 밀수 등 관리들의 부정이 없는 곳이다.

심포지움의 내용은 공해상의 환경에 대한 것이었다. 모든 배에서 나오는 오물 및 쓰레기 처치법 등을 토의하고, 다음 개최지를 인도로 정한 후 3일 간의 회의는 끝이 났다. 진식은 공식 발표된 문안들을 서울로 전송하고 나서 콸라룸푸르로 향했다. 자동차로 들어가도 될 곳을 비행기로 이동하여 콸라룸푸르 공항에 도착했다.

그리고 1시간 후, 게이코가 도착했다. 게이코는 공항에서 기다리는 진식을 보자 달려와 포옹하며 기뻐했다. 진식은 엉겁결이었지만 즐거워 힘껏 안아 주었다.

진식과 게이코는 그 곳에서 국내 항공기를 타고 말레이시아 반도 동북쪽에 있는 트랭가누 스테이트로 날아갔다. 트랭가누 스테이트로 가는 국내선은 50명 이내의 승객을 태울 수 있는 조그마한 비행기였다. 바람을 많이 타서 기우뚱대며 정글 위를 날았다. 한참을 동북쪽으로 날아간 비행기는 강원도 강릉쯤 되는 곳에 착륙했다.

원주민들은 낯선 옷차림의 두 사람이 택시를 잡는 걸 보고는 대번에 관광객인 줄 알아챘으리라. 택시를 탄 두 사람은 이틀 동안 묵을 최신식과 옛것이 어우러져 있는 특급 호텔로 차를 몰게 했다.

재범은 서울과 동경을 오가며 일본팀의 동향을 알아보는 중이었다. 그런데 동경 특파원과도 상의를 해 보았지만 일본팀은 몇 달째 감감무소식이었다. 일본팀이 극비리에 전세 비행기로 이동한다는 말만 들릴 뿐, 일본 신문이나 축구 잡지에서도 일본팀에 대한 기사는 한 줄도 찾아볼 수가 없었다. 서울에 도착하는 즉시 협회로 가서 동정을 살폈으나 한국 축구 협회에서도 전혀 알지 못하고 있었다. 나오는 길에 회장실에 들러 보았다.

"회장님, 양국이 너무 조용하니 이상합니다."

"양국이 아니지. 우리 대표팀이 움직이는 데마다 염탐꾼 5명이 한 조가 되어 꼭 따라다니고 있어. 하지만 우리는 일본애들이 어디서 어떻게 연습하는지, 또 어느 선수가 포함되어 있는지, 어떤 전술을 습득하는지 전혀 알 수가 없어……. 답답해. 한쪽은 오픈되어 있고 한쪽은 베일에 감추어져 있으니……. 그건 그렇고 표 기자, 어디 전혀 알지 못했던, 생각지도 않던 좋은 재목감 없을까? 시간이 가면 갈수록 불안해……."

"재목감이라면요?"

"음, 아니……. 어디 촌구석에서라도 좋아! 이름 없는…… 풋고추처럼 설익은 것 같지만 싱싱한 선수 말이야……."

재범은 거진 선수들을 협회장한테 얘기를 해야 된다, 생각하면서도 말할 기회가 없었다. 그러나 막상 하려 해도 거진의 선수늘이 어리기 때문에 아직은 때가 아닌 것 같았다. 그래서 다음 월드컵이나 아니면 2, 3년 후에 쓰일 것으로 생각하고 있었다. 그러나 오늘은 얘기해 주고 싶었다.

"회장님, 제가 한 말씀 드릴까요?"

"뭔데……?"

"사실은…… 우리 협회에서 전혀 알지 못하는 축구팀이 하나 있습니다."

"그게 무슨 말이야? 선수 한두 명이 아니고 팀이라고?"

"네."

"이름이 뭔데? 어디 팀인데?"

“강원도 거진에 있는 팀입니다.”

“거진? 통일전망대 가는…… 그 조그마한 어촌?”

“네.”

“그런데?”

회장은 귀에 들어오지 않는지 건성으로 말했다.

“저어, 회장님! 돌아가신 이정민 옹 있지 않습니까?”

“응.”

겉으로만 대답하고 있는 것이 분명했다.

“저어 정민 옹께서 말년에 심혈을 기울인 선수들이 있습니다. 흩어질 뻔한 선수들을 재결합시킨 팀인데요, 아주 무서운 선수들입니다.”

“뭐? 무서운? 그리고 정민 옹께서?”

“네!”

“아니, 거진이라면 조그마한 어촌인데 거기서 어떤 팀을 만드셨다는 것인가? 잘한대?”

“네.”

“음, 그러셨구먼. 정민 옹께서 특별한 선수들을 양성한다는 소문은 어렴풋이 들어 알고는 있네. 그렇지만 아직 어린 선수들 아닌가?”

“네. 그렇지만 체격도 기술도 대단해서 대학팀들이 뺑뺑 나가 떨어졌어요. 그 팀의 실력을 아는 사람들은 국가대표팀이 안 될 것이라고 합니다. 물론…… 비공식 시합이었지만 한 번도 패한 적이 없는 팀입니다.”

“뭐라고? 하하하! 한 번도 진 일이 없다고? 어쨌든 이번 한일전하고는 상관이 없지 않겠나?”

재범은 말을 시작하니 오히려 생각했던 것보다 쉽게 설명할 수가 있었다. 구 감독이 심혈을 기울여 기초를 다진 일, 훈련 방법, 교도소로 면회 갔던 일, 정민 옹이 현 코치를 데려가 현재까지 훈련시키며 대학팀과 연습 경기 가졌던 일, 스포츠맨십으로 꽉 차 있어 꽁지머리가 페널티킥도 고의로 차낸 일 등등을 설명했다.

"그것 참! 어리지만 않으면 이번 시합에 몇 명 차출했으면 좋겠네……." 하며 아쉬움을 표했다.

"회장님, 선수들을 한번 만나 보시지 않겠습니까?"

"지금이야 뭐, 당장 쓰임이 아니니…… 볼 것까지야 있겠나?"

"회장님! 제 생각으로는 지금 그 선수들을 복병으로 두었다가 대표팀의 성적을 보아 가며, 한번 뛰게 하는 게 어떨까 싶습니다."

"뭐? 복병? 아니 그렇게 잘할 수 있다는 말인가?"

"네. 걔네들은 90분 내내 뛰어다닐 수도 있고 드리블도 잘 하고 100m 도 11초 대에 다 띕니다."

"그렇지만 실전 경험이 전혀 없지 않은가?"

"그래서 회장님께서 한번 보시고, 비밀리에 연습을 시키면 어떨까요?"

"비밀리에? 허 글쎄, 자네가 그렇게 얘기를 하니 보고 싶기노 하군. 체격들은 어떤가?"

"현재 대표 선수들보다 작지 않습니다. 다 자란 애들이니까요. 이제 모두 20세가 됐습니다. 문제는…… 말씀하신 것처럼 실전이 부족하다는 건데요……. 만일 가능하다면 몰래 북한으로 보내 실전 경험을 쌓게 하면 어떨까요? 그 곳에서는 일본애들도 전혀 눈치를 못 챌 겁니다."

"음, 어쨌든 한번 보기로 하지……. 그냥 보는 것보다 게임을 치러 보는 게 낫겠지. 어쨌든 프로팀을 하나 골라 볼게……. 상위팀도 될까?"

"당연히 그러셔야죠!"

"좋았어! 그럼 이번 일요일로 정하고, 강릉에서 시합하기로 하지. 그래야 일본 염탐꾼들도 나를 미행하지 못할 테니까……."

"아니, 회장님도 추적을 당하세요?"

"그럼. 웬만한 사람의 일거일동은 다 감시당하고 있다고 봐야 돼."

"알겠습니다. 그러면 거진에 연락해 놓겠습니다."

재범은 뭔가 큰일을 한 기분이 들었다. 곧바로 나와 회사로 달려가 전화기를 들었다.

"교장 선생님, 저 표재범입니다."

"아 네, 그래 언제 또 올 거요? 뭐? 일요일? 프로팀하고? 협회장도 오신다고? 그래요. 내가 현식 코치한테 연락하죠. 운동장은 강릉에서 찾으면 되겠어……. 잔디는 아니래도…… 알았소!"

진식과 게이코는 트랭가누에서의 이틀이 꿈만 같았다. 트랭가누는 원산의 명사십리와 같은 긴 모래사장이 몇 킬로미터나 되며 뒤에는 야자나무가 천연 울타리를 이루고 있었다. 방갈로와 특급 객실을 겸한 호텔은 유럽 사람들이 대부분이었으나, 수가 적어 모든 것이 한가롭고 평화롭게 보였다. 또 바다가 보이는 건물 앞에는 예쁜 옥외 수영장이 만들어져 있고, 다이빙대도 있었다. 두 사람의 만남은 서로가 말없이 너무 기다려 왔다는 것을 알리는 듯, 눈으로 입으로 또는 손과 손으로 마음과 마음 그리고 몸과 몸을 놓기가 싫었다.

"게이코!"

"네."

"나이 많은 총각을 받아 주겠소?"

"진식 씨는 내가 이혼녀인데 받아 주겠어요?"

"나는 이미 결정했소. 게이코가 말레이시아로 온다고 할 때부터……. 게이코가 나를 따라준다면, 나는 어떠한 방해물이든 큰 파도이든 헤쳐 나갈 거요."

"진식 씨! 이미 나는 진식 씨의 손을 잡으려고 몸을 던진 지 오래예요. 진식 씨가 늦게 손을 내민 거예요…… 정말 끝까지 손을 안 놓칠 거예요. 저는……."

"알겠소. 이제는 정말 어느 방향으로 키를 잡고 나아가야 할지 알겠구려. 나는 인생을 맹목적으로 살아왔던 것 같소. 왠지 모르게 혼자 살아야 할 것 같았소. 허나, 이제는 흐르는 시간이 아깝고, 모든 게 새롭게만 느껴집니다. 또 어떻게 하면 당신을 행복하게 하고 건강하게 사랑할 수 있을까, 하는 생각으로 마음과 몸이 가득 차 있소!"

"고마워요! 당신의 말과 모습을 보노라면, 보잘것없는 헌 돌을 주어 문지르고 닦아 내어 귀한 보석으로 만들려는 마술사 같고, 떨어지는 보잘것없는 한 잎을 위해 찬미의 노래를 부르는 사랑의 시인 같아요. 이 세상 모든 것이 변해도 저는 당신을 내 마음 속 깊이, 아주 깊이 묻어 두고 저만 혼자 오래오래 간직하며 볼 거예요. 정말 신께 감사합니다. 진식 씨 이 곳에서 영원히 같이 있고 싶어요……. 이 순간 저보다 행복한 사람이 있을까요? 저는 살면서 이러한 순간은 저한테 없을 줄 알았어요. 아, 정말 오길 잘 했어요! 사실 조금 걱정되었거든요. 제가 너무 힘들게 해 드리는 게 아닌가, 하고……. 그러나 정말이에요. 여기 오길 얼마나 잘 했는지 모르겠어요. 저는 진식 씨가 노 젓는 대로, 키 잡는 대로 따라가기만 할 거예요. 제 모든 것을 맡기고……."

"고맙소! 내 건강하고 올바른 곳으로 가도록 할 거요. 사랑하오!"

“정말 사랑합니다! 매년, 오늘을 기념해서 같이 이 곳에 오도록 해요.”

“그럽시다. 다시 한번 사랑하오!”

“저도요. 정말 감사드려요. 저 위에 계신 하나님께…….”

두 사람의 시간은 꿈같이 흘렀다.

며칠 뒤, 게이코는 스즈키를 만나러 동경으로 향했고 진식은 홍콩으로 떠났다. 진식이 홍콩으로 가는 이유는 루이챈를 찾아보기 위해서였다. 작년에 일본이 북경에서 갑자기 시합 갖게 한 것이 누구라는 것을 그 때에 추적하여 알고 있었으므로 홍콩에서 그를 찾는 것은 그리 어려울 것 같지 않았다.

숙소를 퀼른사이드에 있는 바다가 보이는 셰러턴 호텔에 정했다. 다음날 일찍 루이챈에게 전화를 했다. 비서를 통해 전화 받은 사람은 생각했던 목소리와는 다르게 맑고 높은 음을 내고 있었다.

“네, 내가 루이요!”

“나는 한국에서 온 차진식이라고 합니다. 한번 만나 볼 수 있습니까?”

“무슨 일입니까? ……. 네? 지금 오십시오. 주소는 압니까?”

빌딩 앞에 선 진식은 놀랐다. 빌딩이 38층짜리에다 최신 설비를 갖추고 있었기 때문이다. 사무실은 30층에 있었다. 갬블러란 말에 사무실은 어두컴컴하고 사람들은 악해 보일 줄 알았다. 그런데 루이챈은 직원들도 많고, 사무실도 무척 컸다. 사무실은 밝고 크게 툭 터져 있고 사이사이 칸을 둔 전형적인 미국 스타일이었다. 전문 부동산 업체인 듯 집들과 임야 등의 사진이 벽에 많이 붙어 있었다.

루이챈은 마주앉아 애기를 나누니 차가운 것이 끝이 없었다.

“아시겠지만, 이번 한일 축구 시합은 한국이 일본에게 열세입니다.”

“하하하! 이것 뜻밖이군요. 한국, 일본에 관한 것을 저한테 묻고 있으니……. 당신은, 일본인은 아닌 것 같고 한국인이오?”

“한국인입니다.”

“그러면 얘기가 안 통하겠구려! 당신은 어느 쪽이 이길 거라고 생각하십니까?”

“…….”

“물론 일본이 이기겠지만…….”

“어째서 그렇게 생각하십니까?”

“하하하! 이기게 되어 있습니다! 또 이겨야 된다, 그 말입니다.”

“무슨 뜻입니까?”

“우리 도박사들은 이미 정해 놓고 있습니다.”

“……뭘 말입니까?”

“일본이 이긴다는 것 말입니다. 하하하!”

“글쎄요, FIFA 랭킹은 일본이 앞서고 있지만……. 그래도 상대적인 시합이니, 붙어 봐야 아는 것 아니겠습니까?”

“차 선생! 미안한 얘기지만…… 저를 믿으십시오. 틀림없습니다!”

“그렇다면 한국은 어떠한 방법으로 대치해야 될까요?”

“방법이요? 글쎄……, 한국이 이겨서도 안 되겠지만…… 지금은 방법이 없다 봐야 될 거요.”

“…….”

“차 선생! 만일에 한국이 유럽의 강팀하고 경기를 한다고 생각해 보십시오. 이길 수 있겠습니까?”

“무슨 말씀인지? 한일전과 유럽팀이 무슨 관계가 있습니까? 더욱 궁금해지는군요.”

“차차…… 아시게 될 것입니다. 지금 일본은 유럽에서 전지훈련을 하고 있지요. 한국은 유럽에 더욱 약한 팀 아닌가요? 하하, 제가 말씀드릴 수 있는 것은 이것이 전부입니다."

루이챈이 자리에서 일어났다. 할 수 없이 진식도 사무실을 나와야 했다.

2월 중순이 되어 가고 있지만 한국 날씨는 아직도 무척 쌀쌀했다. 협회장과 재범은 달리는 차 속에 앉아 얘기를 주고받고 있었다.

"기사는 오늘 쉬는가요?"

"응. 가급적 휴일에는 쉬게 해. 또 조용히 치러야 할 시합이고 해서……. 집에는 설악산에 좀 다녀온다고 했지."

보안을 철저히 하는 것 같았다. 공휴일 아침이라 중부고속도로를 빠져나오는 데 시간이 좀 걸렸으나, 영동고속도로에서부터는 순순히 잘 통과되었다. 3시간이 채 안 걸렸다. 재범은 약속한 장소로 가서 협회장과 교장 선생이 인사를 나누게 했다.

"말씀 많이 들었습니다."

"네, 저도 회장님을 늘 뵙고 있습니다. TV나 신문에서요. 하하, 점심을 준비해 놓았는데 괜찮을는지요?"

"네. 좋습니다. 가시죠."

교장 선생은 깨끗한 활어집의 조용한 방으로 두 사람을 안내했다.

"프로팀 선수들은 언제 옵니까?"

교장 선생이 물었다.

"그 선수들은 어제 도착해서 설악에서 묵고 나올 것입니다. 쉬는 공백이 있어서……."

"잘하는 팀인가요? 이름이……?"

"하하, 아무려면 어떻겠습니까? 젊은이들하고 하는데……. 그래서 등번호 전부 떼고 하얀 티셔츠 입고 동네 선수들처럼 뛸 것입니다."

협회장은 별로 대수롭지 않게 생각하는 모양이었다.

"장소는 어딘가요? 강릉 임업 대학교인가요?"

재범이 물었다.

"아닙니다. 거기가 휴일에는 사람들이 많아서, 산림 조합 운동장으로 바꿨습니다. 스탠드는 넓지 않아도 정식 코트랍니다. 또, 다른 사람들은 구경할 수 없는 곳이고요."

"그러면 연락을 하겠습니다."

산림 조합 운동장은 깨끗했다. 모처럼 맑은 날씨에 잘 짜여진 수목과 통나무집들이 보기에도 좋았다. 갑자기 대형 버스 한 대가 들어오고 곧이어 작은 승합차와 자가용이 뒤따라 들어왔다. 놀란 수위와 당직자들은 헐레벌떡 뛰어나와 손님들을 맞이했다. 본부석 위로 천막이 쳐지고 의자와 탁자가 놓였다. 운동장은 아직 황금빛 잔디를 곱게 입고 있었다.

대형 버스에서 내리는 선수들은 보기에도 늠름하고 자신감 있는 몸놀림이었고, 작은 승합차에서 내리는 선수들은 머리를 제각각 물들이고 축구화를 들고 있었다.

"저 사람들이 선수요?"

"네."

협회장은 젊은 선수들을 보고 빙그레 웃었다. 협회장은 거진팀이 프랑스 외인 부대처럼 보였다. 머리색은 빨강, 노랑, 파랑 알록달록한 것이 총천연색인데다 꽁지머리, 장발, 곱슬머리 하나같이 특이한 모양새였기 때문이다. 어수선한 차림새에 비하면 그들의 움직임은 이상할 정도로 정연

했고 몸놀림도 예사롭지 않게 느껴졌다.

한편 프로팀은 노련한 모습이기는 하나 이번 시합에 불만을 가진 듯 보였다. 대조적인 느낌이 드는 두 팀의 행동이 자연스럽게 나타났다. 주심과 부심은 프로팀 후보 선수들 중에서 보기로 하고, 가위바위보로 선공을 정했다. 못마땅한 표정을 지으며 코트에 들어선 프로팀 선수들을 가볍게 몸을 풀기 시작했고, 거진의 어린 선수들도 서로 등을 두드리며 각자 자리에 섰다.

협회장이 높은 데서 보니 프로팀은 2-3-5 포메이션이고 거진팀은 2-5-3 포메이션인 것 같은데 정확히 자리매김을 하지 않고 있었다.

'덩치는 커도 어린 선수들이라 잘 짜여 있지 않구나. 그런데 표 기자 얘기를 들어서 그런가? 잘할 것도 같은데…….'

프로 선수들은 말쑥하고 잘 정렬된 정예군 같은 모습이었다. 그러나 머리를 알록달록 물들인 어린 선수들은 마치 각자의 기술을 가진 공수 대원 같았다.

주심이 시계를 부심과 맞추고 나서 휘슬을 불었다. 선공인 프로팀은 상대 선수들을 얕잡아 보는지 기세 좋게 덤벼들었다. 센터 서클에서 키커가 뒤로 백패스하더니 오른쪽 윙이 깊게 뛰어 들어가는 곳에 볼을 차 주었다. 그러나 파랑머리 선수가 뛰어 들어오는 프로 선수와 같이 뛰어 들어가 날아오는 볼을 헤딩하여 터치라인 밖으로 쳐냈다. 역시 프로 선수들이라 패스가 빠르고 정확했다. 터치라인에서 드로인하는 프로 선수가 던지는 자세를 취하며 서너 발자국 앞쪽으로 나갔다. 주심과 부심은 모른 체 하고 기를 들지 않았다. 협회장도 별로 개의치 않는 것 같았다.

볼을 받은 프로팀 공격수는 촌티나는 젊은 상대 선수를 쉽게 개인기로 제치려 했다. 그러나 조금도 틈을 찾을 수가 없었다. 그래서 뒤따르는 선수나 옆 선수에게 볼을 주려고 둘러봤지만 길목마다 상대 선수들이 지키고 있어 건넬 곳이 없었다. 주춤거리다가 뛰어 들어오는 상대 선수에게 볼을 빼앗겼다. 볼을 뺏겼다 싶었는데 어느새 볼은 운동장을 가로질러 반대편 방향으로 길게 날아갔다. 반대편에서 뛰어가며 볼을 정지시키고 순식간에 프로 선수들을 제치더니 오른쪽 골라인 깊숙이 파고들었다. 프로팀은 공격만 하려고 전진되어 있어서 뛰어드는 선수들을 막을 수가 없었다. 순식간에 일어난 일이라 손으로 붙잡을 수도 없었다. 팀 수비는 3명인데, 공격진은 앞으로 튀어나온 사람 3명과 중간에 뛰어든 사람이 2명으로 모두 5명이 되었다. 너무나 순간적이었다. 골라인으로 볼을 몰고 간 공격 선수는 잠깐 멈추는가 싶더니, 동시에 수비수의 왼쪽으로 볼을 차놓고 오른쪽으로 돌아 완전히 수비를 빼돌린 다음, 반대편을 보고 낮게 차 올리니 순간적으로 뛰어들어오던 선수가 헤딩 슛! 골인이었다.

마치 두꺼비가 파리 잡아먹듯 순식간에 해치우고 말았다. 또한 어린 선수들은 골을 넣고도 아무런 행동도 없이 자기 진영으로 돌아가고 있었다.

'정말 날쌔다!'

오합지졸 같은 저 어린 신수들의 몸놀림이 얼마나 날쌔고 정확한지 프로 선수들은 놀라지 않을 수 없었다. 경기 시작한 지 불과 10분이 채 되지 않았다. 어쩌다 몸이 풀리지 않은 상황에서 일어났겠지, 생각했다.

다시 중앙에서 프로팀 선공으로 플레이가 되었다. 프로팀은 우습게만 볼 게 아닌 듯 진영을 다시 정렬하여 2대 1 패스를 하며 천천히 몰고 들어갔다. 그러자 상대편은 갑자기 압박 마크로 수비 형태를 바꾸었다. 볼을 뒤로 돌리며 전진하려 해도 볼만 가지면 어디서든지 벌떼같이 몰려들며 에워싸서 볼을 드리블할 수도 패스할 수 없게 만들었다. 상대 선수들은 항상 가벼운 몸놀림과 거센 어깨싸움을 거는데 프로 선수들이 어떻게 할 방

법이 없었다. 다행히 상대 선수들이 센터라인을 넘지 않고 수비를 해 뒤에
받쳐 주는 선수에게 백패스했다가 다시 받고 하는 우스운 공격밖에 안 되
고 있었다. 상대 선수는 지역 방어도 아니고 대인 방어도 아닌데 센터라인
만 넘으면 갑자기 선수들이 에워싸며 압박 수비를 하기 때문에 센터라인
을 넘어 상대 진영 중간에는 들어갈 수가 없었다. 본부석에서 지켜보는 협
회장은 몹시 놀라고 있었다.

'어? 정말이다. 저런 축구가 있을까?'

프로팀은 답답하다 싶어 3대 2 전술로 셋이서 2명의 수비를 제치는 방
법을 쓰려고 개인기로 페인팅을 하며 볼을 앞으로 찼다. 이것을 상대 선수
가 가로채어 튀어나가기 시작했나 싶었더니 어느새 공격진 5명 뒤에 3명
이 받쳐 주며, 프로팀 진영을 8명이서 넓게 포진하며 들어갔다. 그 모습이
마치 서로 끈을 이어 뛰어가는 듯했다. 럭비 선수들처럼 일렬로 서고 또
뒤에 받쳐 주며 재빠르게 뛰어 들어가는 모습이 사냥꾼에 쫓겨 달아나는
치타보다 더 빨랐다. 가운데로 치고 들어가다 오른쪽 노랑머리에게 건네
주고 볼을 가진 사람이나 안 가진 사람이나 똑같이 페인팅을 하며 가볍게
정지선을 뚫었다. 골키퍼와 3대 1로 서게 되었다. 골키퍼는 볼을 가진 사
람을 막으려 하나 어느새 중간의 사람에게 패스하고, 받은 사람은 또다시
볼을 준 사람에게 패스를 하니, 골키퍼는 볼을 쫓다 중심을 잃고 넘어지고
말았다. 그 때 오른쪽 키커가 인사이드킥으로 가볍게 골인시켰다.

프로팀 선수들이나 코치나 협회장은 기가 막혔다. 정해진 포지션 없이
하는데도 프로팀의 공격수는 거진팀의 수비선을 감히 뚫지 못했다. 쉽게
애기하면, 거진팀은 팀을 갖고 노는 것 같았다. 그렇게 해서 전반전은 프
로팀이 2골을 먹고 끝났다.

프로팀은 참으로 할말이 없었다. 이름도 없는 어린애들에게 맥없이 당

하다니 어이가 없었다. 처음에는 별로 대수롭지 않게 생각했다. 시합이 있다 하여 알아봤더니 거진이라 하여 이상하게 생각했고 또 시합 전에 본 선수들은 아직 어린애들이었다. 그런데 막상 시합을 하고 보니 뜀박질이나 드리블이 너무나 민첩하고 볼이 선수들의 발목에 실로 묶어 놓은 것처럼 붙어 다녔다. 상대 선수가 중간 커트를 할 수 없을 뿐더러 선수를 놓치기 십상이었다. 서로가 등번호를 붙이지 않아 프로팀 선수들은 잘 알아보기 힘들어도 거진팀은 울긋불긋한 머리색이나 꽁지머리 등으로 구분이 되었다. 하지만 거진 선수들은 하나같이 실력이 월등하여 누구 하나만을 견제할 수도 없었다. 어쨌든 프로 선수들은 수치심으로 사기가 급격히 떨어졌고, 후반전에도 20분이 경과할 무렵 1골을 더 내주어 3 대 0이 되었지만 숫 한 번 제대로 쏘지 못했다. 거진 진영에만 볼을 몰고 가면 길목이 차단되고 수비수들이 압박하여 들어와서 오히려 주눅들기가 십상이었다.

이 광경을 지켜보던 협회장은 무릎을 탁 쳤다.

'됐어! 대표팀이 외국에서 돌아오는 대로 경기를 치르게 해야겠다. 어쩌면, 표 기자 말대로 비밀리에 훈련을 시켜도 되겠어……. 한일전이 아닌 그 다음 시합에 써먹기 위해서라도…….'

결국 시합은 4 대 0으로 거진팀의 승리로 끝났다. 프로팀은 줄행랑치다시피 서울로 올라갔다.

협회장과 거진 선수들은 장소를 산장으로 옮겨 자리를 같이 했다. 시합할 때의 모습들과는 달리 가까이에서 보니 귀엽고 앳돼 보이는 선수들이었다.

협회장은 선수들 하나하나의 손을 잡으며 이름을 물었다. 거진 선수들은 하나같이 자신감 있고 똑똑한 모습이었다. 괜한 아첨도, 상기되어 말도 제대로 못 하는 어리숙함도 없이 미소를 띄고 또박또박 얘기하는 것이었다. 아끼고 싶은 생각이 절로 들었다.

협회장이 그들의 발목께가 두툼하여 물었더니, 모래주머니를 차고 있다는 것이었다. 왜 그런지 교장 선생은 기뻐하며, 각 선수들의 발 모양과 치수를 재고 있었다. 그리고 선수들의 헌 축구화도 소중하게 챙겨 넣었다. 그것을 본 협회장은 교장 선생에게 말했다.

"신발은 내가 나중에 새것으로 넉넉하게 마련해 주겠습니다. 걱정 마십시오."

협회장은 거진 선수들과 일일이 악수하며 격려한 뒤에, 협회장과 재범은 곧바로 서울로 올라오고 있었다.

'확실히 금강석을 발견했어. 허나 그것을 갈고 닦아야 빛이 더 날 텐데……. 국가대표팀의 귀국은 한 달 정도 더 있어야 하고…….'

협회장이 재범에게 말했다.

"저 아이들은 올림픽에 내보내면 좋겠소."

"대표팀하고 연습 게임을 한번 하면 어떨까요?"

"글쎄, 대표팀은 해외 전지훈련 중이니……."

협회장은 거진 선수들이 훌륭하다고 인정되었지만 아직은 어린 선수들이고, 국가대표팀과 견줄 만하지 않다고 생각했다.

"회장님, 거진팀을 북한으로 보내어 그 곳에서 좀더 실력을 쌓게 하는 것이 어떨까요? 언젠가 재목으로 써야 되지 않겠습니까?"

"음……. 그렇게 하세. 다른 경기에 쓰이더라도 소문낼 필요는 없으니까……. 음, 그럼 통일원하고 의논해서, 아예 금강호 타고 관광객처럼 위장해서 가지. 장전항에서 평양으로. 철저하게 위장될 거야. 그러면 그렇게 해서 소련이고 체코고 불러서 실전을 치르게 해야겠네. 알았어. 통일원 교류 국장에게 얘기해서 북한에 은밀히 접촉을 해보지. 북한도 이번 시합에 적극 협조한다 했으니⋯⋯."

협회장도 거진팀을 소문나지 않게 조용히 키우는 것이 낫다고 생각했다. 그래서 재범의 말대로 북한에서 연습을 하면서 실전 경기를 한다면⋯⋯ 북한팀 외에도 동구권 팀들과 아시아 팀들과 경기를 하는 거야. 물론 북한팀 유니폼 입고⋯⋯. 일본도 누구도 북한에 몰래 들어갈 수 없을 테니⋯⋯.

다음날 통일원으로부터 선수들의 명단과 신상 명세서를 팩스로 보내 달라는 전화를 받았다. 출항은 3일 뒤 목요일이었다. 재범은 구 감독을 찾기로 했다. 진주 교도소 면회 갔을 당시, 가족을 만난 적 있어 서로의 연락처를 알고 있었다. 경기도 안성의 집에 연락했더니 서울의 도매 상점 연락처를 알려 주었다. 구 감독의 집안은 큰 과수원과 도매 상점을 직접 운영하는 퍽 부유한 집안으로 추측되며 따라서 구 감독은 집안 걱정 안 하고 자기가 하고 싶은 일에 열중할 수 있었던 모양이다. 전화를 했더니, 한참 만에 전화를 받았다.

"구현제 감독이십니까?"

"네. 무슨 일이십니까?"

도매 상점 근처의 롯데리아 햄버거 집에서 만날 수가 있었다.

"그러면⋯⋯ 우연히 가게에 들린 건데 제가 그때 전화한 것이란 말입니까? 제가 운이 정말 좋았군요. 사실은 오늘, 꼭 감독님을 만나야 했습니다."

그동안 거진 선수들이 구 감독을 못 잊어하며 면회 갔던 일부터 학생들이 흩어졌다가 정민 옹이 재결합시킨 일 등등……. 그간에 있었던 일을 자세히 들려 주었다. 그리고 재범이 여기까지 찾아오게 된 이유를 설명했다.

"협회에서 비밀리에 일을 추진하여 북한으로 훈련하러 떠나게 되었습니다. 구 감독도 같이 가면 좋겠습니다. 선수들을 위해서, 아니 국가를 위해서 꼭 가 주셔야 합니다. 앞으로 한국을 대표해서 뛸 선수들로 만들어야 하지 않겠습니까?"

잠자코 듣고만 있던 구 감독이 나중에는 눈을 크게 뜨더니,

"사실은…… 선수들을 한번 만나 보고 싶었습니다."

하며 눈시울을 붉혔다. 재범은 서둘러서 목요일 관광객 명단에 구현제 감독을 넣어서 팩스를 보냈다. 거진 선수들은 목요일에 여권과 주민등록증을 준비하여 속초항으로 집합하도록 했다. 재범은 구 감독과 거진 선수들의 만남을 상상하며 거진 선수들에게는 일부러 구 감독의 소식을 알리지 않았다.

거진팀의 모든 일정은 북한측에 맡기되, 남한에서 국가 대표팀이 돌아오는 시점을 기해 한국으로 귀환 조치시키기로 북한과 협의해 놓았다.

목요일 아침, 구 감독은 설레이는 마음으로 고속버스를 타고 속초로 향했다.

'아, 얼마 만인가! 참으로 열심히 가르치고, 애들도 잘 따라주었었는데……. 다들 흩어지지 않고 그렇게 잘 한다니……. 세운이, 상휘, 태원이, 대훈, 영규, ……. 이놈들아!'

구 감독은 눈물을 참을 수가 없었다. 돌아오는 길에 석찬이 묘에 들러오리라, 마음먹었다. 차는 아침 길을 상쾌하게 달렸다.

속초 항구의 휴게소에서 임시로 마련된 영사과에 여권과 주민등록증을 보이니 여권만 필요하다며 여권에 스탬프를 찍어 주었다.

"구현제 씨입니까?"

"네."

"이쪽으로 오시죠."

따로 마련된 휴게실로 안내되었다. 휴게실 문을 열고 들어가자 갑자기 많은 시선이 집중되었다.

"어? 선, 선생님!"

제일 먼저 구 감독을 발견한 장발 대훈이가 소리쳤다. 그러자 모두들 자리에서 일어나기도 하고, 뒤로 돌아서 있던 아이들도 놀라 쳐다보더니 갑자기 '와아!', 달려와 구 감독을 얼싸안았다.

"감독님! 감독님!"

모두들 목이 메어 말을 못 하였다. 뒤에서 목을 끌어안기도 하고 구 감독의 가슴에 얼굴을 파묻는가 하면, 이예 엉엉, 울어대는 아이도 있었다. 구 감독도 얼굴을 들지 못한 채 눈물을 뚝뚝 떨어뜨리며 선수들의 머리와 손과 몸들을 쓰다듬기만 했다. 선수들과 구 감독은 벅차 오르는 감정을 억누르지 못한 채 한참을 붙들고 울었다.

덩치가 커다란 남자들이 서로 부둥켜안고 우는 모습을 보고 있던 주위 사람들도 훌쩍거렸다. 현 코치도 콧등이 시큰거리는 것을 억지로 참으며 구 감독에게 다가갔다.

"구현제 감독님이시죠? 코치를 맡고 있는 현식입니다."

"아, 말씀 많이 들었습니다. 반갑습니다."

"그런데 어떻게 여기에……?"

선수들도 현 코치도 갑작스런 구 감독의 출현이 궁금했다.

"네, 사실은……."

구 감독은 그간의 얘기를 간단히 들려 주었다.

현식 코치는 구 감독에 1년 후배 뻘이었다. 두 사람은 서로의 만남을 반가워하며 힘차게 손을 잡았다. 구 감독은 선수들의 모래주머니를 쿡쿡 차 보며 웃었다.

파도 때문에 조금 더 걸렸지만 속초에서 장전항까지는 3시간 정도 걸렸다. 임시로 지은 것인지 어설프게 만든 검문소에서 북한 세관원과 이민국 직원이 함께 검사를 했다. 생각했던 것보다는 덜 무뚝뚝한 모습과 행동으로 남한 관광객을 맞이해 주었다. 관광객과 선수단은 깨끗한 신형 대형 버스를 타고 꾸불꾸불 산비탈 길을 돌아 농촌과 산촌을 통과한 뒤 운정동의 대형 휴게소 도착하였다. 관광객들이 잠시 휴식을 취할 때 행렬에서 벗어나 소형 버스로 갈아타고 원산으로 향했다.

차창 밖으로 지나치는 북한 주민들의 모습은 마치 사진으로 보는 60년대 남한의 모습을 보는 듯했다. 원산 비행장은 가시 철조망으로 울타리를 치다 만 듯 했고 민가나 공영 건물도 어렵게 보였다. 원산에서 출발한 '조선 민항'이라고 쓴 비행기를 탔는데 이륙 즉시 창문을 닫게 하여 밑에 펼쳐질 모습을 볼 수가 없었다.

평양 공항에 도착하니 평양이라고 쓴 유니폼을 입은 선수들과 체육계 인사인 듯한 사람들이 반갑게 맞이해 주었다.

"잘 오셨소, 남조선 동무들!"

그들은 열렬히 박수치며 환영해 주었다.

"이제 마음껏 실력 발휘들 하시라요. 내일부터 우리 평양 축구단하고 한데 어울려 연습합시다레. 그리고 중국팀과는 북경에 가서 두 차례 시합하고, 동구권 아이들하고는 두세 차례 이곳 평양에서 시합하게 될 거요. 이거, 남조선 선수들이 다 어리구만. 덩치만 컸지 소년티들 나누만, 하하!"

북한측 관계자가 일정을 미리 얘기해 주었다.

선수단은 다시 소형 버스를 타고 평양 시내로 들어갔다. 곧게 뚫린 평양 도로는 퍽 넓고 깨끗했다. 차들은 별로 다니지 않았고 가끔 지나다니는 전차는 탄 사람들도 거의 없이 빈차로 돌고 있었다. 거리에서도 사람 구경을 거의 할 수 없어 삭막해 보이기도 했다.

숙소는 대동강변 부근에 마련되었다. 평양은 서울보다 기온이 낮았다. 다음날 거진 선수들은 북한 선수들과 똑같은 유니폼을 입고 연습하였다. 거진 선수들은 표범같이 빠르게, 멧돼지처럼 박력 있게, 나비처럼 가볍게 운동장을 뛰어다녔다.

이 광경을 지켜보던 북한의 코치진들은 혀를 내둘렀다.

"젊은 용사들이라 다르구만. 이번 힌일전에 젊은 용시들이 나가면 대마도에 남조선 깃발을 꽂는 건 문제 없갔어……."

"우리가 배울 게 많수다. 구 감독과 현 코치가 우리 대표 선수들도 좀 가르쳐 주면 좋갔수다."

구 감독은 거진 선수들이 더욱 활기차고 짜임새 있게 경기하는 모습을 보며, 현 코치에게 말했다.

"내가 있을 때보다 훨씬 기량이 좋아졌는걸."

"그게 다 선배님이 기초를 잘 닦아 놓은 덕분이죠. 저는 별로 한 일도 없었습니다."

"아냐 아냐! 옛날의 저 애들이 모디 보트처럼 이리저리 빠르게 움직였다면, 지금은 항공모함이 되어 위력적인 힘을 내게 된 거야."

두 사람의 가슴이 자신감으로 뿌듯하게 차 올랐다.

8부 인터내셔널 갬블러

차진식이 알아낸 것은 루이챈과 왕츄이라는 도박사들이 큰돈을 들여 일본 쪽에 걸 것이라는 것과 일본팀은 외국 선수들과 같이 연습한다는 정보를 얻었을 뿐이었다.

인천 공항에는 관광객이 많아 소란스러웠다. 서울에서 차진식은 게이코에게 전화를 해 보았으나, 메시지를 남기라는 내용일 뿐 받지 않았다. 동경에서 아직 돌아오지 않은 것 같았다.

차진식은 협회로 갔다. 기자 대기실에 들러 보니 많은 기자들이 함께 있으나, 별다른 내용이 없었다. 밖으로 나오는 길에 표재범 기자를 만나게 되었다.

"어, 표 기자! 요즘 어떻게 돼 가는 거야?"

"글쎄요, 모두들 정신을 한 곳에 모으기는 하지만 별다른 것이 없습니다. 혹 차 선배께서 뭐 정보라도 얻으셨나요?"

"확실한 것은 없는데……. 홍콩의 도박사들이 일본 쪽으로 기우나 봐. 그놈들 보는 눈이 원래 정확하지만, 만일에 질 것 같으면 이기기 위해 별 짓을 다하는 놈들이라, 그것이 걱정돼……."

"객관적인 전력은 일본이 우세하니……."

"어쨌든 조심하는 수밖에 없겠어."

국민도 정부도 평소와 다름없이 하루하루 맡은 바 임무를 다 하면서도 조금 있으면 닥칠 한일전에 모두들 마음을 두고 있었다. 특히 체육계는 모두 한마음으로 머리를 맞대었다.

동경으로 간 게이코는 본사에 들러 연재하고 있는 소설 '그림자의 그림
자'의 후편 원고를 넘기고, 오빠에게 차진식과의 관계 얘기도 할 겸 전화
를 했다. 오빠는 협회 빌딩 말고 다른 곳에 조그마한 사무실을 얻어 '물류
교역'이라는 간판을 걸어 놓고 있었다. 사람이 많은 협회 사무실보다 비
서 한 명과 젊은 남직원 두세 명 있는 이 곳이 더 마음이 편했다. 오빠는
바쁜 듯 자기 방과 직원의 방을 들락날락하며 서류를 갖고 다녔다. 한참
만에야 자리에 같이한 오빠는,

"어떻게 지냈어? 쭉 서울에 있었니?"

"아니요. 말레이시아에 좀 다녀왔어요."

"말레이시아? 그 곳은 처음 아니니? 그 곳엔 왜?"

"응. 바람도 쐬고 싶고 해서요."

"작업 구상도 좋지만, 이제는 동경에서 근무하지 그러니? 사람도 많고
복잡하긴 하지만……. 그래도 여기에서 있어야……."

다음 말은 오빠가 생략하고 있었다. 그러나 게이코는 무슨 얘기를 하려
는지 다 알고 있었다. 그리고 게이코는 왠지 지금은 오빠한테 진식과의 관
계를 털어놓지 밀아야겠다 생긱되었다. 진식의 집에도 결혼 허락을 받는
것이 순탄치 않겠지만, 게이코의 집에서도 한국인과의 결혼 문제는 쉽지
않을 것이기 때문이다. 물론 게이코는 처음이 아니고, 나이도 있으니 예전
보다는 자신의 결정을 더 이해해 주리라 생각했다.

"회장님, 홍콩에서 전화 왔습니다."

"미스터 루이? 네, 그러면 언제 싣는 것입니까? 알았습니다. CX410 인
천, 겔러웨이, 1번 3번 우드, 그리고 헤드 5개……. 알겠습니다. 네, 그러
면 찾는 즉시 연락하지요. 네? 예예. 유럽을 돌고 있습니다만, 영국 맨체
스터 팀에만 졌을 뿐, 계속 이기고 있습니다. 그럼요! 윌리, 알렉스 다 잘

하죠……. 걱정 마십시오. 예. 그럼, 모레 다시 통화합시다.”

“오빠, 우리 팀에서 외국인들도 같이 연습해?”

“일한전 대비해서 몇 명이 같이 연습하고 있어. 그런데 역시 잘해…….”

“그러면 진정한 일한전이 아니네.”

“아냐. 그 사람들도 일본 사람인데 뭐……. 법적으로 하자가 없어. 미국을 봐, 그렇게 많은 다른 인종이 모여 국가도 만드는데 우리는 고작 몇 명 가지고…….”

“몇 명인데……?”

“응, 조금…… 물론 우리 실력만 가지고도 충분하지만 확실하게 이겨야 되기 때문에 2, 3명을 끼울 거야. 하하, 한국은 놀라 자빠질걸.”

“어머?”

“지금 유럽에서 시합하며 여러 가지 전술을 익히고 있는데, 정말 잘해. 공격, 수비 얼마나 철통 같은지 몰라. 한국팀은 우리가 관찰하고 있는데 열심히 하고는 있지만 차원이 달라. 우리는 지금 한두 단계 뛰어올라 있고, 한국은 같은 수준에서 계속 머무르고 있어. 나는 이번에 일본을 위해 큰 역사적인 과업을 이루게 될 거야……. 우리 스즈키 집안에도 자손들에게도 큰 영광이겠지.”

게이코는 할말이 없었다. 법적으로 하자 없는 일본인이 되었다니……. 무언가 진식에게 미안한 것 같았다. 못 들었으면 좋았겠다 싶었다. 얘기를 해야 되는지, 아니면 안 해야 되는지 마음이 착잡했다.

“오빠는 골프채를 취급하는 모양이지?”

“엉? 골프채? 아냐, 아냐.”

조금 전 축구에 관한 얘기를 할 때와는 달리 뭔가 숨기려는 모습이 역력했다.

"오빠, 그러면 전 돌아갈게요……. 서울엔 언제 가세요?"

"아냐, 나는 동경에 좀 있어야 돼."

게이코는 오빠의 사무실에서 나와 바로 나리타 공항으로 향했다. 그리고 비행기 안에서, 모든 것을 진식에게 얘기해야겠다고 생각했다.

진식에게 전화를 하고 인천 공항을 나와, 바로 진식의 집으로 향했다. 게이코가 살던 집은 천천히 정리하고, 일단 진식의 집 근처 아파트로 옮기기로 했다. 진식이 얻어 놓은 아파트는 방 두 칸에 거실이 부엌과 달린 조그마한 곳이었지만 인공으로 만든 호수가 내려다보이는 전망이 좋은 곳이었다.

"고마워요. 진식 씨!"

"괜찮소?"

"그럼요. 이런 것 다 필요 없이 당신하고만 있으면 어디든 좋아요."

"당장 필요한 것만 내가 집에서 쓰던 것 가지고 온 거요. 책상은 게이코가 있을 터이니, 준비 안 하고……."

"당신이 쓰던 것이라니 더 좋아요."

"동경에선 어땠소?"

게이코는 오빠와 했던 얘기를 진식에게 들려 주었다. 얘기를 다 들은 진식은 일본팀에 국적을 바꾼 외국인 선수가 상당수 끼어 있다는 사실과 루이챈이 한국으로 골프채를 수출하는 데 스즈키 겐조가 개인적으로 관여한다는 것에 놀랐다. 진식은 뭔가 심상치 않은 일이 벌어지고 있다는 느낌이 들었다.

둘은 잠시도 떨어지기 싫었다. 트랭가누만큼 자유롭지는 못했으나, 이 좁은 집에서도 둘은 어디든 갈 수 있었다. 넓은 초원의 통나무집에 가기도 하고, 눈 덮인 록키산맥을 손잡고 오르기두 하고, 알래스카로 크루즈 여행도 떠났다. 멋진 상상의 세계로…….

재범은 협회장에게 전화를 했다.

"회장님, 꽁지머리 애들 소식을 좀 들으시나요?"

"하하하…… 그렇지 않아도 내가 연락을 해야지, 하고 있던 참이었네."

"뭐 좋은 소식이라도 있나요?"

"그럼, 꽁지하고 그 무지개 아이들……."

"무지개라뇨?"

"아, 걔네들이 빨갛고 파랗고 레인보우 아닌가?"

"네. 그렇지만 북한 갈 때는 염색을 지웠습니다."

"걔네들 정말 무서운 아이들이라고, 글쎄 중국도 북한이 그렇게 축구를 잘 하는지 몰랐다고 야단이래. 그리고 중동, 동구라파 애들하고도 했는데 한 번도 안 지고 전승이래. 그래서 김 위원장 지시로 걔네들을 특별히 대해 준다는군. 그러면서 이번 한일전에 내보내는 것이 어떠냐고, 어제 전화 왔었어."

"전화를요?"

"음. 통일원에 직통선이 있거든……. 하하, 정말 기분이 좋았어! 이번 한일전 끝나면 걔네들하고 대표팀하고 크게 시합을 벌여야겠어. 정말 잘하는 모양이야! 그리고 한 가지 우스운 것은, 상대팀의 언어를 몇 개 미리 알아 가지고는 써먹는대."

"네? 그건 또 무슨……?"

"응, 이를테면 말이야. 중국애들이 볼을 잡고 나갈 때, 뒤에서 "워떠!"

하고 중국말로 놓아두라고 하면 자기편인 줄 알고 볼을 놓아두거나 주춤
거리는 사이 볼을 잽싸게 낚아채서 위기를 모면하기도 하고, 어느 때는 쉽
게 공격한다는 거야. 상대 선수들이 야단이었대, 하하! 그런 작전도 아마
구 감독이 지시한 것 같아. 어찌나 우스웠던지…….”

재범은 즐겁기도 하고 우습기도 했다.

“하하하, 그것도 괜찮은 방법이네요. 그런데 좀 치사한 거 아닌가요?”

‘아니야, 우리한테 불리한 것도 아닌데 뭐……. 그렇지만 스포츠 정신
엔…… 글쎄? 어쨌든 통쾌하다! 구 감독 오면 물어봐야지…….’

협회장은 유쾌하게 웃었다.

“그리고, 지금 우리 국가 대표팀도 많이 나아지는 것 같아. 감독, 코치,
선수들이 참으로 열심히 하고 있거든. 예전과 다르게 모두 스스로 열심이
래. 시합이 시합이니만큼……. 대표팀이 돌아오면 거진팀하고 연습 경기
를 가져 볼까 해.”

협회장과의 기분 좋은 통화를 끊고 나니, 똘만이 교감 선생으로부터 전
화가 왔다.

“네 선생님. 지 벌똥게입니다.”

“그래, 우리 박 선생한테는 별명풀이를 다 해 주었나?”

“네. 설명해 주었습니다.”

“하하…… 그런데 거진 교장이 오셨는데 시간 있으면 이따 볼까?”

“네! 그러면 저번에 뵈었던 역삼동 횟집, 괜찮으세요?”

“어촌? 글쎄 모처럼 육지로 오셨는데 여기 회 먹겠어?”

“그러면…….”

“오늘은 내가 영진 판촉비 가지고 접대할 테니 갈비나 실컷 뜯음세. 자
네가 이리로 오게 끝날 때쯤…….”

"네, 알겠습니다."

학교 끝나는 시간보다 조금 일찍 도착하여 박 선생을 찾아보았으나, 종례 시간이라 그런지 자리에 없었다. 교감실에 들어가니 교장 선생과 똘만이 선생이 반겨 주었다.

"어쩐 일이십니까?"

'아, 이 곳에 좀 볼일이 있어서요."

"서울에 무슨 볼일인지 나한테도 얘기 안 하니 원……. 뭔가 늙으막에 신문에 날 일 만드는 것이나 아닌지 몰라. 이봐 조심해야 돼. 요즘 젊은 애들, 그냥 애들이 아니야."

"나야 촌구석에 있어 모르네. 너나 항상 조심해라! 주위가 온통 밭이니……."

"밭이라고?"

"그래 꽃밭인지 똥밭인지 모르고 아무 데나 발 담그지 말라고. 나야 신문에 나면 좋은 기사겠지만 너야 당장 파면에다……하하하."

"야, 너는 왜 기사 내용이 좋으냐?"

"나는 밭엔 안 가니까, 기사가 나면 좋은 것들밖에 더 있겠어? 너야 온통 쑥밭일 거고……."

말하는 사람이나 듣는 사람이나 다들 즐거워하며 얘기했다.

"별똥개, 박 선생 있나 보고 같이 나갈까?"

"들어오면서 보니까 자리에 없던데요?"

"어? 종례 시간이라 그런가? 내가 인터폰으로 물어 보지. 여보세요? 아, 박 선생? 여기 표재범 기자가 와 있는데 오겠소? 오늘 내가 영진 재단을 조금 축낼 테니, 같이 저녁 식사나 갑시다."

모처럼 만에 박 선생과 교장 선생, 그리고 똘만이 선생하고 즐거운 대화를 나누며 식사를 했다.

"그러면 내일 올라가시는 건가요?"

"네. 한 10일 있다 다시 와야 합니다. 서울에 주문해 놓은 것이 있어서……. 그런데 표 기자가 왜 별똥개요?"

"하하, 제가 말씀드릴까요? 똥개는 아무 것이나 잘 먹잖아요. 그것처럼 재범 씨도 남이 먹던 도시락이든 짬뽕 국물이든 다 잘 먹었대요. 그런데 별나게 단것, 짠것은 안 먹고 골라냈대요. 그래서 똥개는 똥개인데 별난 똥개라고, 별똥개가 된 것이래요. 하하하!"

"그럼, 재범이는 박 선생 별명이 뭔지는 아나?"

"네? 별명이요? 별명 없다고 저보고 지어 달랬는데요?"

"별명도 없으면 있으나 마나한 선생이지……."

그러자 재빨리 박 선생은 교감 선생의 말을 가로채어 말머리를 돌렸다.

"그러면 교장 선생님도 별명이 있으세요?"

"옛날에는 물통, 술통이었어요. 물같이 생긴 것은 어떤 것이든지 다 마시는 사람이었으니까. 그래서 별명이 '하마' 였죠."

"그것 다 옛날 얘기야. 지금은 잘 못 마셔……."

"그야 지금은 다들 그렇지. 또 그 때와 지금은 생활 방식도 달라졌고 술 먹는 문화도 매우 달라졌지……."

"그렇지. 이제는 농촌이나 작은 어촌에서도 싸우거나 술 먹고 고래고래 소리지르는 사람도 없어. 옛날에 비하면 스트레스를 마음 속에다 다들 쌓아 놓고 사는 것 같아."

"하하하……!"

"그런데 우리 박 선생은 예명이 뭐요?"

"네? 예명이요?"

"별명 말입니다. 학생들 수준을 보려고 그럽니다."

"하하! 하나 만들어 주세요. 제 앞에서 부르는 애들은 없으니까요."

"알겠습니다. 영진부고 학생들 수준이 별 것 아닌 모양이네요. 하하!"

"아 그런 소리 말어! 여기 박 선생의 별명은 파이브 스타야."

"네? 파이브 스타라뇨?"

"별 다섯 개, 파이브 스타란 말이야. 우리 학교의 귀재야 귀재! 학생들이 몇 인기 있는 선생들 이름을 적고 별을 매기는데, 다른 선생은 많아야 3개 인데 박 선생은 5개나 받았어. 그 이상은 없어. 그러니 너 별똥개……."

하고 말을 계속하려는데 박 선생이,

"교장 선생님! 언제 저도 거진이란 곳에 한번 가도 되나요?"

하고 말을 막았다.

"그럼요. 언제든지 오십시오, 원수님! 제가 원수님 오시면 학생들 사열 식을 갖도록 하지요. 하하!"

"교장 선생님! 놀리시면 저 못 가요……."

박 선생은 좀 계면쩍은 표정이었으나 얼굴은 환해 보였다.

음식점을 나와 재범과 박 선생이 두 분께 인사를 했다.

"어디들 갈 텐가?"

"네, 예술의 전당에서 하는 볼쇼이 발레단 공연을 보러 갈까 합니다."

"발레? 별똥개, 너 그런 것도 볼 줄 알아?"

재범은 대답을 않고 빙그레 웃었다.

"그럼 박 선생, 언제 시간 있으면 우리 거진에 한번 놀러 와요."

"네, 감사합니다. 교장 선생님!"

두 사람이 걸어가는 뒷모습을 바라보며 교감 선생이 말했다.

"요즈음 젊은 사람들은 참 솔직하고 용기 있는 것 같아…… 자, 우리집에 가서 쉬고 내일 떠나도록 하게……."

"음. 어떻게 보면 박 선생이 더 나은 것 같구먼……."

"야 하마! 그런 소리 말어. 저 별똥개가 달리 별똥개인 줄 알아? 속이 꽉 찬 놈이야. 좀 수동적이긴 하지만 야물딱져. 자, 가세!"

차진식은 게이코가 알려 준 내용을 협회장과 의논하고 있었다.

"음……. 그놈들이 그랬구먼. 그래서 선수들 국적 운운하며 못을 박았군. 미리 짜 놓은 그들의 계략에 걸린 거야. 우리도 그러한 얘기가 있긴 했으나 정당하지 않다고 판단하며 취소했어요. 허나 이제는 너무 늦었으니……. 감독에게 일단 얘기는 해야겠구려……. 알았소. 어떻든……."

협회장의 얼굴에 점점 그늘이 드리워졌다.

진식은 밖으로 나와 차를 몰고 인천 공항으로 가서 장기 주차장에 주차했다. 루이잰하고 스즈키 협회장한테서 무잇인가 냄새가 나는 것 같았다. 게이코에게는 며칠간 동경에 간다고 전화한 뒤, 대한항공편으로 홍콩에 갔다. 홍콩에 도착하자마자 루이챈에게 전화했으나 해외 출장중이었다. 그래서 왕츄이와 저녁 술자리를 마련하여 만나 보았다. 왕츄이는 키가 별로 크진 않았으나 전체적으로 균형 잡힌 몸매를 지니고 있어 퍽 건장해 보이는 젊은 사람이었다.

"어떻소? 한국식으로 폭탄주를 만들어 마시는 게."

"아하, 그것! 한국에서 한번 마시다 아주 혼났습니다. 한국인은 재주가 좋은 것 같습니다. 똑같은 술을 가지고 다른 맛을 내어 먹으니……."

"정말 그렇게 생각합니까?"

"그런데 그것이 공무원 사이에서 나온 것이라면서요? 술 제조법이……
뭐 빨리 취하고, 깨끗이 깨는…….”

"글쎄요, 어디서부터 생겼는지 모르지만 지금은 또 별의별 술 종류가
다 생겨났지요.”

"하하, 정말 놀랍습니다.”

"자, 일단 한잔 쭉 마십시다. 중간에 놓으면 터집니다. 벌주로 또 마셔야
되죠.”

각자 기분 좋게 마신 후 빈잔을 머리 위에 털어 보이고는 또 만들어 한
잔씩 나누어 가졌다.

"그런데 미스터 왕, 한일전을 어떻게 보시오? 내가 보기엔 그 날의 운에
달린 것 같은데……. 백중세겠지요? 어때요?”

"하하, 한국이 일본에 말려든 것이오!”

"말려들다니?”

"하하하! 이제 시합이 얼마 안 남았으니 말인데……. 일본은 이 작업을
위해 지난 몇 년간 연구했던 것이오.”

차진식은 모르는 체 하며 다시 물었다.

"그래 봤자, 일본의 실력이나 우리의 실력이나 비슷하지 않소?”

"아 글쎄, 두고 보면 알 거요. 한국의 실력으론 어림없소. 우리 갬블러들
은 다 일본에 걸었소. 이것처럼 흥미진진한 도박이 어디 있겠소? 이제는
일본이 이긴다는 것보다 스코어 내기에 더 열중하고 있지요…….”

"그렇다면 미스터 왕, 당신은 한국에 거시오. 남들 쫓아서 똑같은 데 걸
면 얼마나 따겠소? 그러다 혹시 한국이 이기면 배당금도 크지 않겠소?”

"하하, 이기는 데 거는 것이 진짜 도박사인 줄 모르시오? 아무리 배당금
이 많아도 안 될 곳에는 1전 한푼도 안 걸지요. 사람들은 불확실한 일에 요

행을 바라고 돈을 거는 것을 도박이라 하지만, 우리들은 과학적인 충분한 근거 없이는 절대 걸지를 않소. 즉 100% 확실하게 해서 이긴단 말이오!"

"듣고 보니 그렇긴 합니다만, 한국이 질 거라고 어떻게 확신한단 말이오?"

"그러니 내가 얘기하는 것이 아닙니까? 한국이 일본의 계략에 빠졌다고……."

"글쎄요. 어떤 자료를 보는지 모르지만, 우리도 객관적인 자료상으로는 그리 뒤지지 않습니다. FIFA의 3월 축구 평가표도 거의 비슷하고 축구 전문지인 '월드 사카'의 평가가 조금 우위일 뿐……."

"하하, 그렇소 그래요! 하지만 한일전은 일본이 이깁니다……."

"왜 그렇게만 생각하십니까?"

"한국이 남미와 아프리카를 돌 때에 일본은 그동안 전 유럽을 돌았소. 일본의 패전 소식은 두세 군데밖에 없이 거의 이기거나 무승부를 만들고 있소. 아시아에서는 이젠 일본이 최강이오. 일본에는 유럽에서 뛰던 선수들이 많소. 유럽은 남미처럼 개인기 위주의 경기가 아니라 보다 폭넓고 조직적인 경기를 합니다. 한국은 그런 유럽 축구에 약하지 않소?"

"글쎄요, 그럼 나도 한국인이면서도 일본에 걸어야겠군요. 진짜 도박사라면……."

"차 선생! 존경하오. 말이라도 그런 말을 할 줄 아는 것이……."

"글쎄 하지만, 아무 것도 아는 것 없이 남들 하는 대로 쫓아다니는 것도 우습고……. 그런데 나도 모르는 한국의 원정 경기를 어떻게 그리 소상히 아십니까?"

"우리는 올바른 자료 없인 1전도 안 건다고 하지 않았습니까? 충분한 자료를 확보하기 위해 부단히 노력한다고나 할까? 하하!"

왕츄이는 기분이 좋은지 옆의 호스티스에게도 폭탄주를 건네며 연거푸 마셨다. 차진식도 오랜만에 연거푸 마시니 몸에 취기가 돌았다.

"미스터 왕, 한 가지 부탁 좀 해도 되겠소?"

"뭡니까?"

"한국에 골프채를 좀 사 가지고 가야겠는데 좀 사 줄 수 없겠소?"

"골프채라뇨? 백화점 가서 사면 안 됩니까?"

"선물도 좀 해야겠고 나도 채를 좀 바꿔야 되겠는데……. 홍콩에는 가짜가 많으니 진품 좀 구해 주면 좋겠습니다."

골프채라는 말에 미스터 왕은 깜짝 놀라는 표정이었으나 곧 가라앉히고 물었다.

"글쎄, 어떤 채를 원하시는지……. 근데 한국은 세관의 검색이 엄격하지 않습니까?"

"나는 별로 검색을 안 받고 들어갑니다. 또 만일 문제 생기면 푸는 방법이 있지요. 특히 검색대를 거치지 않으니까……."

"아, 정말입니까? 그러면 여러 개도 됩니까?"
하며 놀라는 기색이었다.

"글쎄, 뭐 괜찮을 겁니다. 아직 한 번도 검색을 받아 본 적이 없으니까요. 어쨌든 부탁을 드립시다. 돈은 미리 드리겠습니다."

"아, 아니오. 그러면 좋은 게 있나 한번 알아볼게요. 특별히 원하는 브랜드라도 있습니까?"

"나는 그렇게 따지지는 않습니다. 보통 한국 사람들이 좋아하는 걸로……. 어쨌든 살 때 내게 연락 주면 좋겠습니다. 나는 드라이버만 바꾸면 되니까……."

"언제 귀국하실 예정입니까?"

"글쎄 구하기만 한다면 내일쯤, 아니면 모레쯤……."

"알겠습니다. 미스터 루이가 내일 돌아오니 내 얘기하리다. 그 사람이 권위자니까……."

"골프에 대해 일가견이 있는 모양이죠?"

"동남아 여러 곳에 유명 브랜드의 총판을 맡고 있으니까요."

왕츄이와는 기분 좋은 분위기에서 오랜만에 만난 친구처럼 마시고 헤어졌다.

호텔에 들어와 샤워를 하고 게이코한테 전화한 뒤 곧바로 잠이 들었다.

늦잠에서 깨어나 바닷가 주위를 조깅하는 사람들 틈에 끼어 뛰었다. 두 시간 정도 뛰고 나니 어제 마신 술독이 빠지는지 땀이 비오듯 했다. 날씨는 습하고 기온은 무려 27도나 되었다. 실내 수영장에 들어가 몸과 마음을 말끔히 하고 블런치를 먹으러 식당으로 갔다.

가는 길에 프런트 데스크에 가니 메시지가 두 개 있었다. 먼저 것은 왕츄이, 나중 것은 루이챈라고 되어 있는데 내용은 '연락 바람'이었고 전화번호도 같았다. 진식은 일부러 전화를 하지 않았다. 식당으로 가서 스크램블드 에그와 커피를 주문했다.

'일본이 부정 선수를 다 적법화했으니, 우리 한국은 사실상 반유럽팀하고 시합을 치르게 된 모양인데……, 불리한 것만은 사실이구나. 또 골프채는 한일전과 무슨 관계가 있는 것일까? 아니면 내가 넘겨짚은 것일까?

이런저런 생각을 하며 커피를 마시는데 종업원이 칠판을 들고 종을 딸랑거리며 손님을 찾는다. 가만히 보니 '차진식'이다.

진식은 수신 전화기에 가서 수화기를 들었다.

"네, 차진식입니다!"

"굿모닝 미스터 차, 나 루이요."

"아, 네."

"내가 전화했는데, 어디 갔었습니까?"

"네, 어제 술을 많이 마셔서 아침에 몇 시간 조깅을 했습니다."

"아 그래요?"

"아니, 오늘 오는 줄 알았는데요?"

"아니요. 마카오 좀 다녀온걸요, 뭐."

여전히 목소리는 맑고 톤이 높았다.

"그런데 골프채를 구하신다고?"

"네."

"한국에도 많지 않소? 세금 내면 그게 그걸 텐데……."

"한국에서 진품을 고르려면 여간 힘들지 않지요. 조금 높은 사람한테 선물도 하고, 나도 드라이버를 바꾸려고 그럽니다."

"그러면 세관에 세금을 내려는 것입니까?"

"글쎄, 아직은 한 번도 검색은 안 당해 봤습니다. 뭐하면 인천 세관장도 친구 형님이시니까, 또 잘 알구요."

"차 선생, 굉장히 높은 분이구려!"

"아니 그것보다 기자들을 사람 취급 안 하는 것이죠, 뭐. 괜히 건들기 싫다 그런 것 아니겠습니까?"

"좋습니다. 내가 구해 보죠. 그런데 몇 세트나 필요하신 겁니까?"

"세트는 하나면 되고 저는 우드 3개면 됩니다. 혹시 값이 너무 비싸면 내 것은 드라이버 하나면 됩니다."

"그러면, 몇 개까지 가지고 갈 수 있다 생각합니까?"

"아니, 필요한 건 새것 한 세트하고 드라이버죠. 하지만 돈 때문에 그러는 것입니다."

"알겠소, 내 알아서 구해 보리다. 이따 오후나 저녁에 연락하겠소……."

진식은 값이 얼마인지도 묻지 않았고, 루이챤이 흥분하여 다급해하는 것을 보고 뭔가 이루어질 것 같은 예감이 들었다.

진식은 방으로 들어가 수첩에 정리를 하고 나서 이것저것 생각하다가, 어제 게이코에게 전화할 때 호텔 전화를 쓴 것이 후회됐다. 다시 회사에 전화를 걸어 일반적인 얘기를 하고 일부러 밖에 나와 시간을 보냈다. 일부러 전화를 안 받으면 루이가 어떻게 나올 건지도 보고 싶었다. 저녁에 들어가니 루이로부터 '긴급 전화 요청'이 3개나 와 있었다. 호텔방으로 올라가니 방문에도 '돌아오는 대로 전화 요망'이라는 쪽지가 꽂혀 있었다. 방에 들어가 전화를 했다.

"아니, 어디에 갔다 오는 거요? 지금 몇 개 구해 놓았는데……."
루이챤의 사무실에서 만나기로 했다.

진식은 간단한 옷으로 갈아입고 현찰 약간과 크레디트 키드만 지니고 나머지는 호텔에 놓아둔 채 루이챤에게 갔다. 러시아워라 차도 밀리고 자전거 타는 사람도 많았다. 택시에서 내려 30층으로 올라가니, 사무실에는 여러 사람들과 유명 브랜드의 골프 세트가 늘어서 있었다.

"어서 오시오. 이 사람들이 낮부터 기다렸습니다."

"아니, 한두 개만 보면 되는데……."

"괜찮소. 처음 부탁인데 잘 해 드려야지요. 그런데…… 정말로 세금을 안 낼 수 있소?"

"글쎄, 여태까지는 괜찮았습니다만……."

"어쨌든 고르시오. 내가 한 세트 선물하리다."

"무슨 말씀입니까? 돈을 내겠습니다."

하며 지갑을 꺼내 크레디트 카드를 내밀었다.

"아니요, 아니요. 좋은 것으로 고르시오. 내 선물하리다. 서울 가거든 한 턱낼 생각이나 하세요."

진식은 못 이기는 척 겔러웨이 한 세트와 다른 세트 중에서 헤드가 큰 것으로 골랐다.

"요네트는 부드러워서 나이가 좀 든 사람들이 치죠."

루이가 친절하게 얘기해 준다.

"네, 그래도 이것으로 하겠습니다. 서울에 쓰는 아이언이 요네트 브랜 드입니다."

"잘 골랐습니다. 그러면 이따 호텔로 갔다 드리기로 하고, 오늘은 나하 고도 한잔합시다."

"글쎄, 어제 과음해서……. 어쨌든, 골프채도 받고 했으니 그럼 제가 대 접하겠습니다. 좋은 곳으로 정하시죠."

"어떻습니까? 그러면 북경 요리를 하고 2차는 제가 사지요."

오늘 루이챈은 처음 보았을 때의 차가웠던 인상과는 사뭇 다르게 행동 하는 것이 동양 냄새가 많이 났다.

임페리얼이란 곳에 미리 예약을 해 놓았는지, 루이챈과 왕츄이, 그리고 골프채를 가져왔던 사람 중에 리쳰이라는 사람이 함께 조용한 방으로 안 내되어 들어갔다. 제일 먼저, 입맛을 돋우는 상어 지느러미 수프가 나왔 다. 그리고 나서 오리고기 껍질에 마늘쫑 같은 것과 춘장 등이 따라 나오 고, 고기와 밀전병이 들어왔다. 모두 와인을 한잔씩 곁들여 식사를 하는데 리쳰이 진식에게,

"한국 에이전트를 바꾸고 싶은데 어디 소개할 만한 데 없습니까?"

하고 물었다.

"에이전트라뇨?"

"유명 브랜드가 한국에 다 나가 있지만 너무 난립되어 가짜가 판을 치고 있습니다. 그래서 제대로 총괄할 수 있는 사람이 필요한데 혹시 차 선생께서 소개해 주실 분이 안 계신가 해서요."

"글쎄요……. 먼저 에이전트들과의 계약을 쉽게 취소할 수 있습니까?"

"예. 그것은 30일 전에만 이쪽에서 통고하면 되겠금 계약이 되어 있습니다."

"그러면 리첸 씨께서 아시아 총판입니까?"

"그렇죠. 맨 처음엔 유명 브랜드 하나로 출발했는데 지금은 여러 개의 회사가 우리의 루트를 이용하고 싶어하죠."

"그러면 지금 몇 개 브랜드를 취급하십니까?"

"현재 3개인데 한 개 더 할 생각입니다. 그래서 차 선생께서 원하시기만 한다면, 차 선생을 믿고 에이전트를 바꾸고 싶군요."

"글쎄요, 생각해 보죠."

"한국도 이제는 골프가 대중화되고 있어서 앞으로 주문량이 더 많아질 것입니다."

"그렇습니다."

"한번 고려해 보십시오."

"알겠습니다."

오리 요리 다음에는, 한 마리에 1.5kg이나 되는 큰 게가 삶아져 나왔다. 집게로 자르고 손가락으로 게살을 빼내어 검은콩으로 만든 소스에 찍어 먹으며 다들 손가락을 쪽쪽 빨았다.

그러는 가운데 왕츄이가 얘기를 했다.

"사실 한일전은 아까도 얘기했지만 한국이 지게 될 것이오. 왜냐하면 객관적으로도 일본이 낫다고 평가했지만, 그보다 일본에는 지금 오리지널 유럽 선수들이 7명이나 끼어 있소."

"예? 뭐라고요? 7명씩이나요? 아니 그게 어디 일본팀입니까?"

"하하! 그 사람들 틀림없는 일본 선수들이오. 다들 국적이 일본이니까요. 또 유럽에서 뛰던 일본인 선수들 8명이 보충되기 때문에 한국팀은 실력에서 몇 단계 아래입니다."

"무슨 말씀이신지……?"

"이것은 일본이 한 3년 전부터 땅따먹기를 위해 치밀하게 계획한 것입니다. 국제 여론에 밀려 대책 없이 결정지은 한국은 모든 면에서 부족하다고 봐야죠. 우리는 일본에 걸었기 때문에 일본이 이겨야 하며 이제는 이기는 데 방해되는 것은 전부 제거해야 됩니다."

"제거해야 된다는 것은 무슨 뜻이죠?"

"하하, 솔직히 말씀드려 한국팀의 원정 경기에서 특출한 사람을 없애려 했죠. 그러나 원정 경기에서 한국팀의 실력과 일본의 실력을 대비해 본 결과, 그럴 필요가 없다는 판단을 내렸습니다. 그래서 놓아 둔 것이죠. 또 어느 정도 게임의 재미를 위해서도 그냥 놓아 두기로 한 것입니다."

"음, 그렇다면 나도 일본편에 걸어야겠군요……. 만약에 건다면 말이지요."

"잘 생각하셨소! 지금 FIFA나 일본 신문에 나는 일본 패전 소식은 다 일본의 작전인 줄 아십시오. 한국을 자만하게 만들기 위해서이죠. 그런데…… 차 선생은 어떻게 일본편을 든다 얘기할 수 있소? 몸에 일본 피라도 섞인 거요?"

“아, 사실은 일본에서도 근무를 좀 했고, 지금 아내도 일본 여자입니다.”

“예?”

식사를 하던 사람들 모두가 놀라 서로 마주보며 눈들이 커졌다.

“아 그래서……. 어쩐지 보통 한국 사람들하고는 좀 다르다 생각했죠.”

왕츄이가 얘기하니, 말없이 듣고만 있던 루이챈은,

“음, 그렇다면 내 당신을 좀 믿겠소. 긴가민가했는데 말이오.”

“무얼 믿겠다는 건지 모르겠지만, 어쨌든 고맙소 믿겠다니까…….”

“하하, 우리도 고맙소. 알게 되어!”

진식이 음식값을 팁과 같이 계산하고 나왔다.

왕츄이와 리첸은 먼저 돌아가고, 루이챈과 진식은 호텔의 지하 바로 들어갔다. 바텐더가 마주 보이는 자리에 걸터앉아 스카치 위스키 두 잔을 온 더록스로 주문했다. 루이챈이 먼저 얘기를 꺼냈다.

“한일전은 그렇다 치고, 아까 말한 사업이나 같이 좀 하십시다.”

“글쎄요. 현재 직업이 있으니…….”

“아, 직업은 그냥 두세요. 직업 자체가 도움이 되는 것이니……, 사실 한국에서 여러 번 동업자를 찾으려 했으나 워낙 게으르고 힘들이 없어서, 우리는 마땅한 사람을 찾고 있었습니다.”

“골프채 말입니까?”

“네! 잘만하면 큰돈을 벌지요……. 사실 한국에선 이런 사업을 하고 싶어도 찾지 못하는 것이 아닙니까?”

“글쎄, 너무 다른 업종이라서…….”

“밑에 필드맨들은 지금의 판매망을 그대로 이용하면 되고, 믿을 만한 사람을 앞혀 놓고 차 선생께서 관리 형태만 취해 주면 됩니다.”

"그러면 나중에 사업 구조를 보내 주십시오. 1년 총매출이 얼마며, 수익률은 몇 퍼센트인지 보게요……."

"좋습니다. 그런 자료는 사업상 비밀이라, 함부로 내놓는 것이 아닙니다. 즉 저희의 사업 구조며 계획 등을 보게 되면, 어떠한 경우에라도 취소나 포기를 할 수 없다는 뜻입니다. 마음의 결정이 되면 다시 한번 서로 얘기하십시다."

"글쎄, 저로써는 기자 생활과 골프 사업 자체가 너무 다르니……어떻게 자료도 보기 전에 하겠다고 말할 수도 없고……. 어쨌든 그렇게 비밀을 요하니 저도 더 심사숙고해 보겠습니다. 하지만 자신은 없을 것 같습니다."

"그렇습니까?"

하고는 루이챈이 화제를 바꾸었다.

"언제 떠나실 예정입니까?"

"글쎄요, 내일 부킹이 되면 내일 가고 아니면 마카오에 가서 블랙잭이나 하다 모레 떠날까도 싶고……."

"비행기는 어느 편을 이용했습니까?"

"대한항공인데요."

"그러세요? 어쨌든 못 뵙더라도 안녕히 가시고, 또 만납시다."

"네, 반가웠습니다."

루이챈과 로비에서 헤어지고 프런트에 가서 물건이 도착했는지 확인했다. 아직 골프채는 배달된 것이 없었다.

진식은 호텔방으로 돌아와 샤워를 하고 곰곰이 생각해 보았다. 루이챈

의 사업 얘기는 별달리 이상한 점이 없어 보였다.

하지만, 한일전은 생각한 것보다 더 확률이 없었다. 가능하다면 지금이라도 한일전을 취소하는 게 좋을 것 같았다.

'한일전을 파기시킬 방법은 없을까……. 내일 제일 빠른 비행기로 출발해야겠다.'

진식은 잠을 자려고 노력했지만 잠이 안 와 뒤척거린 것 같았는데 눈을 뜨니 아침 6시 50분이었다. 천천히 일어나 밖을 보니 사람들이 조깅을 하고 있었다. 샤워를 하고 있는데 전화벨이 울렸다. 목욕탕에서 변기 위에 걸려 있는 수화기로 받았다.

"차 선생이오?"

"네."

"어제 직원이 골프채를 가지고 갔다가 호수도 잘 모르고 이름도 몰라서 전하지 못한 모양입니다. 오늘 공항으로 직접 갖다 드리죠. 그리고 내가 캐세이 퍼시픽으로 자리를 예약해 놓았습니다. 비행기표를 보낼 테니, 예매한 표는 나중에 이용하시고 이번엔 이것을 쓰십시오."

"아니, 무슨 말씀입니까? 비행기표를 보내신다니……."

"네, 신세지는 김에 확실히 지도록 하십시오. 그리고 또 내가 한 가지 부탁이 있는데 한국의 대리점에서 골프 헤드만 좀 보내 달라는 요청을 받았습니다. 무게도 얼마 안 나가고 부피도 작으니 좀 전해 주실 수 있겠습니까?"

"글쎄, 짐은 없으니 별 문제는 아니겠지만……, 비행기표는 제것을 이용하겠습니다."

"아, 그러실 필요 없으세요. 이미 직원에게 연락해서 지시를 했으니까요. 아직 여행사가 오픈이 안 되어서 그런데 이따 공항에서 드릴 것입니다. 그러니 빨리 떠날 채비를 하세요. 비행기 출발 시간은 아침 10시입니다. 8시 반까지 퍼스트 클래스 입국처에서 기다리십시오. 저희 배달원이 가지고 나가 전해 드릴 겁니다.”

“이것 참, 어떻게 해야 될지 모르겠네요…….”

“제 말씀 믿으시고, 골프채 헤드를 꼭 좀 부탁드립니다. 갑자기 연락을 받아서…….”

“제가 어떻게 전해 주면 되나요?”

“인천 공항에서 안내 방송을 할 것입니다. 그러면 그 때에 만나 주시면 됩니다.”

루이챈은 발이 넓은 것 같았다. 그리고 사업도 활발한 것 같고……. 그러나 과잉 친절한 것이 무엇인가 냄새가 났다. 하지만 어떻게 흠잡을 수가 없었다. 호텔에서 공항까지는 약 45분 걸린다. 허나 1시간의 여유를 가지고 셔틀 버스를 타기로 했다. 서둘러서 간단히 토스트와 커피를 마시고 버스에 올랐다.

홍콩은 보통 습도가 많고 기온이 높다. 지은 지 얼마 안 되는 홍콩 공항은 규모도 크지만 공항 가는 길이 넓고 바다를 끼고 있어 달리기에 좋았다. 공항에 도착하여 캐세이 퍼시픽 항공사에 가니, 아직 10분 전 9시였다. 골프채를 든 사람을 찾으며 두리번거리다가 공항 직원에게 이름을 밝혀 두려고 가는데,

“혹시 차진식 씨입니까?”

하고 양복을 입은 젊은 사람이 다가왔다.

“네. 제가 차진식입니다.”

“비행기표입니다. 골프채는 이민국을 통과하시고 44번 게이트로 가면 저희 공항 직원이 드릴 것입니다.”

"보세 구역 안에서요?"

"네. 오늘 아침에 급히 한국에서 오더를 받아 준비가 채 안 되어, 저만 급히 나온 것입니다. 그러니 그냥 들어가셔서 탑승 전에 44번 게이트에 가면 저희 직원이 대기하고 있을 것입니다."

"네. 알겠습니다."

그 사람은 떠나고 비행기 좌석을 지정받아 공항 내로 들어갔다. 비행기 표는 왕복표가 준비되어 있었다. 간단히 이민관의 심사를 통과한 후 보세 상점을 돌아보며 게이코에게 줄 선물을 골라 보았다. 게이코는 보석을 좋아하는 것 같지는 않았다. 진짜 보석보다 이미테이션이 많았고 또 별도의 보석함도 없었다. 그냥 화장대 위 접시에 놓여 있을 뿐이었다. 진식이는 선글라스를 알이 큰 것으로 하나 사고, 핸드백을 보았으나 구경만 하고 사지는 않았다. 탑승 시간이 임박하여 44번 출구로 가니 많은 사람들이 줄을 서 있었다. 퍼스트 클래스 티켓을 가진 사람들은 항시 특별한 대접을 받으므로 줄을 설 필요 없어서 여행사 직원에게 표를 보였더니,

"잠깐만!"

하며 출구 옆에 서 있던 늘씬한 여인이 다가왔다.

"차진식 씨입니까?"

"네."

"골프채와 상자는 선생님 좌석에 갖다 놓았습니다."

"네, 그러면 인천 공항에서 나를 찾는 안내 방송이 있을 건가요?"

"아마 그럴 것입니다. 서울에서 워낙 급하게 요청한 것이니⋯⋯."

"알겠습니다."

진식이 지정된 좌석 6A에 가 보니 골프채는 없고 '홍영식 귀하' 라고 써 있는 조그마한 선물 상자가 있었다.

차이나풍의 빨간 유니폼을 입은 스튜어디스가 와서 친절히 얘기한다.

"차 선생님, 골프채는 저희가 따로 보관하였으니 내리실 때 내어 드리겠습니다."

진식은 알겠다, 하고 상자를 발 밑 좌석에 두고 자리에 앉았다. 이코노믹과 비즈니스 클래스는 사람들로 붐비는 것 같았지만 일등석에는 진식을 포함하여 5명밖에 없었다. 사람들은 신문을 보기도 하고 벌써 음료를 마시고 있었다. 둘러보아도 진식이 알 만한 사람도 없었고, 또 진식을 중요시 보는 사람도 없었다. 비행기가 이륙하자 눈을 감았다.

'이 상자를 어떻게 해야 하나? 이 속에는 무엇이 들었을까?'

생각이 온통 상자에 쏠려 있었다. 일단 잠을 청한 뒤 나중에 생각하기로 했다. 눈가리개를 쓰고 자리를 뒤로 넓게 제쳤다.

얼마쯤 있다 흔들리는 기체 때문에 눈가리개를 벗고 밖을 보니 아직 바다 위를 날고 있었다. 화면의 비행기 위치 표시는 대만을 벗어나 바다 위에 있었다. 앞으로 1시간 정도면 도착된다. 간단히 식사를 청한 뒤 음료수를 마셨다.

'상자를 세관원에게 보여 주어야 하나? 아니면…… 공항에 나온 사람에게 건네주며 몰래 따라붙어야 하나? 그러면 어떻게 얘기를 해야 하나……. 혹시 이 일등석에 감시원이 타고 있는 것은 아닐까?'

진식은 갑자기 불안한 마음이 일었다.

9부 비밀작전

어느덧 비행기는 인천 공항 상공으로 접근하고 있었다. 모두 좌석 벨트를 매라는 방송이 나오고 스튜어디스들도 맡겨 논 손님들의 양복을 건네주며 좌석 벨트를 체크하러 다녔다. 비행기가 도착하여 골프채를 건네받은 진식은, 일단 VIP 통로를 이용하기로 마음먹고는 좌석 밑의 상자를 들고 브릿지 통로를 벗어났다. 일반인들이 통과하는 검사대를 피해 VIP 통로의 대합실 문을 열고 들어갔다. 경비원이 인사를 하며 알은체했다. 진식은 곧바로 보안 과장을 불러 자초지종을 얘기했다.

"일단 여기의 엑스 레이 검사기로 한번 투시해 봅시다."

투시된 상자 속에는 골프채 헤드의 선이 진하게 나타나며 다섯 개가 가지런히 보였다. 그런데 그 속에는 하얀 가루 같은 것이 보였다.

"이건 분명히 X-씬이라는 최신종 마약입니다. 원래는 푸른색이 약간 나는 것인데 아주 무서운 것이죠. 어디서 건네주기로 하셨습니까?"

"안내 방송을 듣게 돼 있는데요……."

"알았습니다. 그냥 곧장 나가십시오. 그리고 상자를 줄 때 말을 좀 시키고 시간을 끌면 좋겠습니다. 그리고는 안내 방송에서 '사람을 찾습니다'를 두 번하고 안내원이 기침을 하고 '죄송합니다' 그러면, 그 때 자연스럽게 떠나십시오. 그 후는 우리가 알아서 하겠습니다."

"그럼 이 골프채 세금은 어떡하죠?"

"나중에 보십시다. 지금은 눈치를 못 채야 하니깐 일단 출구로 나가십시오. 빨리!"

진식은 밖으로 나왔다. 다시 공항 마중객들이 모이는 홀로 들어갔다. 새로 지은 인천 공항은 그리 복잡하지 않았다.

어디에 있을까 하다 TV가 보이는 자리에 앉아 가만히 기다렸다. 조금 있으니 안내 방송이 들렸다.

"사람을 찾습니다. 차진식 씨께서는 대한항공 셔틀버스 매표소로 나오십시오. 사람을 찾습니다. 차진식 씨께서는……."

하고 두 번 안내가 되었다. 진식은 TV에 나오는 농구 경기를 관람하느라 못 들은 척 가만히 자리에 있었다. 한 5분 후 다시 방송이 나왔다.

"사람을 찾습니다. 차진식……."

또 두 번 방송이 나온 뒤 진식은 일어나 천천히 짐을 들고 갔다.

그 곳에는 대학생 차림의 남자가 서 있었다.

"차 선생님이세요?"

"네, 학생이 홍영식이오?"

"아닙니다. 저는 아르바이트 학생인데요, 홍 사장님은 오늘 이렇게 빨리 전달될 줄 모르고 골프 치러 나가셨다고 하십니다. 그래서 제가 심부름 왔습니다."

"아니, 본인이 아닌데 내가 어떻게 이 물건을 줘야 하나? 곤란하네……. 홍콩에 전화를 해 보아야 되나?"

"아닙니다. 홍 사장님이 나중에 전화하실 겁니다. 제가 가져가지 않으면 일당을 못 받는데요……."

"글쎄, 그렇긴 해도……. 나중에 찾아가라 하면 안 됩니까? 내 신분은 확실하니……."

"곤란한데요. 저는 또 다른 곳에 일을 봐야 하니까요."

그 때에 안내 방송이 흘러나왔다.

"사람을 찾습니다. 사람을 찾습니다. 에취! 죄송합니다. 지금……."

진식은 안내를 들었으므로 임무를 다한 것 같았다.

"그럼, 학생증은 있소?"

"죄송합니다. 얼마 전에 지갑을 송두리째 잃어버려서요. 지금 신분이 확인될 만한 게 없습니다."

주위에서는 오랜만에 가족이 만나는지 여기저기서 카메라 플래시가 터졌다.

"음, 그러면 연락처라도 하나 주시오. 휴대폰 번호라도……."

"네. 이것입니다."

휴대폰을 보여 주며 화면에 나타난 숫자를 가리켰다.

"알겠소. 그러면 조심해 가구려……."

진식은 주차장에서 차를 꺼낸 뒤 협회장에게 전화를 했다.

"회장님! 지금 제가 홍콩에서 들은 바에 의하면 일본팀에는 일본 국적으로 바꾼 유럽 선수가 7명이랍니다. 여기에 대한 대책이 있어야 될 것 같습니다."

"뭐요? 7명이오? 허 거참! 아……. 이제 내일모레면 국가대표팀이 도착하는데 우린 유럽보다는 남미의 기술을 득한 셈이니……. 하지만 일본팀의 원정 경기 성적은 그리 좋은 것 같지 않던데……."

"회장님! 그것이 다 계략이라는 것입니다."

"뭐요? 어떻게……."

"지금 걔네들은 유럽 경기에서 거의 지지 않았답니다. 아예 대 놓고 애기를 하고 있습니다. 도박사들의 애기로는 일본이 이기는 것은 기정사실이고, 한술 더 떠 스코어 내기를 하고 있답니다. 이거 참 큰일났습니다……."

"알겠소. 나중에 한번 봅시다!"

차가 공항 도로의 요금 계산소에서 차례를 기다리고 있는데 굉음을 내며 오토바이 세 대가 쏜살같이 지나갔다. 자세히 보니 맨 앞의 오토바이는 아까 본 아르바이트 학생이었다. 오토바이 뒤에다 상자를 꽁꽁 묶어논 채……. 뒤에 따르는 오토바이 둘은 택배라고 쓴 조끼를 입고 있는 사람들이었다.

진식은 공항 도로와 연결되는 순환도로를 타고 집 쪽으로 향하며 게이코에게 전화를 했다. 게이코는 뛸 듯이 반가워했다.

"내일 오시는 줄 알았는데……. 이제부터는 어디든 쫓아다닐 거예요. 정말 혼자 있는 건 싫어요."

진식이 건네주는 안경을 보고 게이코는 정말로 기뻐했다.

"당신이 주는 것은 하나도 없애지 않을 거예요. 어떠한 것이라도……."

두 사람은 몇 년 만에 만나기라도 한 것처럼 기뻐하며 떨어지지 않으려고 했다.

게이코 집에서 하루를 보낸 진식은 아침 일찍 전화를 받았다.

"저 국정원에 박길수 과장입니다. 좀 만났으면 합니다."

"네. 장소는? 곧 가겠습니다."

게이코에게는 회사에 급한 일이 생겼다고 하고, 진식은 세곡동의 약속 장소로 향했다. 뒤쪽은 산이었고 주위에도 건물이 전혀 없는 조그마한 3층짜리 건물이었다. 간판도 없는 곳인데 주차장에는 차들이 많았다.

박 과장은 첫인상이 곱상하고 얌전해 보였다.

"이렇게 아침부터 오시라 해서 죄송합니다. 홍콩에서의 일을 자세히 말씀해 주실 수 있으십니까?"

진식은 홍콩에서의 일을 사실대로 얘기해 주었다.

"알겠습니다. 사실은 요즘 인천 공항을 열고부터, 그 곳이 마약 밀매 조직의 중간 거점으로 이용되고 있다는 정보를 여러 나라에서 접하고 있습니다. 그러나 루이챈이나 왕츄이는 우리 리스트에 없는 사람들이라서……. 그런데 어제 오토바이 타고 간 사람을 놓쳤습니다. 다행히 오토바이 번호를 추적하고 있습니다만…….

"이 사람 맞죠?"

"네, 맞습니다."

박 과장이 내민 사진에는 아르바이트 학생과 진식이 얘기하는 모습이 정면으로 찍혀 있었다.

"어제 말씀 나누면서 신분 파악은 못 하셨죠?"

"휴대폰 번호는 알아 놓았습니다."

"아! 그래요? 좀 일러주시죠!"

하며 반색하여 말했다.

"또 언제 홍콩에 가십니까?"

"글쎄요……."

"당분간 저하고 긴밀한 연락 관계를 가졌으면 합니다. 앞으로 제 이름은 숫자로 표시하겠습니다. 이일삼."

"네?"

"213이요."

진식은 박 과장이 이름 대신 숫자 세 개를 쓴다는 말 듣고는 회사로 가는 길에도 혹시 뒤따라오는 차가 없나, 하고 자꾸만 뒤를 보게 됐다.

회사에 도착하여 그동안에 밀린 일을 보고 있는데 협회장으로부터 전화가 왔다.

"그렇습니다. 우리가 유럽식 축구에 대비를 해야 합니다."

"치사한 놈들, 아예 유럽 우승팀을 몽땅 데려다 놓지……. 하루하루 피가 마르는구려. 대통령께서도 연습 게임은 어디하고 했느냐, 성적은 어떻게 됐느냐, 하고 매일 묻다시피 하십니다. 정부 각처에서도 도무지 일이 손에 안 잡힌답니다."

"당연하시겠죠. 국민 모두가 다 그런 마음일 테니……. 일본은 시간이 지날수록 자신감이 넘치고 있습니다."

"음……. 어쨌든 새로운 소식이 있으면 또 알려 주시오!"

진식은 그렇게 하겠다, 하고 나오는데 휴대폰이 울렸다.

"차 선생, 나 루이챈이오! 어제는 고마웠습니다. 그런데 VIP 통로로 나가셨다면서요?"

진식은 깜짝 놀랐다.

'밖에서 만난 아르바이트 학생은 전혀 알 수 없었을 텐데……. 1등석에 누군가 나를 미행하는 사람이 탔었구나?

놀란 기색을 감추고, 태연한 척 말했다.

"네. 사람이 많아서 그리로 나갔습니다. 그런데 홍 선생 대신에 젊은 사람이 나와서, 상자를 줘야 되는지 어쩌는지 걱정했습니다."

"하하! 미스터 홍이 필드에 나갔나는군요. 고맙습니나. 그런네 언세 또 홍콩에 오십니까?"

"글쎄, 별다른 계획이 없습니다."

"어떻소? 그 곳이 그렇게 바쁘지 않으시면 좀 빨리 오지 않겠습니까? 의논할 일도 있고……."

"글쎄요, 내 연락하리다……."

하고 끊었다.

그리고는 박 과장에게 전화를 했다.

"아 그래요? 그럼 언제쯤 가실 수 있으십니까?"

"글쎄요…… 가깝기는 하지만……."

"괜찮으시다면 저희가 날짜를 잡아도 되겠습니까?"

"어쨌든 연락을 주시죠."

진식은 너무 일에 끼어드는 것 같아 걱정스러웠다. 자신은 어떻게 되어도 괜찮지만 게이코에게 위험이 닥쳐서는 안 된다고 생각했다. 진식은 오후에 사무실에 있다가 무슨 생각이 들었는지 홍콩으로 전화를 했다.

"루이챈이오? 나 차진식입니다. 무슨 일 때문에 보자고 하는지 궁금해서 그럽니다."

"아 네. 저번 말씀드린 것 우리 사업 계획서를 보여 드리고 싶어서 그렇습니다."

"글쎄요. 내가 할 수 있는지 자신이 안 서는데요……."

"다시 한번 얘기해 보십시다. 우리는 차 선생 같은 분이 꼭 필요한데 말씀입니다."

"그래도 일단 보고 나서는 취소할 수 없다 하지 않았습니까? 또 나는 그러한 내용을 모르고 정하기는 어렵고요……."

"네, 알겠습니다. 그러면 한번 보시고 흥미 없다면, 비밀로 하는 것을 원칙으로 하고 보여 드리겠습니다."

"좋습니다. 그러면 곧 연락드리죠. 회사 사정을 봐서……."

"기다리겠습니다. 그럼."

전화를 끊었는데 여직원이 전화 끊기를 기다렸다가 말했다.

"실장님! 전무님께서 찾으세요."

진식은 전무실로 갔다.

"차 실장, 요즘 바쁘다면서요? 국정원에서 연락 받았어요."

"네? 무슨 말씀이신지……."

"아! 괜찮아요……. 무슨 일인지 정확히 모르지만 중요한 일 때문이라며, 차 실장을 자유롭게 해 주라고 합디다.”

“네에. 관여를 안 해야 될 것 같기도 하고, 해야 될 것 같기도 하고…….”

“중대사인 듯 하니 자유롭게 일 보세요. 회사에는 절대 비밀로 하리다…….”

전무실을 나오며 꺼 놓은 휴대폰을 확인하니 ‘연락바람 213’ 이 저장되어 있었다. 자리에 들어와 앉으려는데 여직원이,

“홍영식 씨라는 분이 전화 주셨는데, 조금 후에 다시 하신답니다.”

“그래? 전화번호는 안 받아 놓고?”

“네. 실장님 휴대폰 번호를 달라고 해서 함부로 알려 드릴 수 없다고 안 가르쳐 주었는데요…….”

“잘했어요. 전화 오면 바꾸어 주세요.”

조금 기다려 보았으나 전화가 오지 않았다. 진식은 박 과장에게 전화했다.

“저희 사무실에서 뵐 수 있을까요?”

“지금 곧 기겠습니다.”

진식은 게이코에게 조금 늦겠다, 하고 박 과장 사무실로 갔다.

“홍콩 마약 감시반에 조회를 해 보았더니 왕츄이는 중국 화교이지만 루이챈은 영국계 아버지와 중국인 어머니를 둔 혼혈계라 하는군요. 앞으로 홍콩 감시반과 공조 체재를 갖추기로 하였습니다. 웬만하면 내일 출발하시면 어떨까, 합니다.”

“내일요?”

“네. 하루에 캐세이 퍼시픽이 세 편 있습니다. 첫 비행기는 9시 30분인데 타이페이를 거쳐 가고, 10시 30분과 오후 2시 비행기는 직행입니다.”

"저도 잘 알고 있습니다. 음…… 2시 비행기로 하겠습니다. 그런데 걱정이 됩니다. 이렇게 해도 괜찮은 것인지?"

"이번 일만 부탁드리고, 가능한 한 차 선생은 개입 안 되도록 하겠습니다. 아, 그리고 이번 여행은 저희 직원이 동행할 것입니다. 차 선생께선 신경 안 쓰셔도 됩니다. 보호책으로 가는 것이니까요."

"동행이오?"

"네. 절대 겉으로 나타나지는 않을 것입니다. 그리고 이 만년필을 꽂고 다녀 주세요. 겉보기에 보통 만년필이지만 뚜껑이 안테나 역할을 합니다. 사방 4km 내에서는 저희 직원이 차 선생의 위치를 파악할 수 있으니까요. 위치는 꼭지를 누르면 온-오프가 됩니다."

진식은 만년필을 만져 보니 뚜껑은 안 열리고 늘리는 것이었다.

"그렇게 말씀하시니 두렵군요."

"걱정 마십시오! 홍콩과 같이 수사하는 거니까요. 그리고 루이챈이 사업 계획서며 사업 루트를 보여 주면 꼭 받아 오시기 바랍니다. 됐습니다. 저는 다 끝났습니다."

"홍영식이라는 사람은 찾았습니까?"

"젊은 대학생의 소재는 밝혀졌습니다만 홍영식은 아직……. 우리는 차 선생께서 홍콩에 다녀오신 후 다시 검토한 뒤 작업에 들어가려 합니다. 그 학생은 일단 감시만 하고 있습니다. 걱정 마십시오. 그리고 휴대폰은 홍콩에서도 쓰십니까?"

"그렇습니다."

진식은 집으로 가면서 내내 게이코가 마음에 걸렸다. 이 사실을 얘기해야 되나, 어떻게 해야 되나…….

초인종을 누르니 게이코가 뛰어나와 진식의 목을 끌어안는다. 게이코는 몸에 배인 검소한 생활을 하는 여자였다. 보석도 진품보다는 이미테이션을 좋아하고 화장도 거의 안 했다. 그러면서도 어느 모델보다도 탤런트보다도 멋이 있는 매력적인 여성이었다. 진식은 게이코의 서글서글한 눈매와 풍성하고 구불구불한 긴머리를 좋아했다. 그러한 게이코에게 조금이라도 위험이 닥치는 것이 두려웠다.

'지금이라도 이 일에서 손을 떼겠다고 얘기할까?'

이 일에 끼어들게 된 것이 못내 후회됐다.

저녁 식사를 하는 내내 뭔가 골똘히 생각하고 있는 진식을 보고 게이코가 이상하게 여겼다.

"무슨 일이 있으세요?"

"……."

"무슨 일이 있군요? 말씀하시기 싫으세요?"

"내일 홍콩에 좀 다녀와야겠소."

"어머, 또 가세요?"

"저번에 못다 끝낸 사업 얘기도 있고 해서……."

"사업이라뇨? 신문사 일이 아니세요?"

"아니에요. 내, 다녀와서 얘기하리다."

하며 게이코를 꼬옥 껴안아 주었다. 게이코는 무척 걱정스러웠다.

"우리에게 아무런 문제도 안 생기면 좋겠어요……."

"그렇게 하리다……."

게이코는 얼굴을 진식의 가슴에 묻었다. 게이코는 밤새 뜬눈으로 있는 것 같았다. 진식도 잠이 오지 않았다. 진식은 자기가 끼어든 것을 다시 한 번 후회했다. 게이코는 아침 식사를 하고 문을 나서려는 진식의 목을 한참 동안 껴안고 있었다. 아무 말도 하지 않았다.

회사에 나오니 직원들이 어수선했다.

"무슨 일이 있는가?"

"실장님, 오늘 국가 대표 선수들이 돌아온답니다. 공항에서 생중계를 하고 있어요. 그래서 모두들 TV 보느라 그렇습니다."

그럴 만도 하지……. 속으로 생각하며 전무실로 갔다.

거진팀은 그동안 유럽팀과는 시합을 못 가졌지만, 옛 소련의 연방국이었던 우즈베키스탄, 카자흐스탄 등과 몇몇 중동 국가들과도 경기를 했다. 그리고 중국 대표팀과도 두 차례 경기를 가졌다. 재범은 모든 게임을 전승했다는 소식을 협회장에게 듣고 있었다. 그들은 대표팀 귀국일에 맞추어 2, 3일 후에 장전항을 거쳐 속초로 들어온다고 했다.

재범은 대표팀이 원정 경기를 마치고 입국하는 날 공항에 나갔다. 대표팀은 남미를 출발하여 하와이에서 2일간 휴식한 뒤 아시아나항공편으로 귀국했다. 들어오는 선수들을 맞이하려고 선수 가족들과 신문 기자들, 그리고 방송사들의 TV 카메라가 기다리고 있었다.

햇볕에 그을린 얼굴에 환한 웃음을 띠고 걸어 나오는 선수들의 모습은 긴 여정에도 아랑곳 않는 듯 건강한 모습들이었다. 나트라스 감독과 코치들도 검은 얼굴이 된 채 통역관을 대동하고 기자 인터뷰에 들어갔다.

"긴 여정에 수고 많으셨습니다. 우선, 선수들의 건강 상태는 어떠하며, 그동안 거둔 성과는 무엇인지 말씀해 주십시오."

"네. 한두 명 다리 부상이 있었으나 이제 거의 완치 상태이며 다른 선수들은 보신 바와 같이 건강합니다. 또 성과는, 처음에는 성적이 좀 부진했으나, 경기를 치러 감에 따라 남미 선수들과의 비공개 시합에서 여러 번 승리를 했습니다."

"처음에 선수들의 부진은 왜 그랬으며, 나중에 좋아졌다는 것은 약한 팀과의 시합이 아니었는지요?"

"처음에는 선수들 간의 호흡이 잘 맞지 않았고, 여러 가지 전술을 시험하는 데에 시간이 좀 걸렸습니다. 그러나 시합을 해 나가면서 그러한 문제는 차차 나아진 것입니다. 또 상대한 팀들이 한일전의 막중함을 알고 A급 대표 선수들로써 성심 성의껏 시합에 응해 주었습니다."

"일본 신문에 의하면 일본은 어디서 연습 경기를 하는지 모르나 성적이 연일 부진하다고 나고 있습니다. 일본팀에 대한 소식을 아는지요?"

"전혀 모릅니다."

사회를 보던 기자가,

"선수들이 긴 여행에 피로할 테니, 오늘 이만 마치겠습니다."

하고 마치려 하니 한 기자가 벌떡 일어났다.

"일본팀은 유럽에서 연습한 것 같은데 왜 우리는 아프리카나 남미만 다녔는지요?"

"네, 유럽은 유럽 챔피온십 리그 때문에 경기 일정을 오랫동안 잡을 수 없었습니다."

"마지막으로 한 가지만 더 묻겠습니다. 이번 한일전에 대한 각오는 어떻습니까?"

"기필코 승리하겠습니다!"

모든 사람들이 일어나 큰 박수를 쳐 주자, 감독과 코치는 상기된 표정으로 브이 자를 그리며 접견실을 나왔다. 감독과 코치, 그리고 모든 선수들이 밝은 모습이었다. 또한 자신에 찬 감독의 인터뷰를 보고 불안하던 마음들을 잠재울 수 있었다.

협회장은 감독과 같이 자동차에 탔고 선수들은 대형 버스를 타고 인천 공항을 나섰다. 공항 주변에 있던 모든 사람들이 박수를 치며 힘차게 손을 흔들어 주었다.

'꼭 승리를 해야 된다!'

선수들의 모습과 이러한 광경을 보니 재범은 해낼 것 같은 자신감이 절로 생겼다.

'이제 며칠 후엔 거진팀도 온다. 그들과의 시합에선 어디가 승리할까? 그래도 대표팀이 낫겠지? 아냐, 거진팀은 한 번도 진적이 없는 팀 아닌가……. 만일 거진팀이 이긴다면 협회장은 어떻게 생각할까?'

떠오르는 의문을 막을 수 없었다. 재범은 교장 선생에게 전화를 했다.

"나도 지금 선생님들과 TV를 보고 있었어요. 잘하면 일본을 이길 수 있겠다는 생각이 듭니다."

"네, 저도 직접 공항에서 보니 더욱 자신감이 생깁니다."

대표팀 귀국 환영회의 생중계 모습을 본 온 국민이 다 그런 마음이었을 것이다.

"그런데, 주문한 것 찾으러 서울에 오신다고 하셨잖아요? 혹 벌써 다녀 가셨나요?"

"네. 김 교감하고는 통화했는데 표 기자한테는 연락이 안 됩디다. 또 나는 시간이 없어서 바삐 돌아 왔어요."

"저는 거진팀이 오면 거진에 다시 내려가겠습니다. 그러면 그 때 뵙도록 하겠습니다."

"그러세요. 보여 드릴 것도 있고……."

"네? 그럼, 며칠 후에 뵙겠습니다."

재범은 무엇을 보여줄 게 있나, 하며 별로 대수롭게 생각하지 않았다.

진식은 전무실에서 대표 선수들의 귀국 모습을 보고 있었다.

"차 실장, 선수들을 보니 조금 마음이 놓이는구려……."

"저도 그렇습니다. 전무님, 오늘 홍콩에 좀 다녀올 일이 생겼습니다. 직원들한테는 며칠 쉬겠다고 얘기했습니다."

"아, 그러세요. 그런데 무슨 일입니까? 국정원장이 직접 전화를 다 주고……."

"지금은 무어라 말씀드리기 어렵습니다만…… 우리 나라와 일본, 홍콩 3국을 무대로 무엇인가 위험한 일들이 벌어지고 있는 듯 합니다. 제가 아는 홍콩인들 하고……. 그래서 잠깐 저에게 도움을 청하고 있습니다. 어쩌면 신변에 이상이 있을 수도 있고 하여……. "

"알겠습니다."

신식은 사무실에서 나와 바로 인천 공항으로 갔다.

공항에서 입국 수속을 한 뒤 게이코에게 전화하고 비행기에 올랐다. 일등석은 빈자리가 없이 꽉 차 있었다. 누가 안기부 직원일까, 하고 두리번거려 보았으나 전혀 느낌이 오는 사람이 없었다.

호텔에 가방을 내려놓고 보니 아직도 6시가 안 되었다. 진식은 만년필 꼭지를 눌러 작동을 시켜 놓고, 루이챈에게 전화를 했다. 비서가, 곧 전화를 드릴 테니 방 번호를 알려 달라고 했다. 조금 후에 전화가 왔다.

"차 선생! 잘 오셨습니다. 그렇지 않아도 소식이 없어 궁금했는데요. 미리 연락 주셨으면 공항으로 차를 보내는데 그랬습니다."

"번거롭게 하고 싶지 않아 일부러 안 했습니다."

"7시 정각에 호텔로 모시러 가겠습니다."

"알겠습니다."

진식은 가벼운 캐주얼 차림으로 7시 정각에 호텔 정문 앞으로 나갔다. 까만 벤츠가 다가오더니, 루이챈이 차에서 나와 반갑게 인사를 했다. 차는 타이첼 촌이라고 쓴 변두리를 지나 산중턱에 있는 언덕을 한참 돌아가니 사방이 툭 터진 곳이 나왔다. 바다와 홍콩의 시내가 한 눈에 내려다보였다. 그 곳에 궁궐 같은 건물이 있었다. 정문 앞에서 버튼을 누르니 철문이 열리며 건물의 현관까지 가는데도 한참을 차로 더 올라갔다. 진식은 국정원 직원이 이렇게 한적한 곳까지 쫓아올 수는 없을 것 같았다. 또 건물 위에는 위성 안테나 같은 큰 안테나가 많이 꽂혀 있었다.

건물 현관 앞에 도착하니 건장한 체구에 스포츠 머리를 한 사내 둘이 문을 열어 주며 사무라이 식으로 큰절을 했다. 진식은 마음에 두려움을 느꼈으나 태연한 척 하고 루이챈과 같이 안으로 들어갔다.

실내에 서니 천장이 지붕 꼭대기까지 트여 있고 맨 위는 스테인드 글라스로 되어 있었다. 1층의 홀은 무척이나 넓었고 왼쪽에 2층으로 올라가는 계단이 반원형으로 되어 있었다. 홀을 지나 문을 열고 들어가자 큰 방이 나왔는데 방 전체가 유리로 되어 있어서 도시와 바다를 한눈에 볼 수 있었다. 또 한쪽에는 홈바가 갖추어져 있어서 큰 연회장 같았다.

진식은 더 위축되었으나 태연하려고 애썼다. 웨이터들이 갖다 주는 칵테일을 마시며 루이챈과 진식은 눈앞에 펼쳐진 야경을 내려다보았다.

"차 선생! 저기 보이는 타워가 무슨 빌딩인지 아십니까?"

"글쎄요……."

"저 곳은 세계의 도박사들이 각자의 회사 간판을 내걸고 위장 사업을 하는 곳입니다.”

“！”

“홍콩 내무성도 알고 있으나, 폐쇄시킬 수가 없는 곳이죠. 저 곳에서 움직이는 돈이 1년에 홍콩 예산의 4분의 1이 넘고, 게다가…… 대부분의 관료들이 저 곳에서 흘러나오는 블랙 머니로 정치 생명을 이어 가고 있으니까요. 그래서 중국 정부로써도 모른 척 하고 있는 것입니다.”

“네……. 그런데 그것이 루이챈과 어떤 관계가 있습니까?”

“제 회사도 저 빌딩 속에 있지요.”

“네에? 그러면 제가 가 보았던 곳인가요?”

“아닙니다. 차 선생이 오셨던 곳은 제가 따로 중국 본토의 부동산 사업을 하는 곳입니다. 우리는 저 빌딩에서만 사업을 벌일 수는 없지요……. 중국은 모토가 공산주의이기 때문에, 지금은 저렇게 놔두고 있지만, 언제 어떻게 될지 모르기 때문에 따로 분산시켜 놓는 것이죠.”

“무슨 말씀인지 확실히 모르겠습니다.”

“됐습니다. 깊이 아실 필요도 없고 알려 드려도 모르시겠지요.”

그러더니 고개를 돌려 문에 서 있는 사람에게 무언가 얘기를 했다.

그 때 진식은 만년필 꼭지를 두 번 눌러 작동을 껐다. 이 곳까지 국정원이 와서도 안 되고 올 수도 없을 것 같아서였다. 그런데 루이챈이 오더니,

“혹시 휴대폰 가져오셨습니까?”

“네.”

“미안하지만 꺼 주시겠습니까? 전파가 이 방에서 방해를 받는다고 해서요.”

진식은 켜 있지도 않은 휴대폰을 끄는 척 했다.

둘은 홈바에 앉아 서류를 보았다. 루이챈이 보여 준 서류는 골프채의 종

류별로 한국에 수출되는 가격 리스트인데 그 액수가 무척 커 보였다. 또 다른 자료에는 다단계 판매 루트인 피라미드 형태의 도표가 사진과 함께 이름이 써 있었다.

"골프채치고는 금액이 무척 크군요……."

"그렇습니다. 그렇지만 세금이 너무 크니 실제로 마진이 거의 없는 편이죠……."

"그러면 신용장을 열어야 하나요?"

"아니요. 꼭 그렇지만은 않습니다. 선불로도 하고 피치 못할 때에는 후불로도 하지만 주로 현금으로 직거래하고 있지요."

"제가 할 일이 무엇인지 모르겠지만, 저는 그런 큰돈이 없는데요……."

"알겠습니다. 저희는 이 사업을 원활히하기 위해 전도금을 한국에 많이 뿌려 놓았습니다. 그러니 돈은 걱정 안 하셔도 됩니다."

"현금 거래라 하셨는데……."

"네. 구매 자금은 각 지점에서 현금으로 준비합니다. 차 선생께선 지점 관리만 잘해 주시면 됩니다."

"그러면 제가 봉급을 받는 것입니까?"

"아니죠. 차 선생께는 판매 수익금을 따로 드리겠습니다."

"마진이 적다고 하셨는데 얼마나 주실 수 있습니까? 저는 현재 직업에 만족하고 있습니다."

"저번에도 말씀드렸지만 현재 직업은 그대로 하시기 바랍니다. 가끔 급히 견본을 요청할 때에만 차 선생께서 직접 픽업해 주시면 되는 것이지요."

"글쎄, 판매 수익은 얼마를 생각하시는 것입니까?"

"판매액에 따라 달라지지만…… 15%는 보장하고 10%는 활동비로 하여

25%를 내놓겠습니다.”

“네에? 판매액에 25%라면 큰 금액인데…….”

“그렇습니다. 그래서 한번 이 사업을 같이 해 보자는 것입니다.”

“골프채로는 많은 금액인데, 그렇게 많이 한국에서 수입합니까?”

“어떤 때는 헤드를 금으로 만들어 달라는 손님들이 있습니다. 오더 베이스죠…….”

“아 네. 그것은 좀 비싸겠군요…….”

“그렇습니다.”

“이제는 사업 내용을 알았으니…… 하루이틀 생각할 여유를 주십시오.”

“그러죠…….”

진식은 루이챈이 권하는 대로 칵테일 몇 잔을 더 마시고 일어났다. 루이챈은 기사를 시켜 진식을 호텔까지 바래다 주게 했다. 진식은 갔던 길을 돌아서 도시와 바다의 야경을 보며 내려왔다.

‘루이챈의 얘기는 어디까지가 사실일까? 만약 홍콩의 경찰 간부들이 이러한 조직들과 손이 닿아 있다면 이들과의 공조 수사는 한갓 헛것에 지나지 않을 것이다…….’

모든 것이 발각될 것 같아 두려움이 점점 커졌다.

‘게이코! 사랑하는 게이코! 그녀를 위해서라도 손을 떼야 한다. 이 조직이 일망타진된다 해도 진식은 항상 두려움에 살아야 할 것이다. 훈장? 상금? 그것이 뭐 필요하단 말인가?

만년필 작동을 계속 꺼 놓고 있었다. 차는 어느덧 시내를 돌아 호텔 앞에 섰다.

“고맙소.”

하고 기사에게 100달러짜리 한 장을 건넸다.

“아닙니다. 저는 팁을 받았다간 큰일납니다.”

“괜찮소. 누구에게도 얘기 안 하리다. 당신만 얘기 안 하면 아무도 모를 것입니다.”

하고 의자에 놓고 내렸다. 진식은 그렇게라도 해야 마음이 조금 놓일 것 같았다.

기사는 연거푸 쎄쎄, 하며 인사를 하고는 쏜살같이 달아나고 말았다. 프런트 데스크에 가서 키를 달라 하니 조그마한 메모지와 함께 주었다.

‘페닌쉴라 식당에서 기다립니다. 이일삼’

창 밖의 바다에는 정박한 배들이 켜 놓은 전등이 점점이 떠 있고, 바다 건너의 빌딩에는 호화찬란한 네온사인이 반짝거렸다. 야경은 어두컴컴한 식당에서 보기에 좋았다. 식당 테이블마다 촛등이 켜져 있어 분위기를 한껏 돋우는데, 연인 같은 사람들이 테이블을 거의 채우고 있었다.

“저는 장한식이라고 합니다. 박 과장님을 모시고 있습니다.”

“네에……”

“만년필이 꺼져 있어서 걱정했습니다. 혹 무슨 일이라도 있었습니까? 아니면 고장이라도…….”

하며 자기도 똑같은 만년필을 꺼내 보이고는 주머니에 도로 넣었다. 진식은 루이챈의 저택에서 만년필을 끄게 된 경위를 간단히 설명했다.

“아, 그러셨군요! 잘하셨습니다. 저는 걱정했습니다. 그런데 무엇 좀 얻은 게 있습니까?”

“사업 계획을 들었는데 지금은 확실하게 얘기할 게 없습니다.”

“그러면 언제 또 만나기로 하셨습니까?”

“제가 내일이나 모레까지 사업 참여 의사를 밝히기로 했습니다…….”

"언제쯤 하시려고 하십니까?"

"좀 생각을 해 보아야 되겠습니다. 루이챈의 얘기로는…… 이 곳 경찰의 고위 간부들이 관계되어 있는 것 같았습니다. 관료들 중의 일부도 그런 것 같고……. 그러니 한국이 이 곳과 공조 수사를 하는 것이 위험할 수도 있지 않겠습니까? 괜히 우리만 노출되어 위험하게 된다면……."

장한식은 표정이 굳어지며,

"상부에 보고를 하고 제가 연락을 드리겠습니다. 걱정 마십시오. 차 선생은 제가 보호해 드립니다."

하고는 자기 전화번호를 주고, 진식의 휴대폰 번호를 다시 확인한 뒤 총총걸음으로 나갔다.

진식은 방으로 올라가 게이코에게 전화를 한 뒤, 간단히 씻고 자리에 누웠으나 잠을 이룰 수가 없었다. 새벽 4시에야 잠이 들어 정오가 다 되어 일어났다. 진식은 아침에 수영을 하고 나니 한결 기분이 나아졌다. 가볍게 식사를 하며 홍콩의 신문을 뒤적이다 박 과장에게 전화했다.

"저 오늘 한국으로 들어갈까 합니다."

"어제 얘기를 들었습니다만, 그 친구의 말을 어디까지 믿어야 할지……. 네, 알겠습니다. 들어오시죠. 일단 이쪽을 내사하는 수밖에 없겠습니다."

진식은 대한항공 지사에 전화를 하여 서울행 좌석을 예약하려 했으나 대기자 명단밖에 올릴 수가 없었다. 일단 체크아웃하고 공항에 나가 보기로 마음먹었다. 방에 돌아와 짐을 싸려 하는데 전화벨이 울렸다.

"아 계셨군요. 왕츄이입니다. 지금 커피숍에 있는데……. 네, 기다리겠습니다."

진식은 가방을 챙겨 내려가 벨 데스크에 맡겨 놓고 커피숍으로 들어갔다.

"반갑습니다. 오셨다는 말씀을 오늘 아침에야 듣고……. 그런데 저희 사업을 같이 하기로 하셨습니까?"

"아니요. 좀더 생각을 해 보아야겠습니다. 한국에 가서 골프채 1년 수입량이 얼마나 되는지, 골프장은 몇 개인지 또 현재 골프 인구와 증가 추세 등은 어떤지…… 면밀히 검토하려 합니다. 그래서 오늘 떠날까 합니다."

"네에? 그러면 루이챈도 아십니까?"

"조금 있다 전화 드리려 했죠. 아직 비행기 예약이 안 돼서……."

"점심을 같이 하려고 했는데, 잠시만요……."

왕츄이는 루이챈에게 휴대폰을 걸어 진식에게 주었다.

"무슨 일입니까? 차 선생! 뭐 잘못된 것이라도 있습니까?"

"아니 좀더 심사숙고하고 싶어서 그렇습니다."

"어쨌든 내가 그리로 가겠습니다. 기다리십시오."

루이챈은 곧바로 달려왔다. 이윤이 적어 그러냐, 이렇게 남에게 사업을 매달려 보기도 처음이다, 라는 둥 여러 얘기를 하며 진식의 마음을 돌리려 했다.

"아닙니다. 제가 한국에서 좀더 자료를 조사해 보겠습니다. 이런 제안을 해 주셔서 고맙게 생각하지만 남의 귀한 사업을 능력 없는 제가 함부로 맡아 한다는 것이 마음에 걸립니다."

루이챈은 몹시 안쓰러워했다.

"정 그러시면, 한국에서 한 사람을 만나 주십시오. 그 사람에게 우리 사업 전반에 대한 것을 들어 보시고 결정하시면 됩니다."

"……!"

그러면서 명함 하나를 건네주었다.

"제가 미리 연락은 해 놓겠습니다."

진식은 공항으로 출발하며 장한식에게 전화를 했다.

"네. 차 선생님, 과장님한테 말씀 들어 알고 있습니다. 비행기를 체크하여 보았더니 2시 비행기에 대기자로 되어 있으시더군요. 제가 풀어 예약해 놓았습니다. 안녕히 가십시오. 저는 좀더 있다 가겠습니다."

진식은 모든 것이 한결 가벼워졌다. 게이코에게도 떳떳할 수 있을 것 같았다.

인천 공항에 내리니 박 과장이 나와 있었다. 박 과장은 차를 뒤에 따라오게 하고 진식의 차에 동승했다.

"댁 근처로 가시죠. 그 곳에도 조용한 곳이 많으니……."

진식은, 루이챈의 저택과 그 곳에서 애기한 내용과 오늘 루이챈이 다시 생각해 보라고 한 말을 사실대로 전했으나, 명함에 관한 애기는 안 했다. 그리고 만년필을 돌려주었다.

애기를 들은 박 과장은,

"고위층이 어느 선까지 연결된 것인지 파악하고 있습니다. 그리고 홍영식은 찾아냈지만 그들 조직망을 전부 찾기 위해 아직은 그냥 놓아두고 있습니다."

했다. 그리고는 진식에게,

"수고하셨습니다. 위험에 처하게 했던 점 미안합니다."

하고 깍듯이 인사한 후 헤어졌다.

진식은 게이코에게 그간의 일들을 애기했다. 명함 애기만 뺀 채……. 진식의 애기를 듣고 난 게이코는 오빠는 어떻게 되는지 물었다.

"오빠한테 빨리 어떻게든 손을 떼라고 하세요. 한국 마약반에서 알았으니, 어쨌든 일본에서도 손을 쓰게 될 거요."

진식은 밤새 생각해 보아도 명함을 국정원에 건네주면 또 일에 끼어들게 될 것 같았다. 그래서 일단 혼자만 알고 지내기로 하고 아무한테도 말을 하지 않았다.

다음날 아침, 진식은 회사에 들르지 않고 곧장 협회장 사무실로 갔다.

"감독은 만나 보셨습니까?"

"절대 불리하다죠. 어째서 일본이 그렇게 이길 것을 장담했는지 이해가 간다며 치를 떨고는 있으나, 어찌 다른 방법이 없어요. 아무튼 지고 이기고를 떠나 좀 연기할 수 있으면 좋겠지만 그것도 안 되는 일이니 하늘에 맡기는 수밖에 없어요……."

"어쨌든 우리가 철저히 말려들고 말았어요. 지금 국제 갬블러들은 1, 2차전을 일본의 승리로 점치고 있습니다. 3차전은 필요하지 않답니다."

"공항에서 돌아오는 선수들을 볼 때는 마음이 든든했는데……. 하루하루 시합날이 가까워질수록 다시 불안해지는구려."

진식도 마찬가지였다.

일본은 날짜가 다가올수록 잔치 분위기가 무르익고 있었다. 일본 국민들의 자신감은 물론, 선수들의 사기는 더욱 더 높아질 것 같았다. 그러나 한국의 분위기는 시합날이 가까워질수록 조용히 가라앉는 모습이 되어 가서 한국 선수들의 사기마저 저하될 것 같았다. 가끔 보도되는 외신에 의하면, 일본인들의 높은 사기와 한국인들의 차분한 모습을 대조적으로 방송하며 국민의 열기로는 일본이 한국을 압도한다는 내용을 보내고 있었다.

"저희도 국민의 사기를 높일 겸 우리 대표 선수들의 모습을 특히, 승리한 게임을 방영했으면 좋겠습니다."

"방송사 사장들을 만나 의논하리다……."

그 때 인터폰이 울렸다.

"회장님, 표재범 기자 전화인데 연결해 드릴까요?"

"그래요!"

"회장님, 저 표재범입니다."

"어쩐 일이오?"

"오늘 거진에 가려 하는데요……."

"거진? 아 참! 그 친구들이 오늘 오지!"

"그렇습니다. 언제 대표팀과 평가전을 갖게 할까요?"

"아, 내가 대표팀 스케줄이 어떤지 감독하고 먼저 얘기해 보리다. 어제 감독과 다른 말끝에 잠깐 얘기를 했더니 웃고 맙디다……. 걔네들이 조금만 더 실전 경험이 있고 나이가 한두 살 많았으면 참 좋았겠는데……. 어쨌든 걔네들 때문에 북한에선 난리요. 걔네들 덕분에 중국, 중동 팀들이 북한 축구를 크게 평가하고 있답니다. 우선은, 표 기사가 이번 한일전 끝날 때까지만 맡고 있구려. 네, 그 후에는 협회 차원에서 관리하리다!"

"알겠습니다. 다녀와서 전화 올리겠습니다."

진식이 의아한 눈으로 협회장을 쳐다보았다.

"강원도에 젊은 선수들이 있는데, 하도 잘 뛴다 해서 가 보니 프로팀을 4 대 0으로 이깁디다. 그래서 월드컵이나 올림픽에 써먹을 겸 북한에서 비밀리에 실전 경험을 쌓게 했는데 오늘 온다는군……."

진식은 건성으로 듣고 있었다.

"그럼, 저는 일어나겠습니다."

"고맙소……, 또 봅시다!"

진식은 빌딩을 나와 게이코에게 전화를 했다.

"게이코? 나예요. 오늘 바쁘지 않으면 점심이나 같이 할까 하고……."

"그러세요. 몇 시요? 네. 그리로 갈게요……."

진식은 게이코의 목소리가 힘이 없는 것을 느끼고 있었다.

식사를 하면서도 별로 말이 없었다. 진식은 안타까웠다.

"게이코, 오빠 때문이오?"

"네에……. 동경엘 다녀올까 봐요……."

"그래요. 그러나 어떻게 얘기를 할 참이오?"

"……."

"언제 다녀올 예정이오?"

"빨리 가야 될 텐데……. 너무 걱정이 되고 무서워요……."

"내가 같이 가는 게 낫겠소?"

"네? 정말이세요? 그러면 좋지만…… 시간을 내실 수 있으세요?"

"시간 내는 것은 괜찮은데 맞닥뜨리기가 좀 그러네요. 언젠가는 만나야 겠지만……. 어쨌든 오빠한테 빨리 알려 줘야 돼요. 한일 축구 때문에 좀 늦을지 모르겠지만, 시작했다 하면 한일 관계의 공조는 홍콩보다 빠를 테 니까……."

"그럼, 같이 가 주세요. 진식 씨가 옆에 있는 것만으로도 든든하니까 요."

선수들만 태운 쾌속정은 속초까지 안 오고 거진으로 직접 들어왔다는 교장 선생의 연락을 받고, 재범은 거진으로 바로 갔다. 서울에서 거진까지

는 5시간이 넘게 걸렸다.

교장실에서 만난 선수들은 고향에 돌아온 것이 기쁜 듯 환한 모습으로 가족들과의 즐거운 만남을 갖고 있었다.

"감독님 수고 많으셨습니다. 현식 코치님도요."

"별 말씀을요……."

"아니, 지금도 선수들이 모래주머니를 차고 있군요?"

"배 타고 오는 동안 벗으라고 하여도 괜찮다며 벗질 않아요……. 덩치들은 저렇게 커도 아직 어린티를 못 벗어나고 있어요……."

그 때 교장 선생이 선수들의 이름을 부르며 축구화를 하나씩 나누어 주었다.

"어? 축구화가 나왔습니까?"

현식 코치가 축구화 한 켤레를 들고 왔다. 축구화에는 돌기가 나와 있는 것이 밋밋한 축구화보다 확실히 효과가 있을 것 같았다.

"교장 선생님, 서울에서 주문하셨던 게 이건가요?"

"그래요. 조용히 만들어 보느라고 돌아올 때 아무도 안 만나고 온 것이오."

선수들은 신어 보고 발에 잘 맞는다며 당장 볼을 차 보겠다고 야단이었다. 구 감독은 코치에게, 신이 발에 맞도록 익혀야 되니 나가서 뛰게 하라고 지시를 했다. 선수들은 피곤하지도 않은지 모래주머니를 찬 채 운동장을 가볍게 돌고 나서 볼을 차 보였다. 처음에는 새 축구화가 길이 안 들어 불편할 것 같은데, 볼을 차는 선수들은 신이 나 있었다. 신기한 듯 함박 웃으며 좋아하였다.

"대표팀하고는 언제 시합이 있습니까?"

"곧 정해질 거예요. 아침에 협회장하고 통화했으니……."

"대표팀의 원정 경기 성적은 좋습니까?"

소식들을 잘 모르는 것 같았다.

"네. 나중에는 브라질, 코스타리카, 아르헨티나 등 국가 대표팀들하고도 대등했던가 봅니다……."

"아, 그러면 좀 안심이군요. 꼭 이겨야 될 텐데……."

"그런데 상대팀 언어를 배워 시합에서 써먹었다는 게 무슨 말입니까?"

"하하하, 월드컵이나 올림픽에 한번 써먹을까, 하고 연습 삼아 해 본 것입니다. 욕이나 폭행은 못 하게 되어 있지만 말은 상관없지 않습니까? 긴요할 때 뒤에서 '워떠!', '볼 놔둬!' 하고 뛰어가면 자기 선수가 그러는 줄 알고 볼을 안 차고 비키더라구요. 또 '후이!', '패스해!' 하면 옆으로 차 주기도 하고……. 하하하, 그것도 북한에서 얘기한 모양이죠? 그래서 항상 상대팀의 언어 몇 개를 미리 배웠죠. '볼 놔둬, 오른쪽으로, 왼쪽으로' 같은 말을요. 하하하, 효과는 있었습니다."

"하하하하!"

재범도 통쾌하게 웃었다.

"그런데? 구 감독은 스포츠 정신을 제일로 삼고 있는 게 아닙니까?"

"글쎄요. 룰에 하지 말란 말은 없지 않습니까? 태클은 하지 못하게 하지만 정면에서의 슬라이딩 태클은 방어 전법으로 허용되지 않습니까? 저는 룰에 저촉되지 않는 것은 과감하게 사용합니다."

운동장에서 뛰는 선수들이 우르르 몰려 들어왔다.

"스핀이 기가 막히게 먹어요!"

"코너킥도 휘어 차니까 골대 속에 들어가던데요!"

다들 좋아하고 있었다.

"유재야! 너는 이쪽 끝에서 골까지 원 바운드로 넣을 수 있겠어?"

"네. 골문까지 원 바운드로 날려 봤습니다. 볼이 더 멀리 나가는 것 같아요. 그런데 감독님! 우리 대표팀 형님들도 이것을 신어야 되지 않을까요?"

"시간이 없어. 이건 전부 수제화라 시간이 걸리고 발에 익혀야 되지 않니? 그러니 안 돼. 어쨌든 너희들은 발에 익혀 두어라. 곧 대표팀하고 시합이 있을 테니⋯⋯."

재범은 선수들과 저녁을 같이 한 뒤, 다음날 일찍 떠나려는데 구 감독이 찾아와 인사를 하며, 석찬의 묘에 갔다 온다 하고 먼저 떠났다.

재범은 아침에 상쾌한 도로를 달렸다.

'대표팀과의 시합에선 거진팀이 지겠지만, 아마도 감독, 코치 그리고 대표 선수들도 모두 놀라리라⋯⋯. 또 오른쪽으로 왼쪽으로 야구의 커브볼보다 더욱 휘어지는 볼과 공중에 날아가다 밑으로 뚝 떨어지는 드롭볼을 보면 축구화의 마력과 선수들의 기량에 놀라리라⋯⋯. 하하하! 다만 안쓰러운 것은 대표팀이 서울에 없어서였는지 교장 선생이 거진팀에만 축구화를 신긴 것인데⋯⋯. 이미 다 지난 일 아닌가.'

재범은 앞유리에 '긴급 보도' 사인을 붙여 놓고 힘있게 오른발을 눌렀다.

게이코는 동경 시내에 있는 조용하고 조그마한 찻집에서 오빠와 진식을 소개하고 있었다.

"그러면 진식 씨는 무슨 부를 맡고 있습니까?"

"지금은 외신의 종합적인 것을 보고 있지만 원래 경제부 출신입니다. 하지만 아직도 무엇이 경제인지 모를 때가 많습니다."

"하하⋯ 겸손하시군요."

"일본 축구 협회는 이번 한일전에 대한 준비가 다 끝나셨겠죠?"

"다 끝나다니요! 빨리 시합이 끝나야지 모든 게 손에 안 잡히고 불안하기만 합니다. 날짜만 기다리고 있습니다. 한국 대표팀도 서울로 돌아왔대죠? 일본팀도 며칠 전에 왔습니다만 다들 긴장하고 있는 것 같습니다."

"우리도 마찬가지이죠."

하고는 '잠깐 실례합니다' 하며 진식은 두 사람만의 시간을 주기 위해 자리에서 일어나 화장실로 갔다.

"게이코! 사전에 말 한마디 없이 불쑥 나타나 이렇게 소개하면 어떻게 하니? 결혼할 사람이니?"

"네. 그러니까 같이 왔지요……."

"어른들이 알면 어쩌려고……. 어른들께는 인사보다는 미리 말씀을 드려 보아라!"

"오빠! 나는 그런 것 염려할 나이도 입장도 아니에요. 그리고 오늘 오빠한테 온 것도……."

그 때 진식이 돌아왔다.

"그래서?"

"사실은 오빠가 걱정돼서 왔어요……."

"날? 왜?"

스즈키는 놀라는 표정으로 입을 조금 벌리며 눈을 크게 떴다.

그 때 진식이 나서며 얘기했다.

"좀 걱정스러운 일이 있는데, 혹 스즈키 상이 관련돼 있지 않나 해서입니다."

스즈키는 의외라는 듯, 더욱 놀라는 표정이 되었다.

"왜요? 무슨 일인데요?"

“홍콩의 퍼시픽 브릿지 컨설팅의 루이챈이라는 사람을 아십니까?”

스즈키의 얼굴이 굳어졌다.

“알고는 있습니다만…….”

“그 사람에 대한 조사가 한국 마약 감시반에서 시작되었습니다. 홍콩 감시청하고 비밀리에 착수하고 있습니다.”

“……그런데 그것이 저하고 무슨 관계가 있다고…….”

“관계없으시면 다행이고……. 제가 홍콩에 드나들다 우연히 알게 되었습니다.”

“오빠! 진식 씨는 도와주려고 온 거예요.”

스즈키는 떨고 있는 듯 고개를 숙이고 한참 있었다.

“그러면…… 이번에 견본 가지고 들어간 사람이 당신입니까?”

“네! X-씬이라는 최신종이지요. 그것을 소량만 술에 타 먹어도 열흘씩 흥분 상태에 있고 그래서 먹지도 일하지도 못한 채 고통당하다가 두세 달을 못 견디고 죽게 되는 치명적인 것이라고 합니다.”

스즈키는 몸이 더 오그라들며 부들부들 떨고 있었다.

“어떡히면 좋겠소?”

“사활이 걸린 문제가 코앞에 있어 한일 양국의 공조 수사는 한일전이 다 끝난 후에나 이루어질 것 같습니다. 그 전에 담당 부서 고위층과 의논하여 조직을 일망타진하게 함으로써 감형이나 사면을 받는 것이 낫지 않을까 싶습니다.”

스즈키는 부르르 떨었다.

2년 전 아시안 게임과 세계 청소년 축구 관계로 홍콩을 자주 드나들 때에 마카오의 카지노에서 소개로 루이챈을 알게 되었고, 그 후 루이챈의 부탁으로 어떤 견본을 동경에 배달해 준 것이 빌미가 되어 한 번만, 한 번만

하던 것이 이제는 본격적으로 사업을 하게 된 것이다. 점조직으로 되어 있어 계보를 다 알지는 못해도 숫자가 많이 불어나 파기하기도 쉽지 않았고 두렵기도 하여 여태 발을 빼지 못한 것이다.

"응, 그래 고맙다. 그리고 차진식 씨, 고맙소. 피하기도 쉬운 일이 아니니……. 내 깊이 생각하리다. 그런데 한국에서 저도 의심하고 있습니까?"

"아닙니다. 아직은……."

"그렇군요. 어쨌든 감사합니다. 그리고……."

"네?"

"우리 게이코 불쌍하게 하지 말아요. 믿겠습니다."

하며, 스즈키는 자리를 떴다.

"고마워요, 진식 씨! 진심으로 오빠를 대해 줘서요……."

진식은 가만히 게이코 머리를 쓰다듬었다.

찻집을 나온 스즈키는 집으로 가며 진식의 말대로 마약 감시반에 털어놓는 것이 낫겠다 싶었다. 그러나 이제 곧 일한전이 열리므로 일본이 완전히 승리하여 독도를 차지하게 될 때, 그 때에 얘기하는 것이 더 좋을 것 같다는 생각이 들었다. 일본이 독도에 일장기를 꽂게 될 때에……. 자기의 공로가 일본 역사에 남을 것이므로 자기의 과오를 사면받기가 더 쉽겠다고 생각되었다. 그래서 스즈키는 '이것만이 내가 살길이다, 내가 살면 일본도 살고 일본이 살면 나도 산다!' 라는 생각에 일한전에만 신경쓰겠다 마음먹었다.

10부 결전의 서막

　재범은 어제 갈 때보다는 서울로 돌아올 때 약 40분 정도 빠르게 도착했다. 곧장 협회로 찾아갔다.

　회장실에는 체육계 인사들과 기자 몇이, 한국 축구 협회의 제의에 대해 일본에서 보내온 답신을 숙의하고 있었다. 일본은 한국의 제의를 수락하며 또한 일본측의 의견도 보내왔다. 한 기자가 물었다.

　"우리가 제의한 드로인 규칙은 어떤 것입니까?"

　"터치라인 밖에 볼이 나가 드로인할 때에 두 손으로만 던질 수 있는 것을 한 손으로도 던질 수 있게 허용하자는 내용이었습니다."

　"그러면 코너킥 부근의 터치라인 같은 데서 드로인을 하면 아주 무서워지겠네요."

　"그렇죠. 누구든지 한 손으로는 골문 앞까지도 던질 수가 있으니, 함부로 터치라인 밖으로 내찰 수도 없겠지요. 그러니 경기가 끊어지는 것도 덜 할 것이고 더 공격적인 축구가 될 것입니다. 즉, 좀더 활기찬 경기가 되지 않을까, 생각합니다."

　회의가 끝나고 사람들이 나간 뒤 재범은 회장에게 인사를 하며 물었다.

　"거진팀하고 언제 시합할 수 있을까요?"

　"글쎄, 감독 얘기로는 이제 곧 시합이니 연습 경기는 안 하는 게 좋겠대. 유럽 스타일에 대한 전략을 짜야 하고, 또 조용히 몸을 풀고 작전에만 임하겠다 그러네…… . 그것이 나을 것도 같고 또 혹시 젊은 애들이랑 연습하다 부상당해도 문제니까…… ."

　"네…… . 그러면 그렇게 알겠습니다."

"그래, 선수들은 다 건강하던가?"

"네. 모두 건강하고 고향에 오니까 무척 좋아하는 것 같았습니다."

"꽁지머리, 노랑머리, 파랑머리, 그리고 하이애나…… 다들 보고 싶구먼. 선수들이 어려서 그런지 다들 귀염성이 많더만……."

"네, 제가 보기에도 실제로 순진한 것 같습니다. 그리고 이북 갈 때 머리들은 안 자르고 염색만 지웠습니다."

"한일전이 다 끝나면 월드컵을 대비해 나이 많은 선수들을 재편성할 테니, 그 때 보자고들 하게……."

"알겠습니다."

밖으로 나와서, 구 감독에게 대표팀과의 연습 경기는 좀 어려울 것 같다고만 전화했다.

양국의 신경이 하루하루 날카로워지며 피를 마르게 하였다. 한국은 모든 방송이 승전의 각오와 승리의 노래를 내보내는가 하면, 일본은 한 걸음 더 나아가 승리를 자축하고 있었다. 독도의 어디에다 일장기를 꽂아야 되고, 어떻게 보존해야 되는가, 독도 주변의 어족은 무엇 무엇인데 일본 사람들이 좋아하는 것은 무엇이라는 둥, 아직은 독도에 일장기를 꽂아도 해역을 할 수 없는 것이 아쉬우나 참아야 한다. 또 이번 시합의 패국은 무조건 복종해야 한다는 둥……. 한국인의 감정을 짓밟는 방송을 거리낌없이 하였다.

드디어 결전의 날이 내일로 다가왔다.

일본에서 돌아온 진식은 그동안 마약 사건에 대한 기사가 나는지 매일 자세히 신문들을 뒤져 보았으나 한 줄도 없었다. 오늘 신문은 모든 지면이 내일 경기에 대한 것뿐이었다.

오늘 일본으로 떠나는 감독과 선수들에 대해 대통령의 격려사와 각계 각층의 성원이 이어졌다. 세계 각 언론사 및 나라들도 공정한 심판과 후회 없는 양국의 경기가 되기 바란다는 격려 전문을 보내 왔다. 신문의 모든 광고란도 광고주들의 상품 광고 대신 선수들의 모습을 담은 사진과 응원의 글로 가득 찼다. 또 신문마다 작가와 시인들의 출정가와 응원가가 게재되었다. 그 중 눈에 띄는 것이 있었다.

7천만의 가슴

혈기의 젊은이들이여!
그대들이 진격할 때
7천만이 숨죽였다오!

장하오, 용사들이여!
승전고를 높이할 때
7천만이 울었다오!

고맙소 형제들이여!
가슴을 넓게 펴고 오소.
7천만이 안기리다!   (시인, 김실)

신문을 보며 게이코가 울먹였다.

"어쩌다 한일 간에 이런 일이 생겼을까요?"

진식도 가슴으로 울었다.

'제발 이겨만 다오! 이 글처럼 7천만이 당신들의 가슴에 안기리다. 나는 첫번째여도 좋고, 7천만 번째라도 좋소. 꼭 두 팔을 목에 감고 안기리다…….'

불리할 것이라는 내용을 알고 있는 진식은 더욱 마음이 아프고 쓰라렸다.

한 달 전부터 한일 간의 항공 노선과 여객선이 증편되고 열흘 전부터는 증편에 증편을 더 했어도 못 가는 응원단들이 많았다. 가는 것도 힘들었지만 가서도 문제였다. 동경 운동장 부근의 숙박료가 50배 이상 올랐는데 그나마도 빈 방이 없었다. 그래서 운동장의 담벼락, 길모퉁이, 지하철역에는 넥타이를 맨 신사, 스커트를 입은 숙녀, 그리고 노인이나 붉은 옷을 입은 젊은이 할 것 없이 노숙을 하는 수밖에 없었다.

"이겨만 다오, 이겨야 한다! 36년 동안의 응어리를 60년이 다 되도록 못 없애고 있는데, 또다시 독도에 일장기를 꽂겠다니……."

일본 경찰에서는 관용을 베풀어 친절하게 도와주고 있었다.

다음날 재범은 특별히 보도진에게 제공된 자리를 붉은 악마 응원단과 함께 전세 비행기로 날아갔다. 일본 협회에서 제공한 보도 차량을 나누어 타고 동경구장으로 갔다. 경기장이 보이기도 전에 차량들이 정체되어 있고 가는 길마다 인산인해를 이루었다. 다행히 경찰 오토바이들의 안내로 버스는 운동장에 진입할 수 있었다. 기자석에는 세계 방송사들이 열을 올리고 있고 각국의 신문 기자들도 셀 수 없이 많았다. 6만의 객석이 마련되어 있는 운동장은 한국 응원석만 조금 비어 있을 뿐, 나머지 객석은 꽉 차 있었다. 일본 자위대들의 무장 경비는 운동장과 관중석을 삼엄하게 에워싸고 있고 만일의 사태에 대비한 소방차, 경찰견, 기마 경찰 들이 운동장 양쪽 골대 뒷편에 대기하고 있었다. 운동 경기가 아니라 바운더리를 정해 놓고 전쟁을 하는 것 같았다.

세계의 방송사 CNN, BBC, CTV 등 많은 방송 아나운서들은 두 나라의 지난 역사와 그동안 밀접했던 양국 관계와 세계 역사에 전무후무한 축구 시합이 이루어지게 된 경위를 설명했다.

"이번 시합은 그 어느 시합보다 양국에 중요한 경기로, 세계의 모든 시청자들은 이번 경기의 증인이 될 것이다. 따라서 이번 시합이 공정하고 후회 없는 경기가 되길 바란다. ……."

하지만 현재의 객관적인 평가로는 일본이 약간 우세한 입장이라고 전파를 보내고 있었다.

시간이 흐르자 한국 응원석도 다 차고 빈자리가 없었다. 한쪽에서는 대형 태극기를 흔들며 꽹과리와 북을 치는 붉은 옷을 입은 응원단의 노래가 동경 하늘을 찔렀다.

다른 한쪽에서는 파란 유니폼의 응원단이 일장기를 앞세우고 질서정연하게 응원하고 있었다. 왼쪽에서 오른쪽으로 물결치는 푸른 파도는 경기장을 휘감았고, 하늘에는 '일본 승리'라고 쓴 오색 글자가 수놓였다. 이를 본 많은 일본 관중들이 박수와 함성을 질러 대니 경기장은 용광로처럼 들끓었다.

역사상 어떠한 경기도 이처럼 뜨겁고 중요하지 않았으리라. 양국의 선수들이나 임원진들은 이번 경기로 인해 역사에 빛나는 이름으로 새겨질 수도 있고, 아니면 두고두고 역적의 이름으로 남겨질 수도 있는 절체절명의 시합이었다. 온몸을 불사르고라도 이겨야만 했다.

일본은 이번 시합을 위해 유럽의 일류 선수 7명을 일본 국적으로 귀화시켰다. 일본 임원진들은 유럽 선수들만 쳐다보아도 안심이 되었다. 또한 유럽 선수들은 긴장도 되지 않는지 농담을 하며 서로 장난을 쳤다. 따라서 일본 선수들이나 임원진들은 자신감에 차 있었으며, 두려움이라고는 전혀 보이지 않았다.

이런 상황을 뒤늦게 알게 된 한국 선수단은 감정을 드러내지는 않았으나 몹시 당황스러웠다. 하지만 이미 주사위는 던져졌고 이 모든 것에 맞서 모든 선수들이 정신력과 투지로 싸우는 길밖에 없었다. 또한 공은 둥글고 정의의 여신이 함께였다.

개회식이 시작되었다.

의외로 개회시은 빠르게 진행되었다. 개회사가 끝나고 양국 국가가 연주되었다. 양국 선수들은 기념 촬영을 끝내고 각자의 진영으로 가 몸을 풀었다. 시합을 위해 빨리빨리 진행하는 모습이었다.

일본팀은 공격 위주인 2-3-5포메이션이었다. 골문은 일본 축구 사상 최고의 수문장이라는 이시하라 소하지가 맡고, 양 풀백에는 나카무라와 시마다. 미드필더에는 장신들이며 주력이 좋은 오다, 아론, 다케이 등이 포진하였으며, 최종 공격수에는 유년기, 청년기를 남미에서 자라 유럽에서 맹활약 중인 이치다 히데노부가 센터포드를 맡았다. 또한 공격은 유럽 프로 축구 1부 리그의 상위팀인 버킹검에서 최고의 골게터로 각광받는 월리와 노틀담의 명 스트라이커인 스칼트를 중심으로 하고, 양쪽 날개엔 역시 유럽에서 무르익은 스기하라 노부나가와 모리 이에야스가 날개를 퍼덕이고 있었다.

한국은 수비 위주인 4-4-2 포메이션이었다. 골키퍼는, 키가 184cm 장신에다 점프력이 좋아 골문 앞의 센터링을 거의 펀칭으로 막아내며 중·장거리의 슛도 실수 없이 잡아내 달인의 손으로 불리는 임윤길이었다. 수비진에는 체격과 체력을 겸비한 강영철, 박용진, 심원섭, 이능근이 자리잡고, 미드필더에는 일본 프로 리그 최고의 골게터인 문인상, 가장 발이 빨라 발바리인 박영수, 한국 프로팀의 최다득점왕 김득만, 가장 시야가 넓다는 이시영이 포진하고, 최전방 공격수엔 유럽에서 이름을 날리며 소속팀을 1부 리그로 끌어올리는 데 공을 세운 송병훈과 전 유럽에서 아시아 인으로서는 손꼽히는 연봉을 받고 있는 한장교가 중앙 서클라인 안에서 몸을 풀고 있었다.

한국 선수들은 일본팀의 주전 선수들을 보고 깜짝 놀라지 않을 수 없었다. 일본팀 맨 앞 공격진에 유럽의 최고 스타 플레이어들이 가볍게 몸을 풀고 있었기 때문이다. 유럽에서 활동중인 한국팀 주장인 한장교와 송병훈 선수는 스칼트와 월리에게 악수를 청하며 파인 플레이 하자고 말했다.

그렇게 요란스럽던 장내에 일순 물을 끼얹은 듯한 정적이 감돌았다. 본부석에서 왼쪽은 일본, 오른쪽은 한국으로 정해졌다. 드디어 주심의 휘슬이 울렸다.

일본의 선공으로 1차전 경기가 시작되었다.

양팀 선수들은 시작부터 매우 활발하게 움직였다. 일본의 센터포드 이치다는 볼을 뒤에 있는 월리에게 백패스를 한 뒤 한국 진영으로 뛰어 들어갔다. 양쪽 날개 스기하라와 모리도 양쪽 터치라인을 따라 깊숙이 뛰어 들어가고 있었다.

한국팀도 송병훈, 한장교만 남겨 놓은 채 뛰어 들어오는 일본 선수들을 개인 마크하며 수비 지역을 좁혔다.

일본팀은 관중들의 박수와 환호를 받으며, 날렵한 플레이를 하면서 운동장을 넓게 쓰고 있었다.

볼을 가진 윌리는 스칼트와 2대 1 패스로 한국 진영의 중간 지점까지 쉽게 몰고 오다 오른쪽 깊숙이 패스했다. 볼이 정확하게 스기하라에게 날아가자 스기하라는 가슴으로 볼을 받아 논스톱으로 센터링했다. 볼을 받으러 달려가는 오다를 제치고 키가 큰 박용진 선수가 헤딩하여 외곽으로 날려보냈으나 멀리 가지 못하고 스칼트 앞에 떨어졌다. 스칼트는 볼을 오른발로 정지시킨 뒤 한국 수비 선수 하나를 제치고 다시 반대편에 있는 모리에게 길게 패스했다. 모리는 정확하게 볼을 정지시킨 뒤 오른쪽으로 가는 척 하다 왼쪽으로 툭 차고 왼쪽 터치라인을 따라 깊숙이 몰고 들어가자, 일본 관중들은 함성을 지르며 모리를 응원했다.

골라인까지 몰고 가던 모리가 한국 수비수 심원섭을 제치고 센터링하려고 하자, 뒤에 받치고 있던 이능근이 슬라이딩하여 볼을 차내고 다시 강영철이 달려나가며 길게 차 오른쪽 중앙 부근의 터치라인 밖으로 내보냈다.

일본 응원석에서 아쉬운 탄식이 퍼졌고, 한국 응원석은 "잘한다 한국! 잘한다 한국!"을 외치며 우렁찬 박수가 터졌다.

일본은 왼쪽 중앙의 터치라인에서 다케이가 한 손으로 길게 드로인하여 던져 주었다. 이치다는 그 볼을 오른쪽으로 몰고 가 한 사람 제치더니 윌리에게 패스, 윌리는 다시 이치다에게 패스. 이치다는 오른쪽 깊숙이 뛰어가서 스기하라에게 날리고는 다시 한국 진영으로 깊숙이 뛰어간다. 일본 선수들은 힘이 넘치는 자신 있는 플레이를 보여 주고 있었다. 스기하라는 달려드는 한국 선수를 제치고 길게 센터링했다. 볼은 한국 골대 오른쪽으로 날아가니 페널티 에어리어에 있던 스칼트 뛰어오르며 헤딩 슛!

일본 관중들은 일제히 "와!" 하며 자리에서 벌떡 일어났다. 그 순간 골키퍼 임윤길이 점프하며 손바닥으로 쳐냈다. 볼은 골 크로스바 위를 아슬아슬하게 넘어갔다.

일본 관중들은 다시 실망하면서도, 박수를 치며 일본 선수들을 격려해 주었다.

"아깝다! 그래도 코너킥을 얻었으니까……."

"하하, 한국 선수들이 초반부터 혼쭐나는군!"

"어쨌든 오늘 골을 많이 만들어야 돼."

"그럼, 물론이지!"

수비와 공격이 각자 위치를 잡자, 소란스러웠던 장내가 가라앉았다.

오른쪽 코너에서 다케이가 코너킥을 올렸다. 볼은 골대 왼쪽 위치에 헤딩하기 좋은 각도로 날아갔으나 수비수 강영철의 선방으로 헤딩하여 왼쪽의 외곽으로 보내니 뒤에 있던 오다가 다시 왼발로 강슛! 그러나 한국 수비수의 몸 맞고 흘러나오는 볼을 이능근이 잽싸게 가로채어 중앙으로 나가려는 순간, 일본 선수의 푸싱 파울로 한국팀의 프리킥이 선언되었다.

붉은 악마 응원석에서는 꽹과리와 북 소리가 울렸다.

"대…한민국! 대…한민국!"

"오오~오 오 오 오 오 오 오 오 오~……."

경기 시작 10여 분 만에 처음으로 한국팀이 볼을 잡았다. 양팀 선수들이 일본 진영으로 이동할 즈음, 키커인 이능근이 길게 일본 진영으로 찬 볼을 향해 양팀 선수가 동시에 뛰어올랐다. 그러나 흘러나온 볼을 박영수가 잡아 왼쪽 깊숙이 뛰어가는 김득만에 패스, 김득만이 앞의 수비수 다케이와

맞섰다. 김득만은 오른쪽 왼쪽으로 페인팅을 쓰다 다케이의 오른쪽으로 볼을 툭 넣고는 다케이의 왼편으로 쏜살같이 빠져 나왔다. 그러자 붉은 악마 응원석에서 일제히 "와아!" 하는 함성이 올랐다.

다케이를 따돌린 김득만은 반대편의 한국 선수 쪽으로 센터링하였다. 그러나 한국 선수보다 먼저 뛰어오른 가마타가 머리로 받아 외곽 쪽의 아론에게 패스했다. 그러자 이번에는 일본 관중들이 "와!", 박수를 쳤다. 아론은 한국 선수 한 명을 제치고 길게 차 올려 한국 진영 30미터 앞 오른쪽에 있던 스기하라에게 이어 주었다. 또다시 우레 같은 박수가 터져 나오고 울트라 니폰의 응원석에는 일장기가 휘날렸다.

스기하라는 스칼트에게, 스칼트는 윌리에게, 윌리는 옆으로 주는 척 하다 뒤에 달려오는 선수에게 차 주니 한국 수비진이 크게 흔들리기 시작했다. 뛰어나가 볼을 잡은 선수가 다시 한 사람 제치려할 때 주심이 휘슬을 불었다. 한국 미드필더 강영철이 뒤에서 차징을 한 것이다.

한국 선수들은 몸을 아끼지 않고 열심히 뛰어다니지만 볼을 갖고 있는 시간이 짧았다. 또 시간이 흐를수록 한국의 플레이는 위축되어 갔다. 게다가 한국 문진에서만 볼이 노니 자연히 수비에만 더 치중하게 되고 일본은 더욱 더 거세게 밀어붙였다.

유럽 프로 리그에서 뛰는 일본 선수들과 국적을 옮겨 뛰고 있는 유럽 선수들이 대단히 큰 빛을 내고 있었다. 한국팀의 쇼트 패스는 번번이 윌리나 스칼트의 발에 걸려 뺏기게 되니 한국 선수들의 차징은 더욱 더 심해졌다. 그리고 전원이 수비에만 치중하다 보니 기습적인 공격도 할 수가 없었다.

아마도 한국 감독과 코치는 이번 1차전은 어떻게 해서라도 비기고 2차전인 서울에서의 경기에 치중을 두는 전략인 것 같았으나, 오늘 경기 내내 3 대 7로 일본에 열세로 보이는 한국으로써는 고된 경기였다. 또 일본은 일본대로 경기를 주도하고는 있지만 한국 선수들이 공격을 안 하고 수비에만 집착하여 자기 진영에 몰려 있으니 골을 넣기도 힘이 들었다. 한국팀을 끌어내려 해도 한두 명 쫓아 나왔다간 재빨리 자기 진영으로 되돌아가니 골을 만들기가 쉽지 않다. 일본 관중들은 "영차, 영차!" 스크럼을 짜며 일본팀에게 용기를 북돋아 주고 있지만 금세 "에에이……!" 하며 탄성을 지르곤 했다.

그래서 윌리, 스칼트, 이치다 등은 수비하는 한국 선수 얼굴을 냅다 차기도 하며 비신사적인 행동을 서슴치 않았다. 그리고 중거리 슛을 시도하기 시작했다. 중거리 슛을 안 주려면 키커를 방해해야 하므로 자연히 한국 수비가 앞으로 나가게 되어 있다.

그 틈을 이용해 윌리는 한국 선수를 한 명 제치고는 뛰어드는 이치다에게, 이치다는 스칼트에게 패스했다. 스칼트는 오른발 등으로 볼을 힘차게 갈겼다. 울트라 니폰은 일어나 입을 벌리고 볼이 날아가는 곳을 주시하고 있었다.

볼은 곧장 날아가 오른쪽 구석진 골네트를 강하게 흔들어 놓았다.

일본 관중들은 일제히 일어나 함성을 지르며 폭죽을 터뜨렸다. 서로 얼싸안고 기미가요를 다같이 부르고 있었다.

어쩔 수 없는 골이었다. 한국 벤치는 풀이 죽은 채 고개를 떨구었다. 잠시 후 전반전이 끝나는 휘슬이 울렸다.

후반전에도 한국팀은 0 대 1을 지키려는 듯 수비에만 치중하여 변변한 공격 한 번 못 해 본 채 잦은 파울로 경기만 자꾸 중단되었다. 결국 한국은 윌리와 이치다에게 각각 1골씩 더 허용하여, 0 대 3으로 패하고 말았다.

일본 열도의 1억 2천여 국민이 깡충깡충 뛰며 기뻐하였다. 그 흔들림으로 인해 일본섬이 곧 바닷속으로 침몰될 것만 같았다. 한편 한반도는 모두가 주먹으로 바닥을 치며 울분하고 있어 반도가 깨질 것만 같았다.

1차전을 0 대 3이라는 큰 점수차로 패한 한국팀은 운이 안 따랐던 것보다는 선수들의 기량과 전술 모든 면에서 일본에게 완전히 졌다.

세계 언론들은, 한국의 투지와 일본의 기술이 맞붙었지만 한국은 전술의 실패로 투지조차 발휘하지 못했다고 보도했다. 따라서 1차전이 끝난 뒤 나트라스 감독 및 코치진은 무수한 비난의 화살을 받아야 했다.

"11명이 자기 골문만 지키면서 어떻게 상대 골문에 볼을 차 넣을 수 있단 말인가?"

"왜 우리는 남미나 아프리카의 잔기술만 배우려 했는가?"

"왜 독도를 남에게 지키라고 한단 말인가? 감독을 바꿔라!"

한국 대표단은 죄인이 되어 조용히 입국한 뒤 어떠한 인터뷰도 전화도 피한 채 숨어 있는 듯이 보였다.

하루하루 지나면서 일본의 분위기도 점차 가라앉았다. 1패를 안고 있는 한국팀이 서울 시합에서 이판사판으로 나올 것이 뻔하고, 텃세도 심할 것이라 생각되었다. 그래서 만일에 2차전을 비긴다 해도 3차전은 일본에서 하기 때문에 쉽게 이길 수 있다고 판단하고 있었디. 또 3점 차이리는 큰 점수로 앞서고 있으니, 3차전까지 간다고 해도 승리는 틀림없으리라 확신했다. 따라서 2차전을 임하는 일본의 분위기는 차분해지고 있었다.

하지만 한국은 2차전이 가까워지면서 "일어나야 한다. 용기를 가져야 한다! 하면 된다!" 등의 구호를 외치며 몸을 움직여 일어나고 있었다. 언론 매체에서는 다시금 선수들에게 힘을 실어 주자, 하며 국민들을 부추기고 있었다. 협회 간부들이나 누구도 뚜렷한 대책이 없었다. 선수들이 열심히 싸우고 이번 서울전에서 어떻게든 이겨 놓고 3차전에서 지지 않는 방법을 쓰는 수밖에 없었다. 모든 종교계에서는 철야 기도회를 열었고 승리를 기원하는 국민들의 발길이 끊이질 않았다.

　일본 선수들이 시합 하루 전날 입국하여 몸을 풀었고, 시합날에는 일본의 전세 비행기들이 아침부터 응원단을 실어 나르고 있었다. 조용히 아주 조용히……．

　서울에서의 2차전은 동경에서의 1차전과는 사뭇 달랐다. 한국민은 너무나도 말없이 운동장으로 운동장으로 향했고 큰소리로 말하는 사람도 없이 조용한 가운데 붉은 악마들의 꽹과리 소리와 북 소리만 들릴 뿐이다.

　한국에서는 개회사도 생략한 채 빠르게 진행시켜 여유를 갖던 일본팀은 당황한 채 시합에 응하게 되었다.

　한국의 관중들은 운동장에 볼이 굴러가면 잔디가 부딪히는 소리를 들을 수 있을 정도로 조용했다. 소리로 보아서는 관중석이 텅 빈 듯 했다. 덩달아 일본의 응원단도 잔뜩 준비해 온 기구들을 사용하지 못하고 숨죽여 있었다. 붉은 악마들도 어금니를 꽉 문 채……． 이렇게 조용한 축구 경기도 처음이리라. 6만의 관중이 기침 소리 하나 없었다.

　한국은 전번과 달리 공격 위주로 2-3-5 포메이션이었고, 일본은 4-4-2로 수비 위주의 절충형 포메이션이었다. 또한 한국은 공격에 한장교 대신에 최서동을, 수비의 이능근 대신에 키가 큰 신동석을 기용했다. 일본도 윌리 대신에 프랑스 선수였던 니옹을, 수비의 시마다 대신 우에노 일본 프로 선수를 넣었다.

　화창하던 날씨가 시합을 시작하면서부터 갑자기 검은 구름이 몰려오더니 사방이 컴컴해졌다. 낮 3시였지만 운동장의 불을 다 켜야만 했다.

한국의 선공으로 시작된 경기는 1차전 때와는 전혀 다른 양상으로 펼쳐졌다. 한국이 무섭게 몰아붙여서 일본은 2명만 전방에 남겨 놓은 채 수비하느라 여념이 없었다. 유럽팀에서 뛰고 있는 송병훈은 발재간도 좋고 주력도 좋았다. 일본 진영으로 드리블하다 일본 수비가 슬라이딩하여 들어오자 볼을 옆 선수에게 차 주고 다리를 살짝 뛰어넘어 앞으로 갔다. 볼 받은 선수가 다시 병훈에게 주면 병훈은 다시 뒤로 돌려 차 주고……. 한국의 쇼트 패스가 빛을 발하고 있었다.

확실히 1차전 때와는 다르게 선수들의 몸동작이나 드리블이 눈에 띄게 좋아지고, 쇼트 패스의 기량도 뛰어나게 보였다. 한국 관중들과 온 국민의 마음은 다시금 흥분되었다.

그러나 일본은 역시 달랐다. 아니 아주 완벽했다. 대인 방어에서 볼을 놓치면 곧바로 지역 방어로 바꾸고, 한국의 중앙 돌파 작전을 꿰뚫은 듯, 중앙 밀집을 형성하며 번번이 볼을 빼앗아 기습 공격을 해서 오히려 한국의 간담을 서늘하게 만들었다.

비가 금방이라도 쏟아질 것 같있다. 어두김김하고 매우 기분 나쁜 날씨였다. 마치 악마들이 어둡게 세상을 만든 듯, 지구의 종말이 오기라도 할 듯 아주 불길한 예감이 드는 날씨였다.

한국의 공격이 많았지만, 복싱에서 잽을 여러 번 날려 기선을 잡은 듯하다가도 카운터 펀치 같은 기습적인 공격 한 방에 다운당할 수 있듯이, 지켜보는 관중들은 불안하기만 하였다. 그런 가운데 전반전이 끝났다.

후반전이 시작되었다.

일본은 한국의 전력을 파악한 듯 공격적으로 나오기 시작했다. 프랑스

출신의 니웅은 발재간도 좋았고 눈도 좋아 보였다. 상대 선수를 등에 두고도 몸을 돌려 슛을 날리곤 했다. 후반 30분이 지나도록 0 대 0 무승부였다. 전반전은 일진일퇴의 모습으로 한국이 6 대 4로 우세했다면, 후반전은 5 대 5의 양상이었다.

35분 경. 이치다가 한국팀 수비수 두 명을 제치고 왼쪽으로 뛰어 들어가는 모리에게 볼을 날려 주자, 모리는 머리로 볼을 떨어트린 뒤 수비수 한 명을 제치고 그대로 강슛!

골키퍼 임윤길이 방향을 잡고 몸을 던졌으나 강하게 날아오는 볼은 왼손 손가락을 스치며 골 네트 속으로 들어가고 말았다.

"골인!"

일본 응원단과 벤치가 일제히 일어나 함성을 지르며 아무나 붙잡고 서로 껴안고 골을 넣은 모리는 운동장 밖으로 뛰어나가 울트라 니폰 응원단에게 손짓으로 연방 키스를 날렸다.

한국 관중들은 땅을 치며 몰래 가지고 들어온 술만 마시고 있었다.

"이제 10분도 안 남은 후반전, 이것으로 영원히 독도는 저들의 손으로 넘어간단 말인가!"

"아, 우리는 순수하게 우리 선수들로만 열심히 싸우는데, 저들은 야비하게 편법을 쓰다니……. 정녕 독도를 뺏기고 만단 말인가……."

기자석에서도 웅성대고 있었다.

"정말 분하다! 어처구니가 없다. 아……."

"어쩌란 말이냐, 어쩌란……."

모두가 속상하여 어쩔 줄을 몰랐다. 재범은 동료 기자들 속에서 두 손을 모으고 흘러나오는 눈물을 닦지도 않은 채 기도를 드렸다.

'사랑하는 하나님! 도와 주세요! 저희가 탐한 것도 아니지 않습니까? 불의의 무리를 물리치게 해 주십시오……. 제가 지은 모든 죄 열심히 씻고 하나님 곁으로 가겠습니다. 네? 하나님! 다윗이 골리앗을 물리쳤듯이 꼭 승리하게 해 주세요…….'

재범의 눈에서는 하염없이 눈물이 흐르고 있었다.

다시 중앙에서 한국팀의 공격으로 시합이 재개되고 있었다. 한국 관중석에서는 웅성웅성 대는 소리가 합성되어 운동장이 좌우로 흔들려 무너질 것 같았다. 일본은 국가를 부르고 연방 일장기를 흔들어 대며 천황 폐하 만세를 불렀다.

그 때에, 그렇게 꾹 참고 있던 시커먼 구름이 장대비를 운동장에 쏟아붓기 시작했다. 금방 잔디가 물에 패이는 것 같고 불을 다 켰는데도 비에 가려 선수들이 잘 보이지 않을 지경이었다.

한국팀은 마지막 사력을 다해 뛰고 있었다. 일본은 버티기 작전으로 11명이 모두 일본 진영에 들어가 공격은 않은 채 수비만 하면서 무조건 차내는 데 열중했다.

이세 시간이 3분 남있다며 집행부에서 진꾕판을 들이 사방을 돌려 보였다.

한국 선수들은 사력을 다하고 있었다.

넘어지면 일어나고, 다쳐도 뛰어가고, 뛰어가다 구르고, 뛰어오다 쓰러져도 다시 일어나 뛰었다…….

애처로울 정도로 열심히, 그리고 끝까지 최선을 다하고 있었다. 이를 지켜보는 응원단의 얼굴에도 빗물인지 눈물인지 분간할 수 없는 것들이 쏟아져 내렸다…….

그 때 모리가 밖으로 내찬 볼이 빗맞아 멀리 나가지 못했다. 이를 최서동이 잡아서 앞쪽 공간으로 차 넣고 뛰어가며 나오는 수비수 아론을 제친 뒤 송병훈에게 공중 패스를 하였다. 송병훈이 가슴을 옆으로 돌려 받으며 수비수 한 명을 따돌린 뒤 왼발로 강하게 슛⋯⋯!

관중들은 모두 일어났다.

"슛! 슛!"

"오, 슛! 슛!"

"제발⋯⋯!"

공은 순식간에 날아가 이즈하라가 손쓸 틈도 주지 않고 오른쪽 네트를 강하게 흔들어 놓았다.

"골인! 골인!"

참으로 참으로 힘든 작업이었다. 돌을 하나하나 손으로 날라 벽을 쌓고 집을 짓는 것보다 더 힘들었던 것 같았다. 일본 응원석을 제외한 3만 관중이 일어나 선수들에게 아낌없는 박수를 쳐 줬다. 한국 선수들은 다시 정렬하고 시합을 속개하려 했으나, 주심이 휘슬을 두 번 길게 울렸다.

1 대 1 무승부.

11부

게임은

계속된다

재범은 나트라스 감독과의 인터뷰를 거절당하고 협회장을 찾아갔다.

협회장은 다 꺼져 가는 불씨를 살려낸 것만으로도 감사하게 생각했다.

'그러나 이제 이 작은 불씨로 어떻게 저 젖은 나무를 태운단 말인가……. 진리는 영원하며 정의는 항상 이길 것이다. 하지만 정의의 힘이 이렇게 무력한데……. 적어도 서울에서 하는 2차전은 기필코 이겼어야 했다. 무슨 수로 일본에서 벌어질 3차전을, 그것도 3점 차를 넘을 수 있단 말인가……. 아, 만일 3차전에서 저 벽을 못 넘는다면……. 우리 나라는 어떻게 될 것인가. 누구에게 무엇을 얘기할 수 있단 말인가, 내가 혼자 책임진다 한들 무엇을 어떻게 해야 된단 말인가……'

협회장은 말없이 임원들과 침통한 표정을 짓고 있었다. 그 때 임원 한 명이 말을 꺼냈다.

"나트라스 감독이 너무 의기소침해 있어요. 그날 서울 경기를 어떻게 해서라도 이겼어야 했는데, 그것도 가까스로 비겼으니……."

"선수들도 큰 문제예요……. 의욕도 떨어졌고 부상당한 선수들도 많고……."

분위기가 너무 침통하여 재범은 밖으로 나왔다.

'이런 분위기를 기사화할 수도 없다!'

재범이 전철역 쪽으로 터덜터덜 걸어가는데 휴대폰이 울렸다.

"나, 협회장이오……. 이따 저녁에 시간 있으면 봅시다."

재범과 협회장은 강남에 있는 호텔 윈저바에 들어가 바텐더의 손이 닿는 스탠드에 나란히 걸터앉았다.

"럼으로 한 병 줘! 좀 취하고 싶구먼……."

협회장은 바텐더가 럼을 건네주자, 연거푸 3잔을 스트레이트로 마셨다.

"이봐! 표 기자!"

"네."

"정의가 없어진 것일까? 세상에 정의가 힘에 진다면 우리는 무엇을 믿고, 무엇 때문에 노력하며, 또 참고 기다리며 살아가겠는가? 정의는 이겨야 되지 않는가? 정의……, 우리는 정의를 찾아 일으켜 세워야 하네. 정의는 힘에 굴복되는 것이 아니라고……!"

"홍천 갔을 때의 생각이 납니다. 그때 회장님의 말씀은 저 깊은 심천에서 흘러나오는 어느 누구의 손도 타지 않은 맑은 물, 바로 그것이었습니다. 회장님의 생각이 옳을 거예요……."

협회장은 웃으며 한쪽 팔을 재범에게 얹었다. 또 한 잔을 들고 난 뒤,

"그런데 말이야……. 나는 지금처럼 혼란스러워 본 적이 없었네. 내가 생각하는 정의가 남이 볼 때는 아니라는 것이지……. 그리고 정의라는 것이 여러 가지의 형태이며, 각자 나름대로 갖고 있는데 서로 보는 각도에 따라 다른 게 보일 수도 있다는 거야……."

"……."

"내 쪽에서는 정의가 이런 것인데 상대편에서 볼 때에는 그것이 아니야. 다시 말해…… 나의 정의라는 것이 다른 사람에게는 정의가 아닌 불의 또는 무의, 즉 아무 것도 아닌 거라는 말일세……."

"……."

"그래서 말인데 일본이란 나라는 힘으로 정의를 나타내. 힘으로 정의를 만드는 것 같단 말이야. 아무리 정의라 해도 힘이 없으면 바로 세우거나 나타내지 못하는 것 같다 이거지……."

협회장은 다시 잔을 비우더니,

"나는 힘이 정의가 아니라, 정의가 힘을 발휘해야 된다고 생각하는데 말이야……."

"회장님! 힘을 발휘하여 세우는 것은 정의가 아니라 정리일 것입니다. 힘으로 자기한테 이롭게 정리하는 것뿐이죠."

"음, 좋은 얘기했네. 그래, 정의는 개인의 것이 아니라 순수를 바탕으로 한 객관성이 있어야 하지 않나?"

"네, 그렇게 생각하고 있습니다."

"그러면 어떻게 이번 한일전이 이렇게 되나? 또 전 세계의 방송이나 언론들이 힘있는 일본을 편드는가?"

"……."

"이 우스꽝스런 내기를 세계 어느 나라 하나 이의 제기 없이, 전부 결과의 증인이 되겠다고만 논평하는 것은 결국…… 힘있는 자의 편이 아닌가?"

"그래서 다중의 뜻이 꼭 정의가 아니라는 것이죠. 민주주의 다수결 원칙의 맹점 아니겠습니까? 세계는 그저 흥밋거리로 볼 뿐이지 어떠한 정의를 따지자는 것은 아니니까요……."

"음…… 다른 나라들은 한 치 건너 두 치라 이거지? 어쨌든 우리가 이겨야 정의가 실현되는 것이 아닌가?"

"……!"

"그런데 지금 우리 국가 대표 선수들이 의욕을 잃고 있어……. 감독도 마찬가지고……. 3차전을 전부 피하려고 해……. 마지막 남은 시합을……."

"네에? 회장님! 그렇다면 큰일 아니겠어요? 자신을 가져도 걱정스러운 판에……."

“글쎄 말일세……. 모든 것이 후회스러워…….”

협회장은 괴로워하며 연거푸 두 잔을 또 입에 털어 넣었다. 재범도 따라 거푸 두 잔째를 마셨다.

“저어…… 회장님!”

“말해 보게.”

“실력보다도 싸우려는 의지가 부족하다는 것이 더 큰 문제인 것 같습니다.”

“그래, 그래서 괴로워…….”

“회장님! 그러면 선수들을 바꾸어 보면 어떨까요?”

“선수들을? 누구하고……, 이제 와서 어떻게 그 선수들을 바꿀 수 있단 말인가? 한두 명의 선수가 아니고 감독, 코치, 선수 모두란 말이야! 한두 명 교체시켜 해결될 문제가 아니야……!”

“회장님! 제가 말씀드리는 것은 거진팀입니다.”

“뭐? 거진팀? 그게 무엇인가? 아, 아…… 강원도 거진?”

“네!”

“이니, 이직 이린애들이야…….”

“네! 저는 우리가 독도를 잃지 않는 것도 중요하지만, 회장님이 말하신 정의에 대한 진실! 그것을 더 사랑하고 싶습니다.”

“…….”

“회장님! 아직 어리긴 하지만 체격들은 대표팀보다 더 크고 실력도 만만치 않습니다. 북한에서 평양팀 유니폼을 입고 중국, 구소련의 연방 국가들과 경기를 치러서 한 번도 패한 일 없는, 그러한 선수들 아닙니까?”

“그렇기는 하지……. 허나 이렇게 중요한 시합에 어떻게 그리 어린 선수들을 내보낼 수 있겠나?”

"글쎄, 그래도 현 대표팀들이 의기소침해 있다, 하니 그렇게 생각해 본 것입니다."

"허나……. 표 기자 이번 시합은, 지면 1년 후에 또 시합하고 아니면 올림픽이나 월드컵 대회처럼 4년 후에 다시 할 수 있는 경기가 아닐세. 한 번 지면 영원히, 영원히 땅을 빼앗기는 그러한 경기란 말일세!"

"알고 있습니다. 하지만 대표팀과 감독, 코치도 시합을 피하려 한다니, 그런 병사들에게 총을 내주어 싸우라 한들……. 염려스러워 하는 말입니다."

"알지 알아……. 나도 지푸라기라도 잡고 싶은 마음이지만……, 그래도……."

"회장님!"

재범은 말을 가로채며 얘기했다.

"걔네들은 지푸라기 정도가 아니에요. 절대 지푸라기가 아닙니다. 선박을 묶어 두는 굵은 밧줄, 아니 굵은 쇠줄이에요. 확신합니다. 다만, 저도 걱정되는 것은…… 이번 시합이 갖는 내용이 너무 크고 중요하다는 것이지요. 절대로 걔네들이 약해서 제가 머뭇거리는 것이 아닙니다."

"그렇게 자신 있나?"

"저는 그렇게 생각하고 있습니다. 한번 고려해 보시는 것이 어떻습니까?"

"허허! 글쎄 아무리 급해도…… 잘못하면 더욱 더 웃음거리가 될 수도 있네."

"그래도…… 내일 구 감독을 서울로 불러 한번 의중을 떠보시는 것이 어떨지……."

"내일은 아주 바쁘네. 비상대책회의가……. 어떠한 뾰족한 수는 없지만 모두 모였다 헤어져야만 하는 마음들일세……. 아무런 회의도 안 하면 더욱 불안하고, 만나서는 아무런 대책도 결론도 없지만 그래도 모였다 헤어져야 하는……. 무슨 말인지 알겠나?"

"일단, 제가 내일 구 감독을 데리고 회장님을 찾아뵙겠습니다. 저……. 사실 한번도 이런 생각을 해 본 적은 없었습니다. 그러나 저도 진실된 정의가 바로 서는 것을 보고 싶습니다……."

"허허……. 그래, 시간이 된다면 만나는 보지……."

재범은 늦었지만 집에 가는 길에 구 감독에게 전화했다.

"내일 첫차를 타고 서울로 와 주세요……."

진식은 서울에서의 무승부가 치명적으로 생각되었다. 전력상의 열세 속에서 3차전을 일본에서 치러야 한다는 사실은 한국이 승리한다는 것이 거의 불가능하다는 것과 같았다. 게다가 3점차라는 것은 여러 가지 조건을 따져 보아도 절대 불가능한 점수였다. 따라서 서울 경기는 어떻게 해서라도 이겼어야만 했던 것이다.

진식은 가슴이 답답해 왔다. 이제 어떻게 되는 것일까. 어떻게 하여야 된단 말인가…….

괴로워하는 진식을 보며, 게이코는 자기의 잘못인 양 매우 미안해했다.

"게이코! 그렇게 생각하지 말아요. 이번 시합은 운동 경기가 아니라 사기 도박이었소. 한국이 사기 도박에 말려든 것이오. 당신은 아무런 죄가 없소. 미안해하지 마시오. 있을 수가 없는 일이 벌어진 것뿐이오."

"그러니 어떻게 해요? 저는 한국에서는 무서워서 못 살 것 같고 일본은 정말 싫어요……. 어디 다른 나라에 가서 살았으면 좋겠어요……."

"그것도 방법은 방법이오……. 나중 생각해 봅시다. 아, 그리고 오빠하고는 연락했소?"

"네. 일본이 승리하게 되었다고 매우 흥분하고 있어요. 마약 담당 반장은 3차전이 끝난 후 만나려는가 봐요……."

"음……, 어쨌든 한일전이 끝나면 정보원에서 곧 착수하게 될 것 같으니 시간을 너무 끌지 말라 일러줘요."

"고마워요, 진식 씨! 정말로 다 감사해요……."

그리고 진식은 게이코와 결혼식 문제를 상의했다.

협회장은 대통령과 함께 한 비상대책회의에서 여러 사람으로부터 질의를 받았다.

"경기 일정을 기상대와 문의하여 잡은 것이었습니까? 그런 날에 시합을 하니 우리 선수들이 제 실력을 발휘할 수 있었겠습니까?"

"일본팀에는 유럽 선수들이 펄펄 날아다니는데, 우리는 외국 프로 선수들 중 영입할 만한 선수가 없는 거요?"

"저번 비상안보회의 때 포기할 수 있었던 것을 협회장이 책임질 듯이 자신 있게 승락하자 했잖소? 만일에 3차전도 진다면 어떻게 하겠소? 대책이 있습니까?"

"……."

"자 여러분, 그만들 하시오! 어찌 협회장의 개인 결정이었겠소? 우리 모두 며칠씩 협의했던 것을……. 그러한 얘기는 삼가해 주시오! 허나, 내가 축구 경기를 잘 알지는 못하나, 내가 보기에도 실력 차이가 나지 않나 싶소. 게다가 일본 국적으로 뛰고 있는 유럽 선수들 때문에 더욱 차이가 나는 것 같은데…… . 나중에 이 점을 국제 헌법 재판소에 이의 제기를 할 수 있는지 검토해 주십시오. 아무리 한·일 경기 계약 전에 이루어진 것이라 해도 이번 축구 시합만을 위해 일시적으로 취득한 것이라면 진정한 것이 아니잖소.”

“네! 검토하여 결과를 보고해 올리겠습니다.”

“우리가 달리 트집 잡을 것이 또 있습니까?”

“글쎄, 현재로선…… . 어쨌든 총괄적으로 검토해 보겠습니다.”

침통한 분위기가 이어졌다. 한 사람이 협회장에게 물었다.

“회장님! 지금 항간에 들리는 소문에 의하면, 감독이 사표를 내려 하고, 주전 선수들이 부상을 많이 당하여 3차전 시합을 기피하려 한다는데, 그게 사실입니까?”

그 말을 들은 대통령이나 다른 모든 사람들은 눈이 휘둥그레졌다.

“그게 무슨 말입니까?”

모두들 협회장을 쳐다보았다.

“금시초문입니다. 그날 무리해서 다친 선수들이 있긴 하지만 기피라뇨? 그럴 리가 있겠습니까?”

“글쎄 말입니다. 잘 조사해 보시기 바랍니다. 지금에 와서 기피한다는 것도 큰 문제이지만, 전의를 상실한 패잔병에게 총을 주며 등 떠밀 수 없는 것이 아닙니까?”

“제가 곧 감독과 선수들을 만나 보겠습니다.”

“허 거참! 세상에 결전을 코앞에 두고 나가자빠지면 어떡합니까? 만일 그게 사실이라면 가만두어서는 안 됩니다. 감독도 선수들도 모두 말이지요!"

모두가 답답한 마음으로 얘기하는 것이겠으나, 그 말을 듣고 회의장을 나오는 협회장은 참으로 난처했다. 어쨌든 급선무는 감독을 만나는 일이 었다.

감독이 묵고 있는 호텔로 가니, 호텔에는 코치와 선수 몇 명이 같이 얘기를 나누고 있었다.

"나트라스 감독, 어떻게 시합에 대한 대책은 마련이 되었소?"

"지금 숙의하고 있습니다."

"선수들의 부상이 많다고 하던데, 전력에 차질은 없겠소?"

"지금 그것이 제일 큰 문제입니다. 몸에 있는 부상도 문제지만 마음에 생긴 부상이 더……."

"그러면 뭐요, 뛰지 않겠다는 얘기요?"

"모두 겁을 먹은 상태입니다."

"아니, 결과에 대한 책임은 선수들에게 묻지 않소. 책임지면 내가 질 일이지요……."

"글쎄, 어쨌든 열심히 뛰었지만 결과가 그러니……. 다들 기운이 빠진 것이지요."

"그것은 우리도 잘 알고 있습니다. 하지만 이제 와서 전의가 상실되어서, 경기를 기피할 생각이라면 말이 안 되지 않습니까?"

"잘 알고 있습니다. 선수들도, 저도 무어라 드릴 말씀이 없군요."

"어쨌든 재정비하여 다음 경기에 최선을 다할 수 있도록 준비를 시켜 주십시오.”

“알겠습니다.”

“그리고, 감독도 고향 애기가 들리던데? 무슨 애기요?”

“아, 시합이 끝나면 좀 가 볼 일이 있다 한 것이 와전됐나 봅니다.”

나트라스 감독은 피곤해 보였다. 그리고 감독 자신도 이번 3차전을 피할 수만 있다면 피하고 싶었다.

협회장은 재범으로부터 전화를 받았다.

“회장님! 그러면 제가 호텔 커피숍으로 갈까요?”

“감독도 같이 왔소?”

“네. 아침 첫 비행기로 올라왔습니다.”

“오시오. 그럼!”

넓은 커피숍에는 빈자리가 거의 없었다. 걱정스러운 모습이 가득한 협회장은 구 감독에게 악수를 청하며 물었다.

“선수들은 잘 있습니까?”

“네.”

“북한에서의 성과는 대단했던 것 같소.”

“감사합니다.”

“오늘 통일원을 통해 북측에서 연락이 왔는데 젊은 용사들을 시합에 내보내라고 성화라고 합니다……. 그래서 우선 거진팀에서 한 서너 명을 차출할까, 합니다. 어느 선수가 좋겠는지 좀 추천을 해 주시오. 지금 대표 선수들이 부상이 많아서 그러니…….”

“……”

재범은 구 감독이 말이 없는 것을 보고,

“회장님! 이왕 쓰시려면 선수를 다 바꾸는 게 낫지 않을까요? 감독까지도 말이지요. 일본도 모르게요……."

"전부다? 아무리 그래도 어떻게 그런 모험을……."

구 감독은 잠자코 듣기만 했다.

"몽준 회장님! 벌써 1, 2차전에 우리와 일본의 격차는 벌어져 있지 않습니까? 한 번도 패배한 적이 없는 젊은 선수들로 하여금 정의를 실현시켜 보시지요. 정의를 믿지 않으십니까?"

"그렇지만 어떻게? 갑자기 선수 전원과 감독까지 바꿀 수 있단 말이오……."

"회장님! 무적의 젊은이들로 하여금 싸우게 하시는 것이 지금 상황에선 옳은 것이 아닐까요?"

"아니, 시합이 내일모레인데 그것도 단 한 게임뿐인데……. 어떻게 그러한 무리수를 둘 수 있겠소?".

"회장님! 절대 무리수라고 생각하지 않습니다. 오히려 현재의 대표팀으로 경기를 치른다는 것이 더 염려스러운 것 같습니다."

"……".

"회장님! 명감독과 젊은 용사들에게 기회를 줘 보시는 게……."

협회장은 말을 가로채며 다시 구 감독에게 물었다.

"구 감독, 정확하게 이제 4일밖에 안 남았소. 자신 있소? 3점차요……. 그것도 단 한 게임의 기회요……."

"……. 하라고 하면 해 볼 수는 있겠습니다."

"그 말은 자신 있다는 말과는 다르지 않소?"

"글쎄요, 어떻게 말씀을 드려야 할지……."

"하하하! 그 젊은 용사들을 데리고, 숱한 경험을 가진 세계 상위권 선수들과 싸워 이길 수 있겠냐, 하는 말이오. 나로써는 모험도 이보다 더 큰 것이 어디에 있겠소?”

“······!”

“점수도 3점차로 이겨야 되니 말이오······. 내 어쨌든 대표 선수들의 부상이 어떤지 알아보고 임원들과 상의하여 보고 연락하리다.”

“알겠습니다. 그러면 저희는 일어나겠습니다.”

하고, 재범은 구 감독과 일어나 호텔 문 쪽으로 걸어나가고 있었다.

“구 감독님! 어째서 하겠다고 강력하게 얘기 안 했습니까?”

“글쎄요······, 제가 나서서 얘기하기는 너무 벅찬 일이라서······.”

그 때 뒤에서 홀이 떠나갈 듯한 큰소리가 들려 왔다.

“구 감독! 선수들을 당장 비행기로 데려 오시오!”

구 감독은 그 자리에서 현식 코치에게 전화를 했다.

“현 코치! 내일 아침 첫 비행기로 선수 전원과 함께 상경하시오! 3차전은 우리가 뛰게 되었소!”

구 감독의 목소리는 무척 떨리고 있었다.

협회장은 일단 나트라스 감독에게는 비밀로 해 두었다. 회장과 축구 협회의 임원 몇 명이 비밀리에 축구 전용 구장을 찾았다.

어린 선수들이 뛰는 모습을 지켜보고 있었다. 빨갛고 노랗고 파랗게 물들인 머리칼을 휘날리며 뛰는 선수들의 모습은 힘있고 날쌘 젊은 말을 보는 것 같았다. 힘차게 내 달리는 박력 있는 모습이나 볼을 가지고 이리저리 유연하게 움직이는 몸놀림이 보는 이들의 시선을 단번에 사로잡았다. 또한 볼과 몸이 하나가 되어 움직이다가 오른쪽, 위쪽으로 확확 휘어지게 차는가 하면, 곧바로 날아가다 밑으로 뚝 떨어지는 볼은 하나의 예술이었다. 또 어느 선수는 이쪽 골대에서 저쪽 골대까지 원 바운드로 날리는데 정확하고 볼에 힘이 있었다.

임원들은 너무나 놀라서 눈앞에서 벌어지는 일을 믿을 수가 없었다. 그들의 모습은 신선해 보이기까지 했다.

"갑자기 어디서 저런 선수들이 나타난 거죠?"

"아니, 회장님! 어째서 저런 선수들을 여태까지 숨겨 놓으셨나요?"

"볼이 살아 있는 것 같습니다!"

임원들의 경탄이 끊이지를 않았다.

"음……. 저러니 북한에서 그렇게 칭찬한 것이구나. 쟤네들을 내보내야 한다는 성화가 괜한 말이 아니었어. 지난번 볼 때보다 더 놀랍구나!"

협회장도 나오는 감탄을 막을 수 없었다.

'2차전부터라도 기용했었어야 하는데……, 3점차가 너무 크구나!'

후회가 되었지만 이미 어쩔 도리가 없었다.

"표 기자! 자네 말이 옳았네! 저 선수들을 보니까 정말 힘이 솟는구먼!"

"저도 그렇습니다. 이 선수들은 볼 때마다 달라지는 것 같아요……."

"구 감독! 뒤늦게 결정한 것이 후회되오……. 어쨌든 최선을 다해 주시오!"

"네, 회장님! 그런데 저……."

"뭐요?"

"한 가지 청이 있습니다."

"말해 보시오!"

"옛날 영화 필름을 두 개, 아니면 하나라도 구해 주시면 좋겠습니다."

"영화 필름이오?"

“네!”

구 감독은 협회장에게 귓속말을 했다. 협회장은 듣고 나더니, 큰소리로 웃어 대었다.

“역시 명감독은 다르구먼. 구해 주리다!”

협회장은 운동장을 떠나면서 나트라스 감독에게 이제는 자신 있게 얘기해도 되겠다고 생각했다. 나트라스도 속으로는 좋아할 거라고 생각했다.

일본팀은 내일 경기할 운동장에서 외부인의 출입을 통제한 채 연습을 하고 있었다. 마쯔시마와 그의 일행이 스탠드 한쪽에서 선수들의 연습을 지켜보고 있었다.

“스즈키 상! 나트라스 감독이 경질됐다는 설이 있던데……. 소식 들었소?”

“하이! 나트라스 감독이 안 보인다는 말은 들었습니다만, 뭐 그게 그것 아니겠습니까?”

“그러게 말이오. 이미 세계 언론들은 독도가 일본땅이 되는 것을 기정 사실로 보도하는데 말이오.”

그러자 협회 임원들은 이구동성으로 안타까워했다.

“에이, 2차전에서 그날 비만 억수같이 오지 않았어도 그날로 끝나는 것 이었는데…….”

“그 때도 우리가 결정적인 찬스는 더 많지 않았습니까?”

분하다는 듯이 앞다퉈서 얘기했다. 아무도 3차전 경기를 걱정하는 사람은 없었다.

“그런데…… 내일 경기에서 한국이 지면 순순히 승복할까요?”

“그럴 수밖에 없을 것이오! 그렇지 않으면 한국은 세계의 조롱을 받고 고립되는 국가가 될 것이오.”

“내일 개회사는 천황께서 직접 하실 거라 하던데요?”

“그렇소. 이제는 다 이겨논 것이나 다름없으니 1, 2차전과는 다르게 할 거요……. 또 세계 언론들도 마지막 경기이기 때문에 더 열을 올리고 있소. 따라서 전 세계가 증인이 되는 것이오. 어느 나라가 승국이고 패국인지…….”

“장관님, 만약 어쩌다 일본이 진다면 우리는 대마도를 내주어야 하나요?”

“하야시! 당신, 지금 무슨 망발을 하는 것이오! 재수없게 지껄이다니! 옛 우리의 군주들은 전쟁터에 나가기 전 그러한 망발을 하는 자는 가차없이 목 베었던 것을 모르시오? 재수없게!”

“하, 장관님! 죄송합니다. 정말 잘못했습니다.”

“그럴 리 없지만 만약에…… 어쩌다 일본이 패한다면 자네 목을 내가 치고 말겠어. 에이, 재수 없어!”

마쯔시마 날카로운 목소리가 텅 빈 스탠드에 메아리쳤다. 그 소리에 놀란 선수들이 연습을 멈추고 스탠드 쪽을 쳐다보았다.

한편 붉은 악마들은 마지막 남은 3차전에 대대적인 응원을 준비하고 있었다. 이번의 한일전을 위해 작년부터 학생들은 아르바이트를 하며 한 푼 두 푼 모으고 직장 생활하는 청·장년들은 검소한 생활을 하며 저축하여

대규모 원정단이 구성되도록 노력했고, 또 사정상 못 가는 회원들은 아낌없이 저금통을 깨뜨리고 통장을 해약해서라도 가는 이들에게 힘이 되고자 했다. 붉은 악마들의 원정 응원수로 배정받을 수 있는 표는 12,000명 가량이었다. 입장권은 구했으나 일본까지의 교통편이 문제되었다.

"회장님! 어떻게 하면 좋겠습니까?"

최 부회장은 초조한 마음으로 물었다.

"글쎄 말입니다. 현재까지 몇 명이나 떠났습니까?"

"2, 3주 전부터 삼삼오오 짝을 지어 배편, 항공기편으로 미리 떠난 사람이 한 5,000명 가량 되고, 지금 현재 떠날 수 있는 배편이나 항공 티켓을 가지고 있는 사람과 모두 합하면 한 8,500명 가량 되겠습니다."

"그러면 한 3,500명 가량이 문제군요? 어떻게 하나……."

"저 회장님 혹시 배를 빌리면 안 될까요?"

"배를 빌린다고요? 아니 그런 배가 어디 있어요?"

"네. 금강산 다니는 봉래호, 금강호 같은 것 말입니다."

"허! 글쎄요, 그것을 어떻게…… 지금에 와서……."

"회장님! 이것은 국가일이기도 하고 하니, 좀 염가로 해 달라고 부탁해 보죠?"

"아니, 배가 된다 해도 일본에서의 입항 허가가 문제 아니요? 시간도 없는데……."

"그것은 제가 울트라 니폰 가토오 단장한테 부탁을 해 보겠습니다."

"알았소. 그럼 내가 선박 회사에 전화해 보고 연락할게요. 당신은 가토오한테 미리 알아보시오. 저번 한국에 올 때 인천항에서부터 차편을 우리가 알선해 주었으니 가능한 도와 주겠지."

한국의 붉은 악마와 일본의 울트라 니폰은 선의의 경쟁자로서 우호적인 교류를 가지고 있었다.

"여보세요?"

"용선 관계로 문의하려는데요……."

"어디십니까?"

"네, 붉은 악마 응원단입니다."

"아 네……. 저희 이사님 바꿔 드리겠습니다."

"전화 바꿨습니다. 저는 윤민수라고 합니다."

"아, 윤 이사님이십니까? 사실은 이번 한일전에 저희 레블 회원들이 교통편이 없어서 그런데요. 혹시 부산에서 시모노세키까지 배를 빌릴 수 있을까요, 빌린다면 배삯은 얼마나 되나요?"

"아니, 그것보다 시간이 별로 없지 않습니까? 모두 몇 분이나 됩니까?"

"네. 모두 합해서 한 3천5, 6백 명 정도 됩니다……."

"어쨌든 알겠습니다. 배 스케줄도 그렇고 저희가 협의하여 곧 연락드리겠습니다."

선박 회사에서는 긴급 회의가 열렸다.

"상무님! 저희 회사 사정으로 그냥 배를 띄울 수도 없고, 또 요금을 많이 받자니 그것도 문제일 것 같고……. 그냥 좋게 거절할까요?"

"윤 이사! 그것도 문제이지만 그 쪽의 입항 허가도 문제 아니오? 시간도 없는데……."

"그것은 레블 쪽에서 허가받을 수 있도록 추진하는가 봅니다."

"그래요? 부산에서 시모노세키까지 거리는 얼마이고, 기름은 얼마나 드는지 계산해 보시오."

"알겠습니다."

"윤 이사, 올 때는 어떻게 하려고 합니까?"

“그야 뭐, 가는 편도만 하고 올 때는 자유롭게 오라 하지요…….”

“알았소. 어쨌든 내가 사장님한테 보고 드리겠소.”

많은 어려움을 겪고 있는 선사지만 일단 사장에게 보고하기로 했다. 불굴의 정신과 개척의 투지가 몸에 배어 있는 선사의 직원들은 자신들의 어려움보다는 국가와 민족의 일이 먼저였다.

“예산이 얼마든다고? 음…….”

그 때 전화벨이 울렸다.

“사장님, 축구 협회 회장님 전화이십니다.”

“바꿔 주시오! 네, 김윤규입니다.”

“……그래서, 용선 관계로 협의를 드리려고 합니다…….”

“아 네. 저희도 그것 때문에 회의중입니다만…….”

“그런데 금강산 스케줄하고…… 어떻게 괜찮겠습니까? 비용도 문제지만…….”

“네, 한일전 경기 있는 날은 외국인밖에 손님이 없습니다. 어떻게 저희가 대처할 수는 있겠으나…… 어쨌든 곧 결정을 내리겠습니다.”

전화를 끊고 난 뒤 임원에게 지시했다.

“빨리 붉은 악마 쪽에 준비하라고 연락하게. 출항을 몇 시에 잡으면 되는가?”

“네. 부산에서 시모노세키가 약 136마일입니다. 20노트로 가도 7시간 정도 걸립니다. 또 시모노세키에서는 동경까지 기차로 8시간 보면 되겠습니다.”

“음……. 그러면 저녁 8시에 출항한다고 보고 2, 3시간 전에 도착시켜 출국 수속을 밟도록 하면……. 세 척을 다 띄워!”

“네? 그러면 요금은 얼마루 할까요?”

"요금은 정하지 말고 입구에 모금함만 놓아두시오. 자발적으로 낼 수 있게 각자 얼마를 내던 상관하지 말고……."

"그러면 저희가 너무 부담이 크지 않을까요?"

"우리는 무에서 유를 창조했던 회사 아니오? 결손은 우리가 나중에 메꿔 보도록 합시다."

"알겠습니다. 곧 조치를 취하겠습니다."

임원들이 나가려 하는데,

"올 때도 같이들 오시오. 빈 배로 오지 말고……. 정박비가 얼마인지, 공해상에서 대기했다 다시 들어가는 것이 나은지 계산하여 보고……."

"사장님, 그런데 입항 허가서가 그 때까지 안 나오면 어떻게 하지요?"

"그냥 출발해요. 정 안 되면 내가 일본 수상한테 직접 전화하겠소!"

"네, 알겠습니다."

임원들은 바삐 뛰어나갔다.

선박 회사에서 연락을 받은 붉은 악마들은 각자의 조직망을 이용하여 아직 못 떠나는 모든 회원들에게 알리고, 또 방송국에서는 매시간 뉴스에서 표를 가진 사람은 부산의 여객 터미널에 3시간 전인 5시까지 도착하여 수속을 밟아 달라는 안내가 나가고 있었다.

또 축구광이라는 표현을 더 좋아하는 가수인 콧수염 큰형님은 힘있게 방송하고 있었다.

가자 붉은 이들이여!

가서 파랑귀신 잡아먹고

가라 악마들이여!

가서 잡귀를 물리치어

우리 골문 굳게 잠그고
남의 골문 활짝 열어

한 골, 두 골 막 퍼 주어라.
붉은 악마들이여!

구 감독은 모든 선수들에게 모자를 쓰고 마스크를 착용케 해 인천 공항을 출발하여 왔다. 일본 및 세계의 기자들은 어리둥절했다.

"모두 감기 걸린 거냐?"

"나트라스 감독은 왜 안 보이는 것이냐?"

"3골 차를 극복할 수 있느냐?"

질문들을 마구 쏟아내며 전 세계로 생방송을 보내고 있었다.

일본 축구 협회에서 마련해 준 버스는 일본 경찰들의 호위를 받으며, 시내에 있는 한성 제일 호텔로 갔다. 가는 길목마다 TV모니터가 설치되어 있었고 큰 빌딩 곳곳에는 '독도로 가자!', '독도에 일장기를!' 등의 큰 현수막들이 걸려 있었다.

재일 교포 정익신 씨가 운영하는 매머드 호텔인 한성 제일은 객실이 800여 개가 되는 특급 호텔이었다. 한국 선수단을 묵게 하기 위해 A동의 객실을 전부 비우고 일체 외부 손님을 받지 않고 있었다. 선수들이 탄 버스가 도착하자 정 사장은 뛰어나오며 선수단을 환영했다.

"몽준 회장님! 꼭 이겨 주십시오! 분골쇄신이 되더라도 무조건 이기셔야 됩니다. 암요, 저들은 자기들의 죄를 덮어 버리는 간사한 무리들이니,

꼭 이겨 우리 조상들의 분을 풀어 주셔야 합니다. 암요! 암요!"

정 사장은 닭똥 같은 눈물을 뚝뚝 떨어뜨리며 협회장의 손을 꼬옥 쥐고 있었다. 이 모습을 보고 있던 임원들이나 선수들은 눈물이 고인 채 주먹을 불끈 쥐고 어금니를 꽉 물었다.

식당에서 한식으로 간단히 식사를 한 뒤 18층 회의실에 모였다. 선수들뿐만 아니라 선수단을 인솔하는 임원들도 모두 함께 영화 관람을 하기 위해서였다.

선수단과 같이 온 재범은 어떤 영화이기에 내일이 시합인데 한가하게 영화 관람일까, 하고 의아하게 생각했다.

한 편은 '유관순'이었고 다른 한 편은 '광주 학생 운동'이었다. 일제 강점 하에서 대한민국의 자주 독립국임을 외치다가 일본의 모진 고문으로 꽃다운 목숨을 아낌없이 버린 소녀의 피끓는 조국애가 절절하게 스며들었다. 그리고 통학 열차 안에서 한국 여고생을 희롱하던 일본인 학생들과 그것을 말리던 한국 학생들 간의 싸움이 도화선이 되어 광주 지역 전체의 학생 운동으로까지 번지게 된 사건은 조국을 잃어버린 청년들의 불 붙는 듯한 조국 사랑이 전해져 왔다.

영화가 끝난 후……

눈이 퉁퉁 부은 선수들은 어금니를 꽉 문 채 주먹을 불끈 쥐고 있었다. 재범도 임원들도 모두가 눈물을 찍어 내고 있었다. 그들은 자신들의 가슴 속에서 알 수 없는 용기가 솟아 오름을 느끼고 있었다.

12부 신의 아이들

다음날 아침. 3차전의 날이 밝았다.

일본의 모든 TV 방송사들은 오늘 있을 경기에 대한 것들뿐이었다.

"한국이 총력전으로 나오겠지만, 3점차의 벽은 허물 수 없을 것으로 전망된다. 우리가 이긴 뒤에 한국이 약속을 이행할 수 있도록 계획을 정밀하게 짜고 차분하게 행동으로 옮겨 가급적 한국인들의 감정을 덜 건드리도록 해야 된다……."

방송사의 대담 프로들이며, 신문 칼럼 등도 일본의 승리를 확신하고 있었다. 그러면서 이번 내기 시합을 이끌어 낸 수상, 장관, 그리고 축구 협회의 스즈키 겐조 회장을 자세히 소개하며 일등 공신으로 추켜세웠다.

그런 중에서 유일하게, 아사히 신문만이 1면 하단을 할애하여 '나트라스 감독이 안 보인다'는 기사를 싣고 있었다.

'한국은 과거 역사상 약 900번의 외세 침략을 받았음에도 쓰러지지 않고 꿋꿋하게 오천년 역사를 이어 온 나라이다. 그러므로 한국인의 저력이 있음을 상기해야 하며, 또한 한국인은 얕은꾀를 쓰지 않아 전략에 약한 면은 있으나 투지만은 꺾이지 않는 민족이다. 만일에 그 우직함이 전력과 함께 쓰인다면, 무서운 힘이 될 것이다……'

그리고 마지막 줄에 '나트라스는 과연 어디에 있는가?'라고 짤막하게 적고 있었다.

일본은 사실 너무 자만에 빠져 있었다. 1차전에서 3점차로 이기고, 2차전에서 비기긴 했으나 일본이 후반에 들어 6 대 4 정도로 우세한 경기를 펼쳤기 때문이다. 또한 3차전에 대한 세계 축구 전문가들의 전망이 '3점차를 무너뜨리기엔 역부족'이라는 쪽으로 기울고 있었고, 세계의 도박사들도 9.9 대 0.1로 일본의 압승을 예상하고 있었다.

이러한 상황이니 일본 열도는 이미 승리감에 들떠 있었고 체육계와 축구 선수들도 연일 자축연을 벌였다. 세계의 많은 축구 평론가들도 일본 축구의 우승을 사실상 인정하며 이를 비공식으로 발표하고 있었다. 또 전 세계 방방곡곡에 있는 일본 교포들은 일본 정부와 축구 협회 등에 축하 메시지를 보내 왔다. 방송에서는 날마다 전문을 낭송해 주었고, 신문은 신문대로 기사 올리기에 분주했다. 따라서 일본 축구 협회 임원이나 선수들은 가벼운 연습을 하며 시합 날짜만 기다려 왔던 것이다.

그런데 한국팀의 선수 명단을 전해 받은 일본팀에서는 긴급 전략 회의가 열렸다. 상황을 파악하지 못했던 일본팀은 잠시 당황하는 듯 했으나, 한국 선수들의 이름이 너무 생소한데다 하나 같이 20세 전이어서 별 문제될 것이 없다고 결론지었다. 다만, 한국팀이 경기를 포기한 게 아닌가, 하는 의견이 제기되기도 했다. 그렇지만 만일에 대비하여 유럽 프로 무대에서 아시아의 호랑이로 불리는 노모와 오쿠다를 뛰게 할 예정이었으므로 자신 만만해 있었다.

일본의 무장 경찰 오토바이들이 한국 선수들 버스 앞에 세 대, 양옆에 두 대씩, 그리고 뒤에 오는 임원들의 승용차 뒤에는 또 무장 경찰 오토바이 두 대가 호위했다. 연도의 군중들은 피켓을 들고 주먹을 휘두르며 '이겼다! 독도로 가자!' 라고 연거푸 소리지르며 주먹을 흔들어 대고 있었고, 사거리의 큰 건물마다 '독도는 우리 것', '독도로 가자!' 라고 쓰여진 커다란 현수막이 곳곳에 쳐져 있었다.

경기장에 도착하니 온통 파란 물결이었다. 푸른 파도가 여기저기에서 일어나 물결쳤다. 거기에 수없이 터지는 폭죽 소리와 들끓는 함성 소리는 마치 달구어진 커다란 용광로 같았다.

관중들과 운동장 사이에는 무장한 경찰들이 관중석을 향해 일정한 간격으로 삥 둘러서 울타리를 치고 있었다. 또한 만일의 사태에 대비해 소방차들이 양쪽 출입구에 두 대씩 대기하고 그 옆에는 기마병들과 경찰견들까지 동원되었다.

한국의 라커룸.

구 감독은 명단을 체크한 뒤, 라커룸에서 선수들과 가족들을 만날 수 있게 해 주었다. 6만 관중의 응원 소리에 어린 선수들이 냉정을 잃을까 보아서 마련한 것이었다. 선수들과 가족들은 자기 가족이 아니라도 서로 껴안아 주고 쓰다듬어 주었다. 가족들은 선수들을 믿었고 선수들 또한 가족들의 믿음을 깊이 새겼다.

한국 라커룸은 바깥의 소란스런 분위기와는 달리 조용하고 차분했다. 조용히 경기 시간을 기다리는 선수들의 눈빛은 결연한 의지로 빛났다. 마치 전쟁터에 출정하는 용사들처럼……

구 감독은 선수들에게 의연한 모습으로 지시했다.

"일본은 대단히 강한 팀이다. 허나 그들은 너무 자만에 빠져 있다. 또한 스포츠 정신을 잃어버린 일본은 이번 시합에서 자승 자박, 즉 자기 꾀에 자기들이 망하게 될 것이다. 너희들의 실력이면 그들의 허점을 찾아내 찌를 수 있을 것이다. 우리의 조상이나 선배들이 약하여 힘없이 당했던 것을 젊은 너희들이 바로잡아 그동안의 수치와 분노를 자랑과 희망으로 바꾸어 놓아야 한다. 아마도 오늘 너희가 보여 주는 올바른 스포츠 정신은 세계의 모든 체육인들에게 모범이 될 것이며, 너희들의 놀라운 투지와 높은 기술은 한국은 물론, 일본과 전 세계를 놀라게 할 것이다. 아무쪼록 그동안 갈고 닦은 모든 기량을 남김없이 발휘해 주길 바란다. 그리고 어제 본 영화를 기억하기 바란다. 그러면 자신 있게 경기에 임해라. 마지막으로 이정민 선생님께 묵념을 올리자!"

묵념…….

"자, 그러면 마음들을 편안하게 갖고 나가라. 그리고 특별 제작된 수제화는 후반전에 신도록 한다. 시합중에 내 모자 보는 것 잊지 마라. 자 나가라!"

감독은 힘차게 말했다.

한국과 일본의 방송사들은 물론, 전 세계 방송사들이 앞다퉈서 결전의 서막을 중계하고 있었다.

"세계의 시청자 여러분! 이 곳은 일본과 한국, 한국과 일본의 마지막 승부! 최후의 한일전이 벌어질 현장입니다. 아직 경기가 시작되지 않았지만 이 곳의 긴장감과 열기는 전장을 방불게 하고 있습니다. 앞선 경기 결과를 살펴보면, 1차전은 3 대 0으로 일본 승리, 2차전은 1 대 1로 비겨서 오늘 3차전, 즉 최후의 한판을 벌이게 되었습니다. 이 시합의 결과에 따라 어느 한쪽은 엄청난 대가를 치르게 될 것입니다……. 양 팀의 실력을 분석해 보면, 일본은 개인 기술과 조직력을 바탕으로 한 세련된 플레이로, 한국은 정신력을 바탕으로 한 투지로 맞설 것으로 보입니다. 즉, 기술과 투지의 대결이라 할 수 있겠습니다. 다만 한국으로써는 3점차가 부담이며 일본에서 싸운다는 것 또한 큰 부담이 될 것입니다. 그래서 1승 1무로 리드하고 있는 일본은 승리를 확신하고 있으며 세계의 많은 축구 전문가들도 일본의 승리를 아주 높게 보고 있습니다. 그러한 가운데 한국은 의외로 차분한 모습으로 경기에 임하고 있습니다. 아무쪼록 양국이 모두 후회 없는 경기를 치르길 바랍니다!"

갑자기 모든 관중들이 일어나며 환호와 함께 박수를 쳤다. 일왕이 한국 대통령 내외분과 함께 입장하고 있었다. 일왕은 밝은 모습으로 관중들에게 손을 흔들며 들어와 고개를 약간씩 숙이며 관중들에게 답례했다. 일본 관중들은 더욱 열광적인 환호와 박수를 보냈다.

한국 대통령 내외분은 특유의 표정 없는 담담한 얼굴로 오른손을 들어 답례한 뒤, 일왕과 함께 귀빈석 자리에 앉았다. 한국의 여야 국회의원들과 야당 총재 등도 함께 자리했다. 그 위에는 일본의 각료들과 양국의 축구 협회 임원진들, 그리고 FIFA 위원장과 위원들이 배석했다.

하늘에서는 두 대의 비행기가 '승리'라는 두 글자를 빨강과 노랑으로 수놓았다. 이를 본 관중들은 다시 한번 우레와 같은 박수를 보냈다. 오색 연기가 하늘을 지나가고 다시 관중들의 환호와 박수 소리가 들리더니 일왕이 일어나 개회 축사를 낭독하기 시작했다.

6만 관중은 조용히 귀를 기울이며, 대형 전광판에 나타난 일왕의 모습에 시선을 집중했다.

"친애하는 대 일본·한국민 여러분, 우리는 오랫동안 긴밀한 관계를 유지해 오고 있습니다. 하지만 우리가 함께 우방국이라 칭하면서도 영토와 영해 문제로 긴 세월 동안 논쟁을 해 온 것이 사실입니다. 그래서 오늘 전 세계인을 증인으로 삼아 흥미로운 방법으로 명명백백하게 판정을 내리려고 합니다. 오늘로써 그 지루한 분쟁의 막은 내려질 것입니다. 여러분들도 잘 아시겠지만, 오늘의 이 결판은 어떠한 핑계로도 뒤집을 수 없으며 막을 수 없다는 것을 재삼 밝혀 두는 바입니다. 그리하여, 만약 패국이 합의 사항을 이행치 않을 경우엔 세계에서 고립되는 엄청난 결과가 초래된다는 것을 잊지 말기 바랍니다. UN이 나설 수도 있다는 것을 천명하는 바입니다. 또한 엄정한 심판 아래 깨끗한 매너로 시합에 임해 줄 것을 양국 선수들에게 바라는 바입니다. 이것으로 개회사를 대신 하겠습니다."

시종일관 자신에 찬 목소리로 이어진 일왕의 연설은 개회사라기보다 폐회사에 가까웠다. 일본의 승리가 확실하니 한국은 반드시 약속을 이행해야 한다는 경고였다. 일왕의 연설이 끝나자마자 일본 관중들은 다시 한번 폭죽을 터뜨리며 열광했다.

양국의 국가가 차례로 연주되고 나자, 한쪽에서는 붉은 파도가 연이어 일어나고 반대편에서는 파란 물결의 파도가 겹쳐지고 있었다. 붉은 파도가 파란 파도 되어 넘실대는가 하면 다시 파란 파도는 붉은 줄기되어 넘실넘실 무겁고 크게 요동을 치는데 운동장은 전체가 좌우로 흔들리며 춤을 추는 것 같았다.

기념 촬영이 끝난 후 서로의 진영을 정했다. 파란색 유니폼의 일본 선수들은 자기 진영으로 뛰어가 각자 몸을 풀었다. 울긋불긋한 요란한 헤어 스타일을 한 붉은 유니폼의 한국팀은 센터라인(중앙선)을 따라 일렬로 뛰어가 중앙의 둥그런 선이 있는 센터 서클에 일정한 간격을 두고 서더니 뒤돌아 모든 관중을 향해 인사를 했다. 깨끗하고 정렬된 모습이었다. 6만 관중은 한국팀에게 열광적인 박수 갈채를 보냈다.

"한국 선수들이 질 게 뻔한데도 활기차게 들어와 끝까지 매너를 지키는군……."

"칭찬해 줄 만하구먼. 보기 좋아!"

"어? 1, 2차전의 선수들이 아니네? 어떻게 선수 저워을 바꾸었을까?"

"뭐야? 어린애들 아냐? 3차전을 포기한 걸까? 좀 안됐다."

"그래도 운동장이 울긋불긋한 것이 보기엔 좋은데? 어쨌든 우리는 이겨야 되니깐……."

"그런데…… 저 선수들 움직임이 아주 힘차 보이네……."

"야! 저희들끼리 연습하니까 그렇지! 우리 선수하고 붙으면 저런 여유가 어딨어?"

전광판에 소개되는 한국 선수들의 면면을 보며, 관중들이 저마다 한 마디씩 했다.

일본의 축구 감독, 코치들도 한국 선수들이 몸을 풀며 볼 차는 것을 보면서 조금 불안한 마음이 생겼다.

"어? 쟤네들 저번 대표팀들하고는 완전 다른 모습이네……."

"음, 볼이 살아 있는 듯 활기차군……."

"감독님! 확실히 무언가 저번하고는 많이 다른 것 같은데요?"

"글쎄…… 선수들 약력을 보니까 나이가 다들 어리던데. 어쨌든 한국도 어떠한 대책이 있어 나왔겠지……."

"저 어린 선수들이 국가 상비군이랍니다."

"상비군? 그런데 왜 지금 다 엎어진 다음에 나온 거지? 아마 궁여지책으로 할 수 없이 바꾼 거겠지……."

"감독도 젊어 보이는데……, 청소년 팀이 나온 걸까요?"

일본 벤치와 수많은 관중들이 놀라고 있었다. 첫째는 한국 선수 전원 교체에다 선수들이 전부 어리다는 것이었고, 둘째는 한국팀이 열세인데도 깨끗한 모습으로 입장하여 관중들에게 인사를 하는 여유를 보였다는 것, 셋째는 그라운드에서 몸을 풀며 볼을 차는 모습들이 꽤 활기차고 민첩하며 체격도 유럽 선수들 못지 않게 좋다는 것이었다. 그러면서도 역시 어린 선수들답게 머리색을 물들이거나 길게 기르기도 한 모습이 하나 같이 발랄하고 천진난만해 보였다.

주심이 볼을 들고 2명의 부심이 기를 갖고 중앙으로 걸어 나오자, 양팀의 선수들은 연습을 중단하고 주장들이 나와 선공과 진영을 정했다. 한국팀이 공격하고 일본은 진영을 선택하게 되어 본부석에서 오른쪽은 일본, 왼쪽은 한국 진영으로 정하여져 전반전을 시작하게 되었다.

일본의 진영을 보니 4-4-2 포메이션이며 수비를 위주한 공격인데, 2차전에 수비를 보았던 아론 대신에 다나카를 넣었고, 유럽에서 아시아의 호랑이로 불리는 노모를 스기하라와 교체했으며, 윌리를 오쿠다로 대신하여 3차전에서는 니옹을 빼고는 모두 유럽에서 맹활약하는 일본인 선수들을 중심으로 하여 짜여져 있었다. 아마, 3점차의 여유가 있다고 생각되어 가급적 일본인 선수들로 하여금 경기를 끝맺으려는 것 같았다.

한국팀은 중앙선을 따라 공격진에 빨강머리 이유진, 노랑머리 이상휘, 꽁지머리 박영규, 장발 김대훈, 파랑머리 김태원, 밤색머리 김세운 순으로 6명이 섰다. 미드필드에는 감색머리 이현종, 보라머리 이철, 남색머리 김엉기 등 3명을 배치했고, 그 뒤를 스위퍼 초록머리 바장영과 골키퍼 곱슬머리 김경일이 섰다. 1-3-6 포메이션의 희귀한 전술이었다.

일본측의 감독과 코치들은 이러한 포메이션을 처음 보았다. 한국이 공격 위주로 나올 것으로 예상했으나, 이러한 포메이션은 너무나 의외였다. 오히려 1선만 뚫으면 일본이 공격하기엔 더없이 좋을 것 같았다. 일본의 외국인 감독 니콜라스가 코치에게 물었다.

"저런 포메이션은 생전 처음이오. 이토 코치는 본 적 있습니까?"

"아뇨. 저도 처음 봅니다."

"한국이 공격에만 치중하겠다는 뜻인 것은 알겠으나, 그래도 수비가 너무 약해 보이는군······. 어쨌든 좋소. 우리는 수비 위주로 플레이하다가 기습 공격을 노리도록 합시다!"

"네! 오히려 우리가 경기하기에는 더욱 좋을 것 같습니다."

"하지만 뭔가 찜찜해서······. 갑자기 감독을 이름 없는 사람으로 바꾸지 않나, 국가 대표 선수들을 전부 무명의 젊은 선수들로 바꾸지 않나, 또 세상에······ 듣도 보도 못한 1-3-6 포메이션이라니······."

"아무리 급해도 그렇지, 좀 어이가 없군요."

"어쨌든 우리도 방심은 금물이오!"

"그럼요! 선수들한테도 너무 자만하지 말라고 당부했습니다."

한국의 공영 방송에서 실황 중계를 하고 있었다.

"친애하는 고국 동포 여러분! 우리 한국팀은 선수와 감독이 모두 교체되어 아직 누가 누군지 저희들도 잘 모르고 있습니다. 다만, 한국 축구 협회의 한 관계자의 얘기로는 비밀리에 키운 상비군이라고 합니다. 또한 전하는 바에 의하면, 이 선수들은 그동안 북한에서 평양 유니폼을 입고 구소련 연방국, 중국 등의 나라들과 여러 차례 시합을 가졌다고 합니다. 게다가 더더욱 놀랄 일은 팀 창단 이래 한 번도 져 본 일이 없다는 것입니다. 이제 겨레의 마지막 희망이 떴습니다. 우리 모두 이 젊은 용사들의 승전을 위해 기원합시다! 비록 3점차가 크기는 하나, 우리 모두 한마음 한뜻으로 뭉쳐 우리의 승리를 기원합시다!"

일본의 공영 방송에서는,

"······한국은 감독 이하 전원 교체되어 무명의 젊은 선수들이 출전하고 있으나, 3점차라는 벽을 허물 수는 없을 것입니다. 우리 일본팀은 니옹 한 선수 외에는 전원 일본인 선수들로 구성하여, 명실공히 일한전의 3막을 장식하려 하고 있습니다. 이제 곧 시작되어 2시간이 지나면, 우리가 그리던 독도에 일장기를 꽂을 수 있게 될 것입니다. 자 여러분! 우리 모두 이 즐거운 파티에 참석하여 다같이 축배의 잔을 들도록 합시다! 이제 곧 한국의 선공으로 경기가 시작되려 하고 있습니다!"

볼을 중앙에 놓고 시계를 쳐다보고 있던 말레이시아의 바다루딘 주심이 휘슬을 불었다.

한국의 선공.

체격이 당당한 6명의 공격진이 맨 앞에서 서서히 움직이자 마치 대전차 군단을 앞세운 군대처럼 보였다. 순간 일본 선수들은 위축되는 기분을 느꼈다. 한국 공격진이 갑자기 분주히 움직이기 시작했다. 공격의 중앙에 있는 꽁지머리 박영규가 받쳐 주는 장발 김대훈에게 볼을 주고 나서 재빨리 일본 진영으로 뛰어 들어갔고, 양쪽 날개인 빨강머리 이유진과 밤색머리 김세운도 양쪽의 터치라인을 따라 깊숙이 뛰어 들어갔다. 순식간에 공격진 6명이 모두 일본 중앙 신영으로 뚫고 들어가자 일본팀은 당황했다.

볼을 받은 장발 대훈은 일본의 이치다를 가볍게 제치고는 왼쪽의 빨강머리에게 길게 날렸다. 볼은 정확하게 날아가 일본 진영 왼쪽 골라인에서 약 20m 근방에 있는 빨강머리의 가슴에 떨어졌다. 가슴으로 받아 볼을 정지시킨 뒤 앞으로 나가려 할 때 일본의 노모 선수가 슬라이딩하여 볼을 터치라인 밖으로 내보냈다. 일본 관중들은 우렁차게 박수를 치며 노모를 응원했다.

일본 진영 25m 지점의 왼쪽 터치라인에서 한국의 드로인.

감색머리 이현종은 볼을 오른쪽으로 던지는 척 하다가 왼쪽의 빨강머리 유진에게 던져 주었다. 유진은 볼을 발로 정지시킨 뒤 오른쪽 왼쪽으로 페인팅하며 일본 선수를 한 명 따돌린 다음, 오버래핑하여 터치라인을 타고 들어가는 노랑머리 이상휘에게 힐패스를 했다. 상휘는 볼을 몰고 좀더 깊숙이 들어가 왼발로 센터링했다. 한국팀의 플레이는 물 흐르듯이 매끄럽게 진행되었다.

센터링한 볼이 페널티 에어리어 오른쪽으로 날아오자 키가 큰 다케이가 헤딩으로 걷어 냈다. 흐르는 볼을 요시다가 잡아 한국 진영 쪽으로 길게 차 보냈다. 일본 관중과 울트라 니폰은 "와, 잘했다!", "그러면 그렇지!" 하며 함성을 질러 댔다.

한국 진영으로 넘어 온 볼을 보라머리 이철이 잡아 중앙 쪽으로 몰고 나오는데 일본 선수들은 중앙선을 넘어 오려 하지 않았다. 이철이 파랑머리 태원에게 짧게 패스하니 태원이 한 사람을 제친 뒤, 꽁지머리에게 주고는 다시 앞으로 나갔다. 꽁지머리는 파랑머리에게 다시 주어 2대 1 패스로 적진의 중앙을 가볍게 돌파했다. 파랑머리는 중앙 쪽으로 가다가 다시 오른쪽 밤색머리 세운에게 패스하니 일본은 진영이 흐트러지기 시작했다. 위기감을 느낀 모리가 달려들며 밤색머리의 정강이를 세게 걷어찼다. 달려가던 힘에 땡그르르 나가 떨어진 밤색머리는 절뚝거리며 일어나더니 엄살을 떨며 넘어져 있는 모리에게 손을 내밀어 일으켜 주는 것이었다.

사람들은 밤색머리의 이러한 행동에 박수를 보냈다.

일본 진영 35m 거리 오른쪽 지점에서 프리킥이 선언되었다. 하이애나 영기가 찰 준비를 했다. 영기는 벤치 쪽을 쳐다보고는 오른손을 들어 2번을 가리키니, 또 한국 선수 전원이 똑같이 오른손을 들어 2를 만들어 보였다.

일본 선수들은 어리둥절했다. 한 사람만 사인하여 보이면 될 것을 나머지 모든 선수들도 똑같이 하니, 이상하게 생각되었다.

‘무슨 작전일까?’

‘왜 골키퍼까지 2를 만들어 똑같이 사인을 하는 것일까?’

심판이 휘슬을 불자, 키커가 뛰어나가 볼을 힘껏 찼다. 볼은 골대를 향해 똑바로 날아가다 오른쪽 코너로 휘어졌다. 깊숙이 처져 있던 밤색머리 세운은 머리로 헤딩하여 옆에 있는 파랑머리 태원에게, 태원은 오른쪽 왼쪽으로 페인팅하여 한 사람을 제치고 골대와 태원 사이로 파고들던 세운에게 보내니, 세운은 받자마자 가운데로 센터링했다. 볼은 골대 앞 4~5m 앞으로 날아가니 꽁지머리 영규와 다나카가 같이 뛰어올랐는데, 볼은 다나카의 머리에 맞고 왼쪽 골라인 밖으로 나갔다.

주심이 휘슬을 불어 코너킥을 선언했다. 일본 관중들은 한국 선수들의 민첩하고 정확한 패스에 놀라며 1, 2차전과 전혀 다른 모습에 혀를 내두를 지경이었다.

“아니, 한국에 저런 선수들이 있다니!”

“어쩐 일이지?”

“와! 적이시반 너무 잘한나……”

“글쎄 말이야. 우리 일본 선수들이 아직 몸이 안 풀렸나? 어떻게 우리 진영에서만 볼이 놀지?”

“그런데 저 선수들이 왜 이제야 뛰는 거야? 1, 2차전에 나왔으면, 대단했겠는데……”

저마다 한마디씩 하고 있었다.

왼쪽 코너에서 감색머리 현종이 찰 준비를 했다. 휘슬이 울리자 감색머리는 왼발로 중앙에 차 올렸다. 볼은 골대 쪽으로 날아가다 오른쪽으로 휘어 나오는데 장발 대훈이 뛰어오르며 헤딩슛! 그러나 일본의 골키퍼 이즈하라가 점프를 하여 간신히 가슴으로 받아서 왼쪽의 미드필더인 요시다에게 빠르게 던져 주니, 요시다는 좌우로 페인팅하여 한 사람을 제치고 볼을 몰아 중앙선으로 돌진했다.

"와아……!"

일본 관중들은 일제히 요시다에게 박수를 보냈다. 요시다는 중앙선을 넘어 한국 진영으로 길게 볼을 차 주었다. 니옹이 큰 키로 헤딩하여 이치다에게 주었다. 이치다가 한국 선수를 돌파하려 하자 어느새 두세 명이 둘러싸고 압박을 하니, 내찰 수도 없고 다른 선수에게 패스하려고 해도 노랑머리, 파랑머리 등이 길목을 막고 있어 어쩌지 못했다. 그 때에 감색머리 현종이 정면에서 슬라이딩하여 볼을 차내어 이치다는 볼을 뺏기고 말았다.

한국 벤치를 보니 감독과 코치는 파란 모자를 쓰고 있었다. 한국 선수들은 일제히 전진하며 오른쪽 방향으로 돌진하고 있었다.

공격수인 대훈이 긴 머리를 휘날리며 야생마처럼 뛰어다녔다. 볼을 빼앗은 대훈이 오른쪽 라인을 따라 왼쪽 오른쪽 페인팅하며 깊숙이 뛰어 들어가는데 일본 선수들이 대훈을 막을 수가 없었다. 그러자 일본의 수비인 다케이가 뒤에서 거칠게 밀어 대훈이를 쓰러뜨렸다.

일본의 관중들은 잘했다며 박수를 치는데 절뚝거리며 일어난 대훈은 쓰러져 엄살떨고 있는 다케이를 일으켜 주었다. 3점차의 불리함을 안고 있는 상황이라고는 도저히 생각할 수 없는 행동이었다. 관중들은 이러한 모습에 반하여 너나 할 것 없이 박수를 쳐 주고 있었다. 경기에서뿐만 아니라 매너에서도 한국팀은 일본팀을 누르고 있었다. 이것은 일본 벤치를 조금씩 불안하고 초조하게 만들고 있었다.

일본 진영의 골대 오른쪽 25m 정도 떨어진 곳에서 프리킥을 얻은 한국 팀은 하이애나 김영기가 나와 왼손을 들어 손가락으로 2를 만들어 보이니 이번에도 선수들 모두 똑같이 왼손을 들어 2를 만들어 가리키고 있다. 일본 선수들은 혼란스러웠다. 도대체 무슨 사인이기에…… 한 사람이 하면 되지, 골키퍼까지 전 선수가 똑같이 하는가, 하며 어리둥절하는 모습이었다.

주심이 휘슬을 불자 영기는 서너 걸음 뒤로 물러났다가 나가며 힘껏 오른발로 골대의 왼쪽 방향으로 휘어 찼다. 볼은 골키퍼 있는 곳까지 날아가는가 싶더니 안쪽으로 휘어 나와 양쪽 선수가 다 같이 헤딩하려 점프를 했는데 볼은 파랑머리 태원의 머리에 맞고 페널티 박스 중앙에 떨어지니 장발 대훈이 달려나가며 왼발 아웃사이드로 강하게 슛!

볼은 중앙에서 왼쪽으로 휘어 들어가며 골대 왼쪽 구석의 네트를 강하게 흔들어 놓았다.

"골인!"

붉은 물결이 솟으며 한국 응원단의 함성이 동경 하늘을 갈랐다.

일본 사람들은 일세히 숨죽었나가 한국의 멋신 플레이를 보고는 혀를 내둘렀다.

"아이쿠! 아이쿠……!"

"세상에, 저렇게 매끄럽게 경기를 할 수가!"

"아니, 한국팀은 1, 2차전에는 쩔쩔매더니…… 중요할 때 다른 선수들이 나와 뒤집어 놓고 있네. 우리 문부성이 한국에 당한 것 아냐?"

"사기다 사기! 저런 선수들을 숨겨 놓고 엄살떤 것 아닌가?"

"그래도 2골이 남았잖아……. 수비를 해야겠다. 수비를!"

"그냥 골대 앞에 11명이 서 있는 게 낫겠다……."

일본 관중들은 한국 젊은이들의 기술과 경기를 운영하는 매너를 보고 상당한 충격을 받은 듯 했다.

경기를 보고 있는 한국 국민들과 붉은 악마 응원단, 그리고 대통령 이하 정부 인사들도 눈으로 보고 있는 이 사실을 믿을 수 없을 정도로 모두 놀랐다.

"아니, 저 젊은이들이 우리 선수들 맞소?"

대통령은 신기하기도 하고 놀랍기도 하고 두렵기도 했다.

"저도 처음 봅니다만…… 부정이 있을 순 없지요!"

상기된 얼굴로 총리가 대답했다.

"아니 그러면, 왜 이제야 투입해 가지고 우리 마음을 졸이게 했습니까?"

"글쎄요…… 협회장이 무슨 뜻이 있었나 봅니다. 어쨌든 한결 마음은 가벼워지네요."

"이긴다면 더욱 극적이긴 하겠으나, 그래도 그렇지……. 그동안 국민들이 맘졸이느라 몸무게가 줄었을 텐데……. 한 사람당 10킬로그램씩 몸무게가 빠졌다면, 그게 모두 얼마요? 4천5백만 곱하기 10킬로그램이라, 음……. 4억 5천만 킬로그램 아니요. 소고기로는 몇 근이오?"

"하하! 대통령께서도, 참!"

"내, 협회장과 박 장관한테 물어내라 해야겠소. 하하하!"

대통령도 주위 사람들도 마음이 밝아지면서 희망이 금방이라도 나타날 것 같은 생각이 들었다.

그런데, 이상한 것은 골을 넣은 선수의 행동이었다. 보통 스트라이커들은 골인 후 포즈에 신경을 쓴다. 하지만 장발 대훈은 그저 씩 웃고 선수들끼리 어깨를 한 번씩 툭 치고는 뛰어서 각자 자기 진영으로 돌아가는 게 다였다. 골 넣은 것이 별거 아닌 것처럼…… 동네 축구라도 하는 것처럼……

한 골 먹은 일본 벤치에서는 그야말로 야단이 났다. 한국 선수들의 플레이가 박진감 있으면서도 예상 외로 부드럽고 정밀했기 때문이다. 또한 불리한 3차전의 시합에서도 전혀 위축되지 않고 자신에 찬 모습이었고 깨끗한 매너로 관중들의 응원까지 받고 있었기 때문이다. 이것이 오히려 일본팀을 더욱 위축시키고 있었다.

시간은 25분을 경과하고 있었다.

일본 감독은 이즈미를 빼고 스칼트를 넣었다. 3차전에서는 유럽 선수 기용을 자제하고 니옹만 내보냈는데 니옹이 전혀 콤비 플레이를 못 하고 있었다. 할 수 없이 니옹과 호흡을 맞출 수 있는 스칼트를 넣어 유럽 선수 2명이 뛰게 되었다. 그러나 아직 2골이 남아 있었다. 일본팀은 수비를 더 철저히 하면서 기습 공격을 하면 된다고 생각하고 있었다.

이치다는 중앙에 볼을 갖다 놓은 뒤 주심의 휘슬이 울리자 뒤에 받치고 있던 스칼트에게 볼을 주고 앞으로 니옹과 나가고, 양쪽 터치라인을 따라 노모와 오쿠다가 뛰어 들어가고 있었다. 스칼트는 볼을 천천히 몰고 나와 니옹에게 주고 니옹은 한국 수비들이 압박해 오기 전에 이치다에게, 이치다는 스칼트에게, 스칼트는 다시 이치다에게 3대 2, 2대 1 패스로 한국 신영 페널티 에어리어 근처까지 왔으나, 어느 틈에 양옆과 앞뒤를 한국 선수들이 에워싸니 볼을 줄 곳이 없었다. 한국팀은 일본팀이 중앙선을 넘어 한국 진영으로만 가면 어디서 나타나는지 벌떼처럼 달려들었다. 할 수 없이 볼을 정지시키려 하는데 노랑머리 상휘가 어깨로 밀고 들어오며 볼을 가로채어 감색머리 현종에게 패스해 주니, 감색머리는 볼을 받자마자 반대편인 파랑머리 태원에게 패스했다. 파랑머리는 볼을 다른 데로 주는 척 하다가 일본 선수를 뒤로 제치고 앞으로 치고 나가니 일본 선수가 당황하여 바로 파랑머리 정강이를 걸어찼다. 걸어차인 파랑머리는 서너 바퀴 굴러

나가떨어졌다. 그러나 곧 일어나서는 아무런 불평 없이 절뚝거리며 제자리로 돌아간다.

주심이 휘슬을 불어 걷어찬 다나카에게 주의를 주고 프리킥을 선언했다. 이번에는 일본 진영 왼쪽 35m 정도의 위치에서 볼을 놓고 스위퍼 빨강머리 유진이 찰 준비를 했다. 유진은 벤치를 흘깃 보고 나더니 오른손을 들어 3을 가리켰다. 또 나머지 모든 선수들이 똑같이 오른손을 들어 3을 만들었다.

일본 선수들은 '이번엔 또 뭐야?' 하며 혼란스러워하는데 주심이 휘슬을 불어 차라고 손짓했다. 유진은 뒤로 서너 걸음 물러났다 뛰어나가며 오른발로 힘껏 찼다.

일본 관중들은 일제히 "우우……!" 하며 한국 선수들에게 야유를 보냈다. 볼은 힘차게 날아갔다. 사람들은 설마 저 먼거리에서 직접 찰 것이라고는 아무도 예측 안 했고, 또 한국 선수들은 헤딩을 하려는 것처럼 페널티 박스 밖에 오른쪽으로 치우쳐 있어 일본 수비수도 한국 선수들 있는 곳에 서 있었으므로 골문은 오히려 비어 있는 것처럼 되었다. 볼은 조금 높게 일직선으로 날아가더니 골대 앞에서 뚝 떨어져 골키퍼는 손을 쓸 수도 없이 강하게 날아들었다. 볼은 아슬아슬하게 골대를 맞고 튕겨 나갔다.

관중들은 일제히 소리를 질렀다. 일본 벤치에는 정말로 아찔한 순간이었다. 튕겨 나온 볼은 오다가 잡아 몰고 나오려 하니 한국 선수가 막 따라붙는다. 오다는 다시 뒤를 돌아 다나카에 주고 다나카는 반대편인 오른쪽에 오쿠다에게 주고, 오쿠다는 다시 앞에 니옹에게 패스하려는 순간 꽁지머리 영규가 길목에서 낚아채며 빠르게 뛰어나갔다. 꽁지머리 영규는 어찌나 빠른지 일본 선수들이 뒤에 쫓아가며 손으로 잡으려 해도 잡히지가 않았다. 가다가 섰다 다시 뛰고, 오른쪽 왼쪽으로 페인팅을 하며 두 사람세 사람째를 제쳐 나가니 일본팀에서는 속수무책이었다. 그러자 다케이가 뛰어나오며 넘어지면서 발을 높게 들었다. 꽁지머리 영규는 펄쩍 뛰었으나 다케이 발에 걸려 꼬꾸라지고 말았다.

한국 선수들의 반칙은 하나도 없는데 일본은 벌써 여러 번 반칙을 하고 있었다. 그래도 일본 관중은 다케이에게 박수를 보내며 힘내라고 "간바래! 간바래!" 하며 외치고 있었다. 꽁지머리는 괴로워하며 일어나 몇 번 앉았다 일어났다 무릎을 구부려 보더니 그대로 다시 적진으로 뛰어간다.

일본 진영 중앙 지점 20m 정도의 거리에서 다시 프리킥이 선언되었다. 하이애나 김영기가 찰 준비를 하며, 벤치를 보니 감독과 코치가 노랑 모자를 쓰고 있었다. 하이애나는 왼손을 들어 1을 가리켰다. 그러자 역시 남은 선수 모두가 왼손을 들어 똑같이 1을 만들었다. 일본 선수들은 짜증이 나는 듯 얼굴을 일그러뜨리며 심판이 지정해 주는 9.15m 밖으로 나갔다. 이번에는 골대로 직접 차지 못하게 여럿이 펜스를 만들었다.

주심이 휘슬을 불자 하이애나 영기는 서너 걸음 뒤에서 뛰어나가며 왼쪽 골라인 쪽으로 차 올렸다. 그 곳에 일본 선수의 방해 없이 대기하고 있던 빨깅머리 유진이 발로 징지하자마자 안쪽으로 치고 들어가니 일본 선수들은 빨강머리 쪽으로 일제히 몰려오고, 빨강머리는 한 사람을 제친 뒤 반대편 쪽으로 다시 볼을 날리니 뛰어 들어오던 꽁지머리 영규가 머리를 오른쪽으로 돌리며 강하게 헤딩했다. 골키퍼는 우왕좌왕하다 왼쪽으로 무게 중심이 쏠렸다. 그 순간, 볼은 오른쪽으로 강하게 날아들었다. 볼을 쳐다보고 오른쪽으로 손을 뻗어 보았지만 그대로 주저앉으며 골네트로 들어가는 볼을 망연자실 바라볼 수밖에 없었다.

"골인! 골인!"

2 대 0. 한국 응원석에서는 "와!" 하는 함성과 함께 아무나 서로 껴안고

깡충깡충 뛰었다. 좀처럼 표정이 드러나지 않는 대통령도 만면에 환한 웃음을 띄우며 영부인의 손을 잡고 힘차게 흔들었다.

"여보! 내 이 기쁨은 어떻게 표현할 수 있을까요? 4전 5기로 대통령 당선됐을 때보다 더 좋구려! 아니 노벨상보다 좋구려! 국민에게 희망을 주는 것들이니……!"

"그럼요! 오늘이 생애에서 제일 기쁜 날이 될 것 같아요. 어쨌든 빨리 1골을 더 넣고 봐야죠……."

"문제없을 것 같아요. 틀림없이!"

일본 관중들과 벤치는 어이가 없는 듯 멍하니 바라볼 뿐이었다. 일본은 점점 더 불안했다. 작전의 실패인지 일본은 한 번도 슛을 못 하고 있었다. 이대로 나가면 한두 골이 아니라 여러 골을 먹을 것만 같았다.

일본 벤치도 안절부절못하고 있었다. 어찌 중앙선을 넘어가 보지도 못하니 무어라 할 말이 없었다.

'한국의 저 선수들은 어디서 갑자기 나타난 것일까? 한국 축구 협회에서는 일부러 3차전까지 숨겨 놓았단 말인가? 아니다 그럴 리 없어. 2차전에서도 한국은 가까스로 비긴 것 아닌가? 그 때에 한국이 졌으면 3차전은 해 보지도 못했지……. 그렇다면 저 선수들을 어디서 데려온 것일까? 북한에서? 중국에서? 아니다. 그럴 리도 없다. 왜냐하면 북한이나 중국은 한국팀보다 약체이다. 그렇다면 늦게 발견됐단 말인가? 아니다 그것도 아닌 것 같다.'

생각할수록 혼란스럽기만 했다. 다만 한 가지 확실한 것은 어떻게 해서라도 마지막 한 골을 지켜야 된다는 것뿐이었다.

CNN 기자가 큰소리로 떠들고 있었다.

"이변이 일어나고 있다! 한국팀은 1, 2차전과는 아주 다른 모습을 보여 주고 있다. 감독 이하 전원 선수 교체를 하여 젊은 선수들이 나와 뛰고 있는데, 일본팀은 젊은이들의 기세에 눌려 벌써 전반 35분 만에 2골을 내주고 있다. 일본은 1골을 지켜야만 되나, 지금의 흐름으로 보아서는 1골을 지키기 어려울 것 같다. 한국인의 저력은 무섭다. 절대 약한 팀이 아니었다!"

BBC는 좀더 차분하게 한국팀의 플레이를 전했다.

"한국의 저 어린 무명 선수들이 축구의 진가와 깨끗하고 우아한 스포츠 정신을 온 세계에 보여 주고 있습니다. 일본은 무언가 착각을 한 것 같습니다. 일본은 절대 한국팀을 얕잡아 보아서는 안 될 것 같습니다. 한국의 저 어린 선수들이 파란 화폭에 그려내고 있는 이 아름다운 그림은 지금껏 우리가 잊고 있었던 아마추어 정신과 진정한 스포츠 정신입니다……."

한국은 3대 방송이 공영으로 중계방송하고 있었다. 중계를 하는 아나운서는 부끄러움도 잊고 콧물과 눈물로 범벅이 된 얼굴로 카메라를 보고 외치고 있었다.

"고국에 계신 국민 여러분! 저 어린 선수들이 해내고 있습니다. 저 어린 선수들이, 여태까지 보아왔던 세계의 그 어떠한 축구 경기보다 아름다운 율동과 깨끗한 정신을 보여 주며 간교한 일본을 무찌르고 있습니다. 이제 한 골만! 한 골만 더 넣는다면 동점이 되는 것이며 독도를 더 이상 넘보지 못하게 됩니다. 그동안 우리는……."

말을 더 잇지 못한 채 울고 있는 모습이 화면에 계속 흘러나오고 있었다.

일본 NHK는 일본팀의 경기 운영에 불만을 토로했다.

"어찌된 일인지 일본팀이 계속 소심하게 경기를 진행하고 있습니다. 왜, 이제서 점수만 지키려고 한단 말입니까? 공격이 최대의 방어입니다.

좀더 적극적으로 나가 싸워야 한국 선수들이 마음놓고 공격을 못 하게 됩니다. 일본 진영에만 몰려 있으면서 어떻게 공격이 되겠습니까? 일본은 일어나 싸워라! 무서워하지 말고 나가 싸워라! 나가라! 나가 싸워라!"

절규에 가까운 목소리로 소리치고 있었다.

경기가 속개되었다.

일본 벤치는 노모와 모리를 빼고 윌리와 소련 출신으로 전년도 유럽에서 36골을 넣은 득점왕 타치코프스키를 투입했다. 그래서 이제 일본팀엔 유럽인 선수가 4명이나 뛰게 되었다. 경기는 유럽인 선수들을 중심으로 활기를 띄는 듯 했다. 한국팀이 조금 주춤했으나, 그래도 여전히 수비를 주축으로 펼치고 있기 때문에 일본의 공격은 자꾸 중간에 끊어지는 경우가 많았다. 그 반면에 한국 선수들의 2대 1 패스로 중앙돌파를 하다 오른쪽이나 왼쪽으로 볼을 빼내어 골문 앞의 수비 선수를 흐트러트린 다음에 곧 다시 중앙으로 센터링하면 중앙에 있던 선수들의 논스톱 슛팅, 또는 수비수 한 명을 제치고 들어가 슛팅을 강하게 하는 등 일본 수비수들을 마음대로 요리하고 있었다.

따라서 일본 선수들은 육탄방어와 반칙을 자꾸 하게 되었다. 한국 선수들은 고의적인 반칙을 당해도 전혀 항의를 하지 않은 채, 오히려 반칙한 일본 선수를 일으켜 주는가 하면 머리나 어깨를 토닥거리며 "괜찮다, 미안해하지 마라" 하는 식의 행동을 했다. 그러면서도 일단 경기가 시작되면 저돌적인 멧돼지처럼 혹은 먹이를 낚아채는 맹수처럼 민첩하고 거침없었다. 이처럼 강약을 겸비한 한국 선수들은 가시 있는 장미꽃처럼 우아한 아름다움 속에 함부로 범할 수 없는 강인함을 지니고 있었다.

어느덧 심판이 휘슬을 불어 전반전이 끝남을 알렸다. 일본 선수들은 고개를 숙이고 각자 천천히 걸어 들어가는데, 한국 선수들은 일제히 센터 서클로 뛰어가 입장할 때처럼 관중들에게 다시 인사를 한 뒤 중앙선을 따라 일렬로 퇴장했다. 실력과 경기 매너, 모든 것을 한국팀이 월등하게 처리해 나가고 있었다.

일본 라커룸.

오만상을 찌푸린 마쯔시마 문부성 장관과 어찌할 바를 몰라 안절부절하고 있는 스즈키 축구 협회 회장, 니콜라스 감독, 이토 코치 등이 매우 흥분한 채 선수들을 다그치고 있었다.

"너희들은 저 어린 녀석들한테 2골이나 내주었다. 왜 밀착방어를 안 하고 떨어트려 두느냐 말이야! 그리고 다케이! 너는 볼을 쫓아다니면 어떻게 해. 사람을 막아야지! 진로 방해해도 괜찮으니까 사람을 막으란 말야, 사람을……. 후반전에선 네가 꽁지머리를 맡고, 너는 파랑머리, 그리고 너는 장발을 맡도록 해. 그런데 오쿠다, 너는 꽁지머리 등번호를 알고 있나?"

"……모르는데요."

"다나카, 그럼 너는 파랑머리 번호를 알아?"

"네? 저도 잘 모르는데요……. 그렇지만 번호는 알 필요 없습니다. 머리 색깔만 보면 쉽게 알 수 있으니까요."

"허긴 그렇군……. 어쨌든 후반전엔 오다 대신 알렉스가 나가고, 골키퍼엔 샤롱이 나가도록……. 당신들! 공격진은 어쨌든 골을 넣어 다시 3점차를 만드시오! 몸값을 해야지, 몸값! 그리고 샤롱, 당신은 절대 골을 먹으면 안 되오. 이시하라는 너무 골문에만 붙어 서 있었으니, 센터링되는 볼을 하나도 차단 못 했던 거요. 그래 가지고 어디 아시아의 수문장이라고 할 수 있겠소? 어쨌든 샤롱, 문을 굳게 지키시오. 어떠한 일이 있어두 막으시오. 목숨을 내놓고라도 말이오! 또한 골키퍼도 공격할 때에는 최종 공격수라는 것을 잊지 말고 지역을 넓게 활용하시오. 공격할 때에는……."

니콜라스 감독은 화가 나서 선수들을 마치 어린아이 다루듯 하며 지시하고 있었다.

한국팀 라커룸.

흰 가운을 입은 세 사람이 선수들에게 다가가 부지런히 머리를 만져 주고 있었다.

구 감독은 선수들을 하나하나 살펴보면서 말했다.

"수고들 했다. 정강이 많이 아프지? 후반전엔 아마 더 거칠게 나올 거다. 할 수 없다. 오늘만 죽었다 살아나면 되니까……."

선수들은 생각보다 부상이 많았다.

"박장영이 많이 다쳤으니 송진우가 나가 뛰도록 하고, 후반전엔 포지션을 바꾼다. 양날개는 뒷선수와 자리바꿈하고, 중앙의 선수는 좌우로 교체하며 전반과 마찬가지로 1-3-6 포메이션을 그대로 하나, 미들진에서는 한 사람이 앞의 공격진 두 사람씩을 받쳐 주도록……. 너무 떨어져 있으면 안 되니 항상 거리는 3~4m 정도로 거리를 유지해야 한다. 수비할 때에는 공격진의 3명이 뒤로 들어와 수비에 가담해라. 즉, 후반전에서 우리의 진짜 포메이션은 1-6-6이다. 그리고 맨투맨, 압박 수비가 뚫릴 때에는 곧바로 지역 방어 위치에 서도록……. 상대가 아무리 거칠게 나와도 절대 우리의 정신을 흐트러트리지 말아야 한다. 골을 넣는 것만큼 중요한 것이 우리의 정신이 그들의 썩은 기둥을 무너뜨리는 일이다. 절대 명심하도록 그리고, 후반전엔 우리의 특허품인 축구화를 신어라. 이제부터 마음껏 상대의 골문을 두드려 주자!"

구 감독은 조목조목 작전 지시를 해 나갔다. 이를 지켜보던 문광부 장관과 협회장과 임원들은 감독과 선수들이 더없이 믿음직해 보였다.

"1-6-6 포메이션이라? 우리는 14명이 뛰는 셈이네, 하하! 거 참, 우리 구 감독은 현대판 제갈공명이구먼. 아니네 제갈공명보다 훨씬 나아, 아암! 1-6-6 포메이션이라! 우리는 14명, 하하하하!"

협회장은 웃음을 그칠 수가 없는지 자꾸 웃으며 선수들의 머리를 쓰다듬고 만져 보고 하였다. 선수들도 자기 머리를 만지며 밝게 웃었다.

하프 타임 종료.

먼저 나와서 몸을 풀고 있던 일본 선수들과 관중들은 질서정연하게 뛰어나오는 한국 선수들을 보고 소스라치게 놀랐다. 여기저기서 웅성거림이 일었다.

"어, 어? 이떻게 된 거야?"

"아니, 다른 선수들이 나온 거야?"

"어? 이번엔 불교팀이 나왔나? 모두 스님들 아냐?"

"에이! 선수 교체가 5명 제한되어 있는데……, 어떻게 다 바꿔?"

"그럼 빨강머리, 파랑머리, 또 꽁지머리…… 다 어딜 간 거야?"

"앉아서 구경만 하는데도 정신없구먼……, 사인을 11명이 똑같이 하질 않나……."

한국 선수들의 총천연색 머리는 온데간데없고, 모두 삭발을 하고 나와 있었다. 하다못해 골키퍼까지……. 일본 선수들은 간담이 서늘해지기 시작했다.

“누가 빨강머리고, 누가 파랑머리였지? 전혀 알 수가 없잖아……!”

“포지션의 이동이 있었는지 없었는지조차 모르겠다.”

“축구 경기만 하면 되는 것이지, 왜 자꾸 이상한 행동들을 하는 것일까?”

일본은 점점 두렵고 초조해지기 시작했다. 반면, 붉은 악마단과 한국 국민들은 한국팀의 전략에 자신감과 믿음이 더해지고 있었다. 아직 1점차를 더 극복해야 되었지만 이미 정신력으로나 전략으로나 일본을 압도하고 있었다.

일본은 전반과 마찬가지로 4-4-2 포메이션을 그대로 쓰고 있으나, 유럽인 선수가 6명이 나와 있어 꼭 유럽팀 같았다. 골문에는 유럽의 방패라는 샤롱이 골키퍼로 서 있으니, 골문이 꽉 찬 듯 틈이 없어 보였다.

“우리가 이겨야 되긴 하지만, 저렇게 남의 선수를 많이 세워 놓고 경기를 하니, 이겨도 좀 떳떳치 못하겠구먼……”

“지금, 우리가 싫고 좋고 따질 처지가 아니잖아? 또 저 사람들이 다 일본 사람 아닌가?”

“그렇긴 하지. 어? 그런데 저기 오다와 바꾼 저 사람은 흑인이잖아?”

“글쎄 말이야. 그러면 저 사람들은 시합이 끝나면 일본에서 살까?”

“에이, 뭐 그렇겠어? 돈 받고 뛰는 거겠지. 어쨌든 지금은 어엿한 일본인 아닌가, 할말이 없는 것이지 뭐……”

“응, 이러구 저러구 간에 오늘은 무조건 이겨야 돼……. 다른 수가 없잖아.”

“그럼, 그럼! 그래도 뭔가 좀 석연치 않아……”

바다루딘 주심은 시계를 보더니, 휘슬을 불어 후반전 시작을 알렸다.

후반전 일본의 선공.

최전방 공격수 이치다가 볼을 오쿠다에게 패스하고 중앙선을 넘어 한국 진영으로 나아갔다. 양쪽 날개인 윌리와 타치코프스키도 터치라인을 따라 뛰어가며 운동장을 폭넓게 사용하고 있었다. 볼을 받은 오쿠다는 중앙선까지 볼을 몰고 와 한국 선수가 달려들자 옆의 스칼트에게 주고, 스칼트는 왼쪽으로 뛰어 들어간 타치코프스키에게 길게 차 주었다. 타치코프스키는 한국 진영 오른쪽, 골대에서 35m 가량 떨어진 곳에서 볼을 발로 정지시킨 뒤 수비하는 한국 선수를 피해 길게 중앙으로 올려 주었다. 한국 선수와 일본 선수가 동시에 점프를 하며 서로 볼을 따내려 했으나 볼은 한국 미드필더 이철의 머리를 스치고 왼쪽 외곽으로 흘렀다. 그 곳에 있던 윌리가 볼을 잡으려 할 즈음 이상휘가 슬라이딩하여 터치라인 밖으로 차냈다.

"후반전이 훨씬 낫구먼! 전반엔 중앙선 넘어 한국 진영에 간 것이 몇 번 안 된단 말이야!"

"새로 태어난 일본인이 낫긴 낫구먼……."

"뭐라고? 새로 태어나다니?"

"새롭게 일본 국적을 취득했으니, 새로 태어난 것이나 다름없잖아……."

"하하! 난 또 뭐라고……."

일본 관중들은 일본팀의 플레이가 살아나자 좀 안심이 되는 것 같았다. 한국 진영 왼쪽 골라인에서 30m 떨어진 곳에서 드로인하여 준 볼을 받은 알렉스는 유연한 몸놀림과 민첩한 드리블로 한국의 압박 수비가 들어오기 전에 수비수를 제치고 앞으로 나가는 니옹에게 연결해 주었다. 니옹은 또 한 사람을 제치는 척 하다가 오른쪽 윌리에게 패스하자, 윌리가 골문 쪽으로 센터링! 이 때 마지막 스위퍼 송진우가 뛰어올라 헤딩으로 쳐냈다. 계속되는 일본팀의 공격이었다. 역시 유럽 선수가 다수 낀 일본팀은 전반전과는 사뭇 다른 실력을 발휘했다.

후반전 시작하자마자 한국팀 문전에서 찬스가 나고 일본팀의 공격이 거세지자 울트라 니폰은 다시금 열광적으로 응원하기 시작했다. 일본 벤치에서도 그러면 그렇지, 하고 안도의 숨을 내쉬며 고삐를 늦추지 말고 계속 공격하라고 주문했다.

오른쪽 코너 에어리어에서 다나카가 찰 준비를 했다. 주심이 휘슬을 불자 다나카는 강하게 왼발숏을 날렸다. 볼은 골라인에서 안쪽으로 휘어 들어가더니 골문으로 곧장 날아갔다. 약간 높게 오는 볼의 방향을 간파한 골키퍼 김경일이 뛰어나가 두 손으로 볼을 잡았다.

일본 관중들은 "에이……!" 하면서도 다나카에게 박수를 쳐 주었다.

양 선수들이 중앙선을 넘어 일본 진영으로 몰려가자 골키퍼 김경일이 길게 일본 오른쪽 진영 30m 정도까지 날리니 일본 선수 다케이가 헤딩한다는 것이 빗맞아 터치라인 밖으로 나갔다. 하이애나 김영기가 던져 주자 김태원이 볼을 발로 잡자마자 일본 골대의 왼쪽편으로 센터링한 것을 뛰어들던 박영규가 헤딩숏!

관람하던 사람이나 중계하던 사람들 모두 순식간에 이루어진 헤딩숏에 놀라지 않을 수 없었다. "어? 어?" 하는 순간 볼은 오른쪽 골네트로 날아갔다. 하지만 샤롱의 선방으로 가까스로 쳐 내어 한국팀이 오른쪽에서 코너킥을 얻었다.

하이애나 김영기가 나가 로빙볼로 골대 앞에 띄워 주니 양팀 선수들 뛰어올라 경합을 벌였다. 다나카의 머리에 맞고 흘러나오는 볼을 이유진이 잡아 논스톱으로 숏, 했다. 볼은 완전 오른쪽으로 날아가는가 싶더니 갑자기 왼쪽으로 휘어 날아갔다. 샤롱이 몸을 날려 볼을 막아 떨어뜨려서 흘러나오는 볼을 앞에 있던 다케이가 길게 오른쪽 터치라인 밖으로 차내었다.

관중들은 웅성대기 시작하였다.

"아니, 볼이 어떻게 저렇게 휘어질 수 있을까?"

"한국은 일부러 1차전을 져 주었나?"

"한국 선수들은 드리블할 때 보면 볼이 발에 붙어 다니는 것 같은데, 또 차서 날아가는 볼은 방향을 알 수가 없단 말이야. 날아가다 오른쪽으로 갑자기 휘기도 하고, 왼쪽으로 꺾이기도 하고, 또 야구에서 너클볼처럼 날아가다 뚝 떨어지는 드롭볼을 자유자재로 차니……."

일본 진영 20m 되는 오른쪽 터치라인 밖에서 하이애나가 한 손으로 중앙 쪽의 대훈에게 길게 드로인했다. 대훈이 다시 현종에게, 현종은 다시 대훈에게 주니 대훈은 한 사람을 제치고 페널티 에어리어 밖 중앙에서 그대로 강슛! 샤롱은 혼신의 힘을 다해 몸을 날려 손으로 쳐냈다. 한국 선수들은 볼을 잡기만 하면 슈팅까지 연결하는 것이었다. 게다가 슛은 거의가 예리하게 골문 쪽으로 날아갔다.

밖으로 흘러나오는 볼을 다케이가 몰고 나오며 요시다에게, 요시다는 앞으로 뛰어나가는 타치코프스키에게 주자, 티치코프스키는 빠른 몸동작으로 중앙선을 넘어 한국 진영 한가운데에 있는 이치다에게 패스해 주었다. 일본 선수들은 매우 빠른 속도로 진격을 했다.

이치다는 볼을 받아 다시 니옹에게, 니옹은 페널티 박스 안에 들어간 스칼트에게 패스를 하니, 스칼트가 볼을 잡아 뒤로 돌려는 순간, 송진우가 슬라이딩을 하여 차단했다. 그러나 볼은 이치다의 발에 맞고 튀어나와 넘어져 있는 송진우의 왼팔에 닿고 말았다. 선심이 기를 번쩍 드는 것과 동시에 주심은 뛰어오며 휘슬을 불었다. 페널티킥을 선언하자 일본 관중들은 일제히 일어나 환호했다.

"이겼다!"

"와! 잘했다!"

"이제 독도로 가자! 독도로! 독도는 일본땅이다!"

발을 동동 구르며 서로 얼싸안았다. 흥분한 나머지 우는 사람들도 있었다.

니콜라스 감독은 일본이 페널티킥을 얻으면 프리킥 전문인 이치다에게 차라고 정해 주었으며 방향도 이치다가 좋아하는 왼쪽이라고 일러주었다. 감독은, 페널티킥이 쉬운 것 같으면서도 막상 큰 대회에 서면 차는 사람이 흔들리기 쉽기 때문에, 아예 노련하고 담대한 선수를 골라 차는 방향을 정해 준 것이었다. 또 이것은 일한전이니 일본인이 차는 것이 옳다고 생각했다.

주심이 페널티킥 지점에 볼을 갖다 놓았다. 이치다는 앞으로 나가 두 손으로 볼을 반쯤 뒤로 돌려 제자리에 놓았다.

"이치다, 이치다! 간바래!"

일본 관중들은 박수치며 환호하다가, 서너 걸음 뒤로 물러나는 이치다를 보고는, 숨소리도 죽인 채 조용히 지켜보고 있었다.

주심이 휘슬을 불어 차라고 신호했다.

이치다는 큰 숨을 들이마시고 내쉬며 마음을 진정시킨 뒤 볼을 차기 위해 골문을 쳐다보았다.

'어?

중앙에서 두 팔을 벌리고 서 있어야 골키퍼가 3분의 1쯤 왼쪽으로 치우친 채 옆으로 반쯤 돌아 엉덩이를 왼쪽 골대로 향하고 오른쪽 골대로 양팔을 조금 벌린 채 점프할 자세를 취하고 있는 게 아닌가.

'어? 그렇다면 나는 왼쪽으로 찰 것이고 골키퍼도 등 돌려 옆으로 서 있

으니 왼쪽 골대와 골키퍼의 엉덩이 사이로 차면 되겠다.'

그런데 왼쪽은 골키퍼의 엉덩이가 커서인지 골문이 참으로 좁아 보였다.

'저러다 휙 하고 180도 돌아서서 볼을 잡으면 어떻게 하지? 그러면 오른쪽이 넓으니 오른쪽으로 찰까? 아니야……. 오른쪽으로는 완전 점프할 자세로 팔을 반쯤 오른쪽 골대로 뻗고 있는데 너무 골키퍼에 가깝게 차면 잡힐 것 같고, 골키퍼 멀리 오른쪽 골대에 가깝게 차자니 잘못하면 볼이 밖으로 나갈 것 같다……. 왜 저 골키퍼는 저렇게 서 있는 거야? 내가 오른쪽으로 차는 척 해서 골키퍼를 오른쪽으로 쏠리게 하고 나는 왼쪽 빈 곳으로 가볍게 차 넣어야 되는 건데……. 하지만 만일 골키퍼가 정면으로 안 서고 옆으로 서서 나를 유도하려고 저런 모션을 취하고 있는 거라면……, 어디가 맞는 답일까?

이치다는 혼돈스러워 머리가 아플 지경이었다. 주심이 빨리 차라고 휘슬을 또 불었다.

'그래 왼쪽이다. 감독도 그렇게 지시했고, 나도 원래 왼쪽을 좋아하지 않는가?

하고 왼쪽으로 차려는데, 골키퍼가 엉덩이를 좌우로 흔들며 구부리자 엉덩이가 얼마나 커 보이는지 왼쪽 공간이 너무 작아 보이는 것이었다.

관중들도 키커의 마음을 읽었는지 여기저기서 웅성웅성하기 시작했다.

"키커를 바꾸어야 되는 것 아닌가?"

"감독은 뭐 하는 거야? 빨리 안 바꾸고……."

"그래도 이치다가 프리킥의 명수 아닌가?"

"야! 그래도 그렇지……."

사람들은 걱정스러운 마음이 생겨나며 불안했다.

이치다는 더욱 마음이 급해졌다. 빨리 결정을 해야만 했다.

'아! 내가 넣어서 역사에 큰 이름을 남겨야 하는데……. 내가 저 골키퍼의 모션에 걸려 들다니……!'

심판의 마지막 휘슬이 또 울리며 빨리 차라고 손짓을 했다.

'그래 왼쪽이다. 저 골키퍼는 왼쪽은 버리고 있으니, 왼쪽으로 차 넣으면 된다. 나는 아시아의 호랑이다! 저런 어린 녀석한테 내가 쩔쩔매고 있다니……. 왼쪽이다! 나의 이름은 영원히 일본 역사에 남을 것이다.'

이치다는 결심을 굳혔다.

"왼쪽이다!"

입으로 외치며 뛰어나가 차려는 순간 이치다는 깜짝 놀라고 말았다. 골키퍼가 완전히 돌아서 역모션을 취하고 있는 것이었다.

"앗!"

이치다는 어이없는 볼을 차고 말았다. 왼쪽 골대를 훨씬 벗어나는 볼을 차고 말았다.

"죽어라 이치다! 죽어라 죽어!"

일본 관중들은 소리지르며 분노했다.

"이치다, 오, 이치다……!"

젊은 여성팬들은 두 손으로 얼굴을 가린 채 통곡했다. 일본 벤치에서도 "에이, 개새끼!", "죽일 놈!", 소리치며 벌떡 일어나 분노했다.

전광판 시계는 25분을 지나고 있었다. 일본 사람들은 시간은 왜 이렇게 안 가는 것일까, 빨리 이대로 끝나 버렸으면 좋겠다, 하는 생각만이 간절했다.

골킥이 선언되자 골키퍼 김경일은 중앙선을 넘어 일본 진영으로 뛰어가는 이상휘를 보고 멀리 차 주니, 35m의 왼쪽 일본 진영에서 양팀의 선수가 점프했으나 볼은 알렉스의 머리에 맞고 떨어졌다. 이 볼을 송진우가 재빨리 잡아채어 이현종에게 패스, 이현종은 한 사람을 제치고 반대편 오른쪽 깊숙이 돌진하는 김세운에게 패스했다. 골은 정확하게 날아갔고, 세운은 다시 대훈에게, 대훈이 앞으로 툭툭 차며 달려나오자, 요시다가 뒤에서 슬라이딩하며 발을 높게 들어 대훈은 앞으로 꼬꾸라지고 말았다.

한국팀 응원석에서 "퇴장시켜라! 레드 카드! 레드!" 하며 소리쳤다. 주심이 뛰어와 도망가는 요시다 앞에, 노란 카드를 번쩍 들어 보여 주었다.

한국팀은 일본 진영 중앙으로부터 약간 오른쪽 지점에서 프리킥을 차게 되었다. 일본팀은 7명 정도가 볼과 골대 사이에 펜스를 쳐 직접 슛을 경계했고, 한국팀은 넓게 분산하여 자리를 잡았다. 이번에는 송진우가 벤치를 보고 나더니, 오른손으로 4를 만들어 사인을 하니 나머지 선수 10명 모두가 똑같이 손을 들어 보였다. 일본 선수들은 '이번엔 또, 또 무슨 작전일까?' 보고 싶지도 않은데 자꾸 보이니 짜증만 났다.

키커인 송진우는 서너 걸음 물러 나왔다 앞으로 나가며 볼 밑을 깎아 찼다. 볼은 펜스를 치고 있는 선수들의 얼굴을 향해 강하게 날아갔다. 볼은 일본 선수들의 인간벽을 넘어 위로 곧장 날아가더니 골대 앞에서 갑사기 뚝 떨어지며 골 안으로 빨리 들어가고 말았다.

볼은 분명 일본 선수들의 키를 넘어갔기 때문에 크로스바 위로 지나갈 것으로 보였다. 그런데 갑자기 골대 앞쪽에서 밑으로 급강하하여 골문 안으로 빨려들어간 것이다. 골키퍼 샤롱은 왼쪽에 치우쳐 있다가 몸을 날려 보았으나 볼 근처도 못 가고 볼은 원 바운드되며 골대 속으로 들어가고 말았다.

일본팀은 그야말로 망연자실했다. 한국팀은 아무렇지도 않은 듯 가볍게 웃으며 천천히 자기 진영으로 돌아갔다. 후반 33분, 한국팀은 실점 3점을 모두 만회했다. 이제 경기는 원점이었다. 승부는 지금부터다.

한국 응원단은 애국가를 부르며 서로 부둥켜안고 눈물을 흘렸다. 중계 방송을 하던 아나운서는 이제 아예 목이 쉬어 소리도 제대로 나오지 않을 지경이었다.

"해냈습니다! 해냈습니다! 여러분, 우리 젊은이들의 늠름한 모습을 보십시오! 저들은 말없이 조용히 해내고 있습니다."

세계의 방송사들도 한결같이, "한국이 마지막 3차전에서 저력을 발휘하고 있다. 오히려 일본이 투지로 밀어붙이고 있으며, 한국은 고도의 기술과 짜임새 있는 운영으로 일본을 완전히 압도하고 있다."고 전했다.

일본 방송은, "어찌 세계적인 선수들을 다 모아 놓고, 저 무명의 어린 선수들에게 맥없이 지고 있는가? 일어나야 한다! 이겨야 한다! 몸이 부서지는 한이 있어도 싸워 이겨야 한다! 왜 일본은 수비만 고집하는가! 나가라, 나가라! 나가서 싸워라!"하며 외쳤다.

샤롱의 혼신을 다한 방어에도 불구하고 세 번째 골을 내주자 일본은 더욱 문단속을 강화하여 수비에 치중했다. 한국이 볼을 몰고 일본 진영으로 넘어가기만 하면 고의적인 파울을 일으켜 흐름을 끊었고, 볼이 오기만 하면 무조건 터치라인 밖으로 차내기 바빴다.

일본 진영 왼쪽 터치라인 중앙 지점에서 이현종이 또 쓰러졌다. 이철에게 패스를 받아 터치라인을 타고 뛰어 올라가던 중 모리가 뒤쪽에서 위험한 태클을 가해 한 바퀴를 완전히 굴렀다. 심하게 다쳤는지 이현종은 일어나질 못했다. 한국 벤치에서 선수 교체 사인을 내고 의료진이 뛰어들어가 들것에 실어 나왔다. 이현종 대신에 대발이 김유재가 나왔다. 대발이란 별명은, 김유재의 손발이 여느 사람보다 유난히 커서 붙여진 것이다. 또한 허벅지 근육이 매우 발달되어 있어 거진팀에서도 볼을 가장 멀리 차는 선수였다. 순발력이 부족한 것이 흠이었지만 대발이의 특기를 잘 살려 후반에 투입하여 마무리 점수를 낼 계획이었다.

주심의 휘슬이 울리자 김영기는 센터라인 쪽에 서 있는 이철에게 던져주었다. 이철이 앞으로 슬슬 몰고 나오자 니옹과 스칼트가 달려들었으나 곧바로 중앙에 나가 있는 김대훈에게 패스, 대훈은 슬라이딩하며 달려드는 일본 선수를 살짝 뛰어넘으며 앞으로 나가고, 볼은 오른쪽에 있던 김태원이 받아 치고 나갔다. 태원이 볼을 볼을 잡자마자 일본 선수가 달려왔으나 한 박자 빠르게 중앙 페널티 에어리어에 있는 박영규 쪽으로 센터링했다. 볼을 보고 영규와 다나카가 동시에 뛰어올랐는데 다나카가 오른쪽 팔꿈치로 영규의 얼굴을 가격하였다. 영규는 얼굴을 감싸안으며 떼구르르 굴렀다. 심판이 달려오며 직접 프리킥을 페널티 에어리어 근방에서 지정하였다.

의료진이 들어와 영규의 찢어진 이마에 지혈제를 바르고 붕대를 감아 들것에 실어 나가려고 하자, 붕대 위로 피가 배어 나오는데도 영규는 한사코 뛰겠다고 고집하자 의료진이나 코치들이나 어찌할 바를 몰라 주저했다. 영규의 굳은 의지를 꺾지 못하고 결국 의료진과 코치들은 빈 들것을 들고 운동장을 물러 나왔다. 이 광경을 지켜보는 선수들이나 관중들도 눈시울이 뜨거워졌다. 붉은 악마들은 다나카를 퇴장시키라고 외쳤다.

그러나 주심은 관중들의 항의에 아랑곳하지 않고, 경기를 속행시켰다.

한국의 프리킥.

일본 선수들은 지정된 거리에 벽을 쌓지 않고 자꾸만 앞으로 걸어나와 키커와의 거리가 3~4m밖에 되지 않았다. 하지만 주심은 뒤로 돌아 키커만 보고 서 있어 모르는 것 같았다. 이철은 오른쪽 엄지손가락을 들어 한 바퀴 돌리고는 골대 쪽으로 차지 않고 오른쪽 페널티 에어리어 쪽으로 찼다. 이 때 김태원이 뛰어 들어가며 강하게 돌려 찼다. 볼은 엄청나게 빠른 속력으로 수비수들의 얼굴 정면을 향해 곧장 날아왔다. 거칠것없이 날아 드는 강력한 볼을 보고 반사적으로 수비수들은 고개를 숙이며 얼굴을 피 했다. 볼은 수비수들의 벽을 지나 그대로 골 네트에 꽂혔다.

"골인!"

샤롱은 벽을 쌓고 있던 수비수들에게 시야가 가려져 볼의 방향을 예측 할 수 없어 손을 써 보지도 못한 채 그대로 당했다.

붉은 악마들은 일제히 일어나 '아리랑'을 부르며 태극기를 흔들었다. 모두 하나가 되어 얼싸안고 기쁨과 감격의 눈물을 흘렸다.

일본 벤치와 관중들은 외마디 비명조차 지르지 못한 채 입만 벌리고 멍 하니 바라만 볼 뿐이었다. 일왕 이하 각료들은 이 믿을 수 없는 사실 앞에 망연자실하였다.

'세상에 어찌 이런 일이 벌어질 수 있을까? 이 무슨 날벼락 같은 일을 맞고 있는가……. 아니 어떻게 저렇게도 한국을 몰랐단 말인가. 한국이 감 쪽같이 우리를 속인 것일까…….'

일본은 그들의 자존심이 끝없이 무너지고, 자신들의 가식과 위선이 온 세계에 까발려지는 것 같았다. 그들이 좋아하고 긍지를 갖던 아기자기하 고 깨끗한 매너와 남에게 폐를 끼치지 않는 태도 등은 일본팀에서 하나도 찾아볼 수 없고 거칠고 무례하기 이를 데가 없었다. 또한 한국팀이 이토록 강한 줄도 모르고 땅따먹기를 하자고 윽박질러 댔으니, 일본 국민들은 일 본 정부와 축구 협회가 한심하기 짝이 없었다.

전광판에 시계는 39분을 지나고 있고 점수판에는 코리아라고 쓴 칸에 전반 2점 후반 2점을 가리키고 있었다.

네 번째 골이 들어가자 일본팀은 전술을 바꾸어 모두 공격에 가담하였고, 더욱 더 거칠게 나왔다.

일본이 전후반을 통하여 모두 8개의 옐로우 카드를 받은 데 반해, 한국은 반칙이 하나도 없었다. 다만 한국 선수들은 하나같이 머리에 붕대를 매거나 장단지나 허벅지에 파스와 붕대를 감아야 했다. 이것은 축구 경기가 아니라 육탄전과 다름없었다. 룰이 없는 치열한 전장에서는 부상자가 속출하였다.

하지만 한국 선수들은 이에 굴하지 않고 꿋꿋하게 버티었다. 시간이 흘러도 흐트러짐이 없고 상대가 아무리 심한 반칙을 가해도 말없이 경기에 임하였다.

스포츠가 전투로 변해 가는 속에서도 스포츠 정신을 잃지 않고 경기를 해 나가려는 한국 선수들을 보면서 관중들의 가슴에 뭉클한 것이 밀려왔다.

지고 있는 일본으로서는 시간이 얼마 없있다. 이판사판 떼를 쓰듯 무조건 한국 진영으로 몰아붙이고 있었다. 일본이 무차별적인 공격으로 나오자, 한국은 기본 포메이션을 1-3-6에서 4-5-1로 바꾸고 밀고 들어오는 일본의 공격을 최대한 미드필드에서 차단하도록 하기 위한 것이었다.

한국이 수비에 치중하자 일본은 골키퍼를 제외한 10명의 선수가 모두 한국 진영에 들어와 있었다. 한국 진영에는 공·수 합쳐 21명이 북새통을 이루었다. 샤롱 골키퍼는 페널티 에어리어 밖까지 나와 일본이 한 골을 만회해 주기를 학수고대하고 있었다. 만일 골이 일본 진영으로 흘러나오기만 하면 찰 준비를 하고 전진하여 대기하였다.

한국 진영 센터라인 부근에서 스칼트와 타치코프스키가 2대 1 패스를 주고받으며 들어오다, 왼쪽 터치라인을 타고 움직이는 윌리에게 차 주었다. 윌리는 이리저리 페인팅을 쓰며 한 사람을 제친 뒤 오버래핑하여 앞으로 날쌔게 뛰어나가는 알렉스에게 패스하니, 알렉스는 가벼운 몸동작으로 볼을 받아 한국 진영 골라인 쪽으로 치고 나갔다.

일본 관중들은 다같이 "와아!" 함성을 질렀다.

"그러면 그렇지, 제발 한 골만 넣어라!"

"시간아, 제발 멈추어 다오. 서라!"

"진작 저렇게 하지 바보 새끼들……."

일본 벤치도 모두 일어나,

"그렇지, 그렇지! 빨리 빨리 니옹에게 패스! 패스!"

하며 안절부절못했고, 한국 벤치도 모두 일어나서,

"이것만 막아라! 이것만!"

하고 발을 동동 굴리고 있었다.

알렉스는 볼을 몰고 가다 여의치 않는 듯 잠깐 세웠다가 앞으로 천천히 드리블하여 나아갔다. 앞의 수비 선수는 슬슬 뒷걸음치면서도 알렉스에게 센터링할 기회를 안 주고 있었다. 할 수 없이 알렉스는 뒤쫓아 와 받쳐 주는 다나카에게 주고 가운데로 들어가니, 다나카는 오른발로 길게 센터링을 했다. 골대 오른쪽 페널티 박스 쪽으로 날아온 볼을 이치다가 헤딩슛!

일본 관중들은 모두 자리를 박차고 일어나서,

"슛! 슛!"

하고 외쳤다.

일본 코치진도 앞으로 걸어나가며 고래고래 소리질렀다.

이치다의 헤딩슛을 유재가 뛰어올라 헤딩으로 걷어 냈다. 페널티 박스 안에는 공·수 선수들이 몰려 혼전을 벌이고 있었다. 유재가 머리로 쳐낸 볼을 다시 스칼트가 헤딩슛!

일본 관중들은 모두 "와!" 하며 박수를 쳤다. 그러나 곧이어 "에이……!" 하며 안타까워했다.

한국팀은 하마터면 골을 먹을 뻔했다. 다행히 헤딩슛은 스칼트의 머리를 빗맞고 오른쪽 골대 밖으로 나갔다.

한국 코치진에서도,

"어 휴! 마지막을 잘 견뎌야 되는데……."

하며 걱정했다.

오른쪽에서 유재가 벤치를 보고 난 뒤 왼손을 들어 손바닥을 펴 5를 가리키니 나머지 모든 선수가 중앙선을 넘어 일본 진영으로 뛰어가며 똑같이 왼손을 들어 손바닥을 펴 5를 만들어 보이고 있다. 키커 뒤에 있는 경일 골키퍼까지…….

일본 선수들은 그러한 사인을 보고 이제는 놀라지 않았으나, 마음 속으로는 모두 불쾌해했다.

"치사한 놈들 끝까지 저런 사인을 하다니, 괜히 신경질이 난다. 아이잠!"

유재가 뛰어나가 볼을 길게 중앙선을 넘어 일본 진영 왼쪽 중앙으로 길게 차 보냈다. 날아온 볼을 알렉스와 유진이 뛰어 올랐으나 알렉스 머리에 맞고 터치라인 밖으로 나가고 말았다. 한국 선수들도 빨리 움직이고 있으나 일본 선수들도 몸을 사리지 않고 한국 선수들을 하나씩 맡아 바쁘게 움직이고 있었다.

터치라인에서 유재가 가운데로 길게 드로인하여 주니 영규가 받아 머리로 대훈에게 떨어뜨려 주었다. 대훈은 좌우로 페인팅을 써 한 사람을 제치고 오른쪽으로 쳐져 있던 새운에게 길게 패스, 세운은 뒤에 달려오는 영기에게, 영기가 다시 가운데로 센터링하여 주니 센터링된 볼을 태원이와 다나카가 같이 떴으나 태원의 머리에 맞고 앞으로 떨어지는 볼을 상휘가 빠르게 뛰어나가며 오른발로 강하게 때렸다. 볼은 빠르게 날아가 이번에는 오른쪽으로 휘어지며 왼쪽 골대 쪽으로 오는 것을 샤롱이 몸을 날려 가까스로 잡아내었다.

한국팀의 공격은 간결하게 서너 번의 패스로 슛까지 이어지며 일본 관중들과 일본 벤치의 간담을 서늘하게 만들곤 했다.

그러나 역시 유럽 선수가 6명이나 섞인 일본팀은 막강했다. 마지막 총공세를 몰아붙이려는 듯 모든 선수가 달려들었다. 공·수비팀은 모두 중앙선을 넘어 한국 진영으로 넘어가는데, 샤롱은 빨리 뛰어나가 손으로 다나카에게 던져 주었다. 다나카는 빠르고 길게 한국 진영으로 들어가는 타치코프스키에게 이어 주고, 다시 타치코프스키는 스칼트에게 주었다. 스칼트는 2대 1 패스로 뚫고 가다 페널티 에어리어 왼쪽에 있는 니옹에게 패스했다. 니옹은 돌아서며 슛을 멋지게 날렸는데 다행히 볼은 골대 위를 맞고 다시 페널티 박스 중앙에 떨어지는 볼을 알렉스가 다시 헤딩슛!

가운데로 날아오는 볼을 이철이 헤딩하여 밖으로 보냈으나, 페널티 박스 오른쪽 외곽에 위치해 있던 이치다가 흘러나온 볼을 잡았다. 좌우로 페인팅을 써 한국 수비수 한 명을 제치고 들어가는 이치다, 다시 왼쪽 골 에어리어에 있는 곳에서 센터링하니, 일본 관중들이 일어나 함께 "와! 슛! 슛!" 하며 열광하였다. 이치다가 센터링한 골을 김대훈이 헤딩하여 오른쪽 페널티 박스 외곽으로 다시 보내니, 윌리가 뛰어 들어가며 왼발로 강슛! 볼은 사람들 사이로 날아가 골로 들어가는 것을 유재가 몸을 날리며 헤딩으로 왼쪽 페널티 박스 밖으로 보내자, 알렉스가 뛰어들며 다시 중앙으로 센터링! 센터링되어 가운데로 날아오는 볼을 유재가 다시 머리로 헤딩하여 골라인 아웃시켰다.

몇 분 동안을 쉴새없이 몰아붙이는 일본의 공격은 끝이 없었다. 손에 땀을 쥐게 하는 마지막 시간의 공방전은 두 팀의 사력을 다하고 있었다. 일본 선수들의 공격은 무척 끈질겼으며, 한국 선수들도 의외로 마지막 5분 정도를 남겨 놓고 큰 어려움을 겪고 있었다.

왼쪽 코너 부근에서 일본의 다나카가 코너킥을 찰 준비를 했다. 그 때 본부석에서 전광판 시계를 들어 3분 남았다고 표시하고 있었다.

"아, 이제 저 3분만 지나면 우리는 승리를 하는 것이다."

귀빈석의 대통령이나 관중석의 한국 응원단은 마음이 조마조마하여 어쩔 줄 모르고, 빨리 시간이 지나가기만 기다렸다.

일본은 일본대로 수상이나 문부성 장관과 스즈키 협회장 등은,

"저 3분 안에 골을 넣어야 한다. 어떠한 방법으로라도 골을 넣어 동점을 만들어야 한다. 그렇게 되면 이 피 마르는 전쟁을 없던 것으로 해야겠다. 아주 무효로 하고 싶다. 연장전이나 어떠한 승부를 가르는 게임도 하지 않으리다! 정말로 아주 없었던 처음으로 놀아가고 싶다. 아, 본부석에서 로스 타임은 적용힌 것일까? 왜 이렇게 시간이 짧게 난았을까? 시간은 왜 이렇게 빨리 흐른단 말인가?"

마쯔시마 문부성 장관은 시계를 보니 정시간에 벌써 9분 가량 지나고 있었다. 그러면 남은 시간 3분은 좀 길게 주는 것 같았다.

다나카는 두 손으로 볼을 반쯤 다시 돌려 코너킥 에어리어에 다시 잘 놓은 후 심판이 휘슬을 불자 오른발로 왼쪽으로 조금 휘어지는 볼을 골대 앞쪽으로 찼다. 볼은 알맞은 높이로, 골키퍼가 나와 펀칭할 수 없는 거리까지 날아갔다. 골키퍼 김경일은 밖으로 나가 펀칭하려다 말고 헤딩하는 선수의 볼을 막기 위해 골대 쪽으로 다시 돌아왔다. 골대 양쪽 기둥에는 김

유재와 송진우가 같이 서 있었다.

날아온 볼을 양팀의 많은 선수들이 뛰어올랐으나 볼은 김영기의 머리에 맞고 페널티 박스 오른쪽 외곽으로 흘러나가자, 뛰어들며 요시다가 오른발로 강슛을 쏘았다. 일본 관중들도 동시에 "슛!" 하며 일어났다.

그러나 볼은 수비수의 몸에 맞고 오른쪽 페널티 박스로 튀어나오자 스칼트가 다시 뒤로 돌아서며 슛! 그러나 또다시 수비수 몸 맞고 떨어지는 볼을 하이애나 김영기가 왼쪽 터치라인 밖으로 길게 내찼다.

일본 관중들은 도저히 앉아서 볼 수 없는지 모두 일어나 있었다. 시간은 이제 거의 다 된 것 같았다.

오다가 재빨리 뛰어가 골대 앞쪽으로 드로인을 길게 하니 양팀 선수들 볼을 향해 점프하며 헤딩, 한국 선수의 머리 맞고 떨어지는 볼을 대발이 김유재 선수가 한국 페널티 박스에서 일본 골문쪽으로 길게 길게 찼다.

일본의 골키퍼 샤롱은 한국 문전에서 너무나 공방전이 치열하고 거의 시간이 끝날 때 다 되었다, 생각하여 페널티 박스 앞까지 나와 구경하고 있었다. 그런데 갑자기 한국 문전에서 볼이 쭉쭉 뻗어 날아오는 거였다. 샤롱은 앞에 떨어지면 한국 진영 쪽으로 길게 차 주려고 앞으로 나갈까 했는데 볼은 멈추지 않고 계속 샤롱 쪽으로 날아오고 있었다. 샤롱은 뒷걸음 치며 손을 높이 들고, "어? 어?!" 하는데, 사람들은 모두 "와아!", "어이쿠!" 하며 탄성을 질렀다. 볼은 샤롱을 넘어 땅에 한 번 튕기더니 골 안으로 들어갔다. 그 순간, 바다루딘의 휘슬이 두 번 길게 울렸다.

"와, 골인이다!"

"저렇게 먼 거리에서 차 넣다니……. 골인이다!"

한국 응원석에서는 입 밖으로 탄성을 지르고, 일본 응원석은 놀라 입을 다물지 못하고 있었다.

13부 게임의 끝

그러나 바다루딘 주심은 볼이 들어가기 전에 휘슬을 불었다며 노골로
선언했다.

전광판은 전후반 각 2점씩 하여 4 대 0을 가리키고 있었다.

유럽의 수문장인 명골키퍼 샤롱은 후반전 경기에서만 2골 이상을 먹어
보는 것도 처음이었고, 이렇게 중요한 시합에 국적을 바꾸어 가며 출전했
는데 지고 나니 몸둘 바를 몰라했다. 일본팀은 모두 땅에 주저앉아 통곡을
하고 있고, 유럽인 선수들은 머쓱해하며, 아직도 진 것에 대한 실감을 못
하고 있는 것 같았다.

한국 선수들은 모두들 한 줄로 서서 입장할 때와 같이 중앙에 다시 나가
인사를 하고, 중앙선을 따라 가볍게 뛰어 퇴장하고 있었다. 마지막까지 깨
끗한 경기 매너를 보여 준 한국 선수들에게 비록 소수의 일본 관중이었지
만 짧은 박수를 보내 주었다.

세계 방송사들은 저마다 한국 선수들에게 인터뷰를 요청하며, 다음과
같이 방송하고 있었다.

"세계의 시청자 여러분! 오늘의 이 멋진 경기를 잘 보셨을 것입니다. 1
차전에 3점차로 패배하고, 2차전을 서울에서 가졌음에도 불구하고 1 대 1
로 비겨 오늘의 3차전은 한국이 힘들 것이라는 모든 전문가들이 예측했었
습니다. 그러나 한국은 과감하게 젊은 감독과 젊은 선수들로 교체하여 승
부를 바꾸어 놓았습니다. 여러분들이 보셨듯이 오늘 이 한국의 젊은 선수
들이 보여 준 것은 축구의 기술적인 요소뿐만 아니라, 쇠퇴하여진 스포츠
정신을 다시 일구어 놓았으며 그들이 보여 준 오늘의 경기는 길이길이 축

구 역사에 남을 것이며, 새로 태어난 젊은 한국 축구는 밝다 하겠습니다. 또 한국과 일본은 지리적으로 가까운 나라이면서도 서로 민족성이 판이하게 다른 나라입니다. 유교 사상의 뿌리가 깊은 한국인들은 매우 배타적인 성격을 가지고 있으면서도 사귀고 나면 의리와 정이 있는 것이고 일본은 친절하고 상냥해서 가까울 것 같으나 절대 자기 속을 안 보이고 냉정한 사람들이라고 합니다. 한국인들은 주인이 이사 가면 주인 따라가는 개에 비할 수 있다면, 일본인들은 주인이 이사 가도 주위를 맴도는 고양이 같다고 합니다. 따라서 개와 고양이는 가까울 수가 없는 것처럼 한일 간에 진정 서로 우정 있는 국가가 되는 것은 힘든 것이 과거와 현실의 역사입니다. 그러한 양국이 오늘 치른 이 경기는 모든 이의 예상을 뒤엎고, 조용히 실력을 숨겨 놓은 한국이, 월등한 실력과 올바른 스포츠 정신을 가지고 전 세계인에게 모범이 되는 경기를 보여 주었습니다. 세계의 모든 체육인들은 오늘 이 한국 젊은 선수들을 본받아 누구에게나 사랑받고 존경받는 순수한 스포츠 정신을 갖길 바랍니다.”

본부식에서는 패국의 대표자가 패배를 승복한다는 것을 공표하기로 되어 있기 때문에 울음 섞인 일왕의 발표가 시작되었다. 개회사 때와는 정반대의 모습으로 일본이 질 것을 예상 못 했기 때문에 발표문을 급히 만드느라 여러 장의 조그마한 메모를 들고 있었다. 눈물과 콧물로 얼룩져 읽기 힘든지, 띄엄띄엄 읽어 내려갔다.

“존경하는 일본 국민 여러분! 본인은 조상들을 뵈올 면목이 없으며, 어쩌다 어쩌다…… 이. 런. 일. 이……!”

눈물이 너무 흘러나와 말을 잊지 못하는 일왕에게 수상이 손수건을 건네주었다.

"어쩌다 이런 일이 생겨났습니까? 국치일인 1945년 8월 15일보다 오늘……, 더 참혹한 패배를 안게 되었습니다. 450g밖에 안 되는 조그마한 볼이 히로시마에 떨어진 원자폭탄보다 더 강하고, 더 크게 나의 가슴과 온 일본인의 가슴에 터졌습니다. 우리는 가슴에 일장기를 껴안고 있어도 발끝에는 태극기를 꽂고 살아가야 할 비통한 우리들의 앞날을 생각하면 너무도…… 너무도 ……."

하며 중간에 통곡을 하니, 일본의 관중들도 훌쩍훌쩍 흐느껴 우는데, 또 소리내어 옆의 사람들과 붙잡고 우는 사람들도 많았다.

이 모습을 지켜보는 한 외신 방송은 이렇게 얘기하고 있었다.

"오늘의 이 결과는 일본이 남의 것을 뺏기 위해 상대방의 아픔도 외면하고 온갖 힘과 수단 방법을 가리지 않으며 저지른 것에 대한 신의 노여움이다!"

일왕은 통곡을 잠깐 멈추고,

"모든 일본 국민들은 오늘을 기억하며, 집집마다 조기를 게양할 것을 권합니다. 잘못된 욕심이 이렇게 씻지 못할 큰 재앙을 불러온 것에 대해 모든 국민들께 엎드려 사죄합니다. 그리고, 대마도의 현 주민들에게는 본토 어느 곳이나 원하는 장소에서 살 수 있도록 보장해 줄 것입니다. 그러나 그 곳에 계속 살고자 하는 도민들은 한국 정부와 협의하여, 최대한을 보장받도록 노력하겠으나 조세 및 모든 법은 한국법에 저촉되며……."

일왕은 또 흐르는 눈물로 한참 동안 말을 잊지 못했다.

"여러분들이 일장기를 각 가정에 소지할 수는 있으나, 집 밖으로는…… 흑! 흑!"

또 말을 잊지 못하다 손수건으로 얼굴을 닦아 내더니,

"일장기를 집 밖에 게양해서는 안…… 됩…… 니…… 다……."

하고 번복하여 억지로 끝을 맺으니, 운동장은 다시 울음의 웅덩이가 되어
버리고 말았다.

그 울음의 웅덩이 속에서 조용히, 아주 조용히 자리를 떠나는 많은 사람
들이 있었다. 붉은 옷을 입고, 한 손에 태극기를 든 사람들…….

라커룸을 방문한 대통령은 선수들을 일일이 뜨겁게 껴안으며 감격했다.

"잘했네, 잘했어! 정말 고마워!"

하면서 한 손으로 빡빡 깎은 머리를 쓰다듬어 주었다.

"선수단은 나와 함께 전용기로 귀국합시다."

현식 코치도 구 감독도 협회장도 모두가 뜨거운 포옹을 나눴다. 보는 사
람마다 "축하드립니다!", "장하오! 장해!" 칭찬하며 뜨겁게 서로의 가슴을
맞대고 감격의 눈물을 흘렸다.

문 앞에는 국내외 수많은 보도진들이 다투어 협회장과 감독, 선수들을
인터뷰하려 했다. 하지만 모두 물리치고 군경의 삼엄한 경비를 받으며 차
로 이동하는데, 뒤에서 기자들이 외치는 소리가 따라왔다.

"오늘의 국가 상비군은 언제부터 키워 오신 것입니까?"

"어째서 3차전에만 뛰게 되었습니까?"

"오늘 선수들은 북한에서 왔다고 하는 소리가 있는데 맞습니까? 아니
면……, 국적이 어디입니까?"

"선수들의 축구화 신제품은 한국에서만 생산하실 겁니까?"

아무도 대꾸를 않은 채 전용차에 올라 경찰들의 호위를 받으며 공항으
로 향했다. 도로에는 많은 차들이 혼란스럽게 움직여 이곳 저곳에서 교통

사고가 일어나고 질서가 깨져 있었다. 또 큰 건물에 있던 "독도로 가자!", "독도는 일본땅!" 등의 대형 현수막들은 아직 철거되지 않은 채였다.

공항에 도착하여 대통령 전용기를 타러 나가는 사이 또다시 많은 내외신 기자들이 몰려들었다. 경찰들의 제지에도 불구하고 큰소리로 물으며 따라오고 있었다.

"대통령 각하! 지금 전 유럽, 아시아, 또 북남미에서는 한국에 관련된 주가가 모두 상한가를 친 걸 아십니까? 물론, 일본은 하한가입니다."

또 어떤 기자는,

"세계 유명 백화점과 일반 상점에서 한국 상품에 대한 열기가 높아져, 한국 상품에 관련된 것은 어떤 것을 막론하고 품절 상태에 들어갔다는데 아십니까?"

또 다른 목소리는,

"이제는 정신대 문제도 해결될 것이고, 일본의 역사 교과서 왜곡 사건도 종결될 것이라고 보는데, 어업 문제도 종결되는 것입니까?"

뒤에서 또 굵직한 목소리로 큰소리가 들려 왔다.

"대마도에는 언제 태극기를 꽂습니까?"

그러자 또 한 옥타브 높은 음의 여기자의 목소리가 들려 왔다.

"대마도는 경상남도에 편입되나요?"

모두 듣기에 싫지 않은 말들이었으나, 아무도 대꾸를 하지 않았다. 선수단은 삼엄한 호위를 받으며 특별 통로를 통해 대통령 전용기에 탑승했다.

관제탑의 안내를 받으며 비행기는 활주로를 달리다 하늘로 치솟아 올랐다.

대통령은 그동안 불편하던 몸과 마음이 다 가셨는지, 같이 탄 관료들과 기자 그리고 선수들과 다과를 들며 모처럼 좋은 혈색으로 싱글벙글했다.

그 때, 줄곧 같이 행동하며 마음을 졸였던 야당 총재가 인사를 했다.

"김 대통령께서 임기 내에 아주 큰 업적을 세우셨습니다."

"하하, 이 총재께서 염려해 주신 덕분이지요. 총재께서 얼마나 협회와 선수들에게 정성과 시간을 쏟았는지 잘 알고 있습니다. 이게 뭐 누구의 공이 따로 있겠습니까? 우리 국민 한 사람 한 사람의 업적이지요."

"그렇게 말씀하시니 감사합니다. 손 한번 다시 잡을까요?"

"이 총재님, 이처럼 기쁜 날 악수로 되겠습니까? 자, 우리 껴안으십시다!"

두 사람은 서로 한마음이 되어 껴안고 진심으로 등을 두드려 주었다.

"이보시오, 몽준 회장!"

"네!"

"수고 많았소. 그렇지만 아무 것도 모르는 나는 갑자기 총천연색 젊은 선수들이 나와 운동장에서 뛰어다니니……. 뭐가 어떻게 된 것인지 얼마나 걱정했는 줄 아시오?"

"하하! 죄송합니다. 어쩔 수 없었습니다."

빙그레 미소를 시으니,

"각하! 저희들도 얼마나 놀랐는지 모릅니다. 어린 선수들이 나와 인사를 하니까 좋다는 생각보다도, 아니 이 마당에 무슨 유치원생들이 나와 유희를 하나, 하고……. 아무래도 질 것 같으니까 다른 짓 하나, 별 마음이 다 들었습니다. 그래서 제가 옆에 있던 문광부 장관한테 물었더니, 박 장관이 자기도 모르겠다는 거예요. 허함, 그래서 별의별 생각도 다 들고 하는데 시작하고 한 15분쯤 지나니까 '그게 아니구나' 하고 생각되더군요."
하고 외교통상부 장관이 흥분을 감추지 못하는 듯 말했다. 그 때 장 비서관이 전화기를 들고 들어왔다.

"각하! 김정일 위원장께서 전화를 주셨습니다."

"그래요?"

"그리고 또 대만, 중국, 필리핀, 인도네시아, 미국, 캐나다, 소련, 영국 등 많은 국가 원수들의 전화가 와 있습니다. 그런데 원수들께서 다들 끊지 않고 기다리겠다고 하십니다."

대통령은 대꾸를 않은 채 먼저 전화를 받았다.

"여보세요? 전화 바꿨습니다."

"김 대통령 각하, 내레 김정일입네다."

"네, 안녕하십니까? 웬일이세요?"

"니번에 각하께서 아주, 아주 큰일을 하셨습네다."

"아 네, 고맙습니다."

"저는 남조선에, 아니 우리 한반도에 섬이 하나 달아나는 줄 알고, 간이 콩알만 했습네다."

"네에, 저희도 걱정이 많았죠. 걱정해 주셔서 감사합니다."

"대통령 각하, 거이 다음부턴 제발이지 절대 땅내기 같은 것 하지 마셨으면 좋습네다. 이거의 그러잖아도 쬐그만데, 무얼 떼줄 게 있갔시요? 내레 간이 시커멓게 탔을 거야요, 하하!"

"하하하… 저도 정말이지 아주 혼났습니다."

"예, 알고 있습네다. 우리가 유럽 강팀하고 내기를 한 셈이지, 어데 닐본 팀하고 시합한 것입네까? 나쁜놈들, 아주 간악한 놈들이야요!"

"그래도 이겼으니……, 하하하!"

대통령은 김 위원장의 전화에 고마워했다. 그리고 호탕하게 얘기해 주는 것이 즐거웠다. 또 위원장은 진심으로 걱정했던 것 같았다.

"사실 말이죠. 내레 니번 3차전에서도 지면 대포동 미사일을 하나 콱 닐본으로 날려 보낼라 그랬습네다."

"하하, 김 위원장께선 역시 유머가 많으십니다."

"유머? 하하하!"

"언제 뵙도록 합시다. 한번 내려오시지 그래요?"

"예, 가서 뵙겠습니다. 그 때에 이번 젊은 선수들 손 좀 한번 잡아 보게 해 주십시오. 정말 용하구 장합네다."

"그러시지요. 별 문제 되겠습니까?"

"내 사실은 이 곳 평양에 그 선수들이 와서 연습할 때부터 잘한다는 말도 들어 알고 있었습네다. 그러나 오늘 화면을 통해서 보니까 아주 빼어나게 잘하구 줏대들도 있어 보였습니다."

"예, 사실은 저도 놀랐습니다."

"내레, 남조선 젊은이들은 쓸개 없이 서양 흉내나 내고 생각 없이 쫓아 다니는 줄 알았더니, 남조선에 그러한 젊은이들이 있다는 것을 알고 새삼 놀랐습네다."

"……!"

"또 화면을 보니까 젊은 선수들의 머리가 울긋불긋하던데 보기 좋더만요. 우리 북조선 아이들도 머릴 물들이게 할까 봐요, 하하하!"

"하하하!"

대통령도 따라 웃었다.

"대통령 각하, 제가 여기 어수선한 것 바로잡히는 대로 곧 찾아 뵙겠습네다."

"그렇게 하십시다. 전화 즐거웠습니다."

대통령은 싱글벙글 입을 다물 수가 없었다. 비서가 또 다른 전화기를 들고와 손으로 송화기 쪽을 막으며 말했다.

"각하! 대만, 중국, 필리핀, 캐나다, 미국, 영국, 소련 등 많은 나라 원수
들께서 각하와 직접 통화하겠다고 기다리겠답니다."

"그래요?"

"어디부터 전화를 올릴까요?"

"음…… 순서대로 주시오!"

대통령은 대만 총통을 시작으로 세계 각국으로부터 이어지는 축전을 받
았다.

선수들과 피곤함에 잠시 눈을 붙였던 구 감독은 선수들의 자리로 가서
노고를 위로해 주었다.

"훌륭했다. 그동안 고되고 힘든 훈련들을 용케도 잘 견디어 주어서, 오
늘 국민과 조국 앞에 영광과 승리를 안겨 줄 수 있었다. 나는 너희들이
자랑스럽다. 그리고 나는 한국인인 것이 무한히 자랑스럽다. 지금은 우
리가 대마도에 태극기를 꽂았지만 이제부터는 일본 본토에 태극기를 꽂
아야 한다. 그러기 위해서는 우리 모두가 한마음이 되어 힘을 합쳐 일본
에게 이겨야 한다."

"또 일본과 시합이 있습니까?"

정강이가 많이 찢겨져 멍이 들고 부은 대훈이가 물었다.

"오늘의 축구 경기보다 더 중요한, 진정한 시합이 남아 있다. 그것은
즉, 우리 국민 하나하나가 분발하여 축구가 아닌 다른 분야에서도 일본
을 이겨야 된다는 것이다."

"감독님, 좀 구체적으로 말씀해 주세요."

절뚝거리는 하이애나 영기가 말했다.

"음……. 대표적인 예는, 그들은 어떤 조그마한 조직이나 큰 조직이라

도 일단 그 곳에 대표가 정해지면 그 대표의 임기가 다할 때까지 무조건 따라주어 그 대표에게 힘을 실어 준다. 우리는 그러지 못하는 것이 제일 큰 단점이야. 정말 나쁜 단점이다. 작게는, 그들은 공중도덕을 잘 지킨단다. 그들은 사소한 규칙을 어기거나, 또는 다른 사람에게 해가 되는 짓을 하지 않으며, 그러한 것을 못 지키면 스스로를 부끄러워한다. 우리는 이 점에서 부끄럽게도 많이 뒤떨어지고 있다. 참으로 조금만 주위를 신경쓰면 쉬운 것을 못 하고 있다. 침 뱉는 일, 주위를 아랑곳하지 않고 큰소리로 얘기하고 떠드는 일, 빨리 가겠다고 남을 밀치고 부딪쳐도 전혀 아무렇지도 않는 일, 또 자동차의 경적을 함부로 울리는 일 등등 이런 것은 아무런 밑천 없이도, 우리가 그들을 이길 수 있는 쉬운 일이란다. 그리고, 그들은 어느 기업이 새로 생겨나, 제품을 만들면 그 기업이 자립할 수 있도록 제품을 사 주는 클럽들이 각 분야별로 많단다. 그래서 그 제품을 사 주면 기업이 커지고, 그 기업은 질을 더욱 좋게 개발하고 양산 체제를 마련하여 값을 내려 사회에 다시 돌려준다. 그러나 우리는 어떠니? 우리의 것은 어떻게든 흠집을 내려 하고 그 기업이 잘 되면 그것을 배아파하며 일부러 사 주지 않는 못된 마음들이 있난다. 그것은 우리를 서로 못 살게 하는 일이지. 우리는 우리끼리 적을 삼으면 안 된다. 우리는 경쟁을 국제적으로 해야지 우리끼리 적대적인 경쟁을 해서는 안 된다."

"그러면 그것을 어떻게 해야 우리는 되나요?"

헤딩하다 부딪혀 머리에 붕대를 매고 있는 상휘가 물었다.

"너희들 스스로 생각을 조금만 깊게 하면 다 알 수 있는 것들이지……. 내 생각으로는 우리가 대통령이던, 학교 반장이던 대표를 뽑을 때에 신중하게 생각하여 냉정하게 선출하고, 그러나 내가 지원한 사람이 아니고 다른 사람이 되었다 해도 그 사람을 믿고 따라주어야 된다는 것을 인식

하고, 그것이 우리의 갈 길을 하나하나 가는 것이라고 명심해야 돼. 또 우리 기업의 제품은 '그것이 나의 집안 것이다!' 라고 생각하면 될 것 같다. 예를 들어 꽁지머리 너, 영규야!"

"네?"

"너희 집이 자동차 만드는 회사며, 공장을 갖고 있다면 네가 한국에서든 외국에서든 너희 차를 타지 남의 것을 사겠니? 그래야 누구한테도 떳떳하지. 냄비든 어떠한 그릇이든 그것이 너희 집에서 만드는 제품이 있다면 외제가 좋아 보인다고 사서 집에다 두겠니? 즉 우리 기업의 제품이 다 우리의 집안 것이라 생각하면 쉬울 것 같다."

"감독님! 너무 우리가 우리 것만 찾으면, 다른 나라에서 반감을 가지고 또 우리 것을 사 주지 않으면 어떻게 하지요?"

이번에는 감색머리 세운이가 물었다.

"물론 '외제 사지 말자!', '국산품을 애용하자!' 라는 것을 밖으로 드러내어 떠들면, 이는 금방 그들에게 반감을 주게 되어 표적이 된단다. 그러니 조용히 나부터 생활에서 실행하는 거야. 또 공중도덕을 지키는 일도 우리가 조금만 신경을 써 보면 그 모두가 나에게 돌아와 내가 혜택받는다는 것을 쉽게 알 수 있다. 지금 우리 나라 사회에선 지도급 위치에 있으면서도 지도층이 못 되는 사람이 너무 많지……. 그러나 그런 사람들 때문에 나라를 망칠 수는 없어. 그러니 우리가 먼저 조금만 더 신경을 써서 행동하면 우리가 승리하는 것이지. 이번에 일본은 큰 교훈을 얻었을 거라고 생각한다. 하지만 그들은 언제 또다시 망상에 빠져 그릇된 일을 벌일지 아무도 모르는 일이다. 그러니 우리 모두 다 정신을 차려서 한 사람 한 사람이 언제든지 일본을 이길 수 있는 진정한 힘을 길러야 한다."

세계 각국의 축전을 즐거운 마음으로 끝내고, 조용히 구 감독 뒤에서 협회장과 함께 듣고 있던 대통령은 젊은 감독의 올곧은 뜻에 감탄하며 마음이 뿌듯해져 옴을 느꼈다.

'그래! 우리 나라는 희망이 있다. 저 젊은 감독에게서 나오는 맑은 정신은 우리로 하여금 승리를 주었고, 또 더 나아가 더 큰 경쟁을 준비하고 있는 것이 아닌가? 저러한 명감독, 명장군이 곳곳에 있어 우리의 장래는 밝은 것이겠구나! 우리의 정치도 저러한 상비군과 바꾸어져야 되는데……."

젊은 감독에게 감사한 마음을 들었다.

"구 감독! 국가가 자네들에게 해 줄 것도 있지만 내가 자네에게 특별히 개인적으로 무엇인가를 해 주고 싶은데, 어떠한 것이라도 청을 해 보시오! 웬만하면 들어 주리다."

인자하게 웃으며 오른손을 가만히 그의 어깨 위에 올려놓았다.

"대통령 님, 그러면 제가 한 가지 청을 올려도 될까요?"

"어서 해 보시오!"

"네. 죄송한 말씀 같지만……, 대통령께서 타시는 선용차나 귀빈 집대용 리무진을 한국 자동차 메이키에 특별 주문하셔서 외국 원수들이 오시더라도 '메이드 인 코리아', '메이드 바이 한국인' 의 차로 모시면 안 될까요?"

"허허허! 구 감독이 나한테 한방 먹이는구먼……. 하하하, 좋소! 내 당장 그렇게 하리다. 한국 자동차 생산 업체들에게 값을 외제차보다 더 주어 하나씩 만들도록 하리다. 그것 말고 또 다른 건 없소? 자동차는 가져도 내가 갖는 것이 되니, 구 감독한테 선물할 것을 말하시오."

"지금 제가 드린 이 말씀이 늘 제가 생각하던 것이었습니다. 그 외는 없습니다."

"허, 거참! 그렇다면 내가 따로 협회장하고 의논해 보겠소. 이번 공로 자들인 우리 젊은 선수들에게도 국가에서 포상은 물론 내 개인적으로도 감사를 표할 것이오."

"감사합니다."

즐거워 입을 다물지 못하는 이회창 총재가 말했다.

"몽준 회장, 이번에 우리가 얻은 것이 참으로 많습니다. 허나 남의 것을 승부에 이겨 얻은 것보다 우리가 가지고 있는 것들을 발견하여 얻은 것이 더욱 기쁘군요. 특히 바른 행동과 건강한 정신, 그리고 좌절하지 않고 뻗어 나가는 투지와 용기를 이번 젊은 선수들에게 발견한 것이 우리가 얻은 가장 큰 수확이라 생각합니다. 정말 뜻 있는 경기였소, 장하십니다."

"감사합니다, 총재님!"

협회장과 이 총재는 감격의 포옹을 오랫동안 나누었다. 대통령의 즐거운 미소가 그들을 감싸고 가벼운 박수 소리가 퍼졌다.

대통령 전용기의 즐거운 환담은 연신 웃음 소리와 박수를 자아내며 이어졌다.

"보세요, 축하 전화들이 많이 왔었는데, 글쎄 어느 나라 원수는 나한테 자기네는 섬이 많으니까 자기네하고도 내기하자고 농을 합디다. 하하하!"

대통령은 유쾌하게 웃어 제치며 말을 이었다.

"그래서, 내가 문화관광부나 축구 협회에 직접 요청해 보라고 얘기를 했소. 아마 연락들이 갈 거요."

"와하하하……!"

모두들 머리를 젖히고 통쾌하게 웃으며 즐거워했다. 그러자 어느 장관이,

“아까 일왕 목소리는 작고 옆에서 하도 훌쩍거려 못 들었는데, 뭐, 재도전하고 싶다, 그런 것 같았어요.”

“네, 저도 그렇게 들었습니다.”

“그 사람들 참, 피말리는 시합을 또 하잔 말인가?”

“아니, 이게 어디 운동 경기예요? 전쟁이지…….”

“그래도 일본은 가만있지 않을 것 같아요.”

“하하하, 근성은 못 버리겠지. 하자면 또 합시다! 이젠 자신 있습니다.”

걱정스러워 반대만 일삼던 노장관도 웃으며 얘기했다. 그리고 한마디 더 했다.

“우리에게는 젊은이들이 있어요. 젊은 사람들이!”

“하하, 맞습니다. 정말로 우리 나라에 깨끗하고 야무진 청년들이 있다는 것 정말 자랑스럽습니다.”

하고 답하자, 노장관은 웃으며, 대통령을 보며,

“각하! 저는 이번 일로 느낀 게 많습니다. 이제는 제가 정계에 은퇴하여, 뒤에서 돕는 사람이 되어 훈수꾼이 되도록 하겠습니다.”

“아니, 갑자기 무슨 말씀이십니까?”

모두들 의아해하며 노장관을 쳐다보자,

“진심입니다. 곧 사임을 하고 진정한 훈수꾼이 되어 젊은이들을 돕는데 앞장서려 합니다.”

하고 굳은 결심을 얘기하는 것 같았다.

“원 이렇게 기쁜 날 그런 말씀을 하시다니…….”

노장관은 아주 흐뭇한 표정으로 웃고 있었다. 좌중의 사람들도 노장관의 뜻을 이해하는 듯 고개를 끄덕이며 마음으로 존경을 표했다.

기내의 TV 화면에서는 CNN 방송이 계속 흘러나오고 있었다. 계속 한일전의 1, 2차전 주요 장면과 3차전에서 한국 젊은이들의 훌륭한 스포츠맨십을 재방영하고 극찬과 축하를 아끼지 않았다. 스포츠사에 길이 남는 소중한 경기였다고 논평하며 경기의 승패보다 깨끗한 경기 매너에 점수를 더 주었다.

얼마 있으니 비행기는 현해탄을 지나 한국의 육지가 보이기 시작했다.

그 때, 기내의 TV 화면에 긴급 속보라는 자막이 나타났다.

CNN 뉴스의 앵커는 몹시 흥분된 목소리로, 일본의 문부성 장관 마쯔시마가 축구 협회 임원인 하야시를 총으로 쏜 후 자기도 관자놀이에 총을 쏴 자살했으며 스즈키 겐조 축구 협회장은 18층의 건물에서 목을 매어 자살했다는, 속보를 전했다.

몽준 협회장은 조용히 일어나 TV를 껐다.

"조금 있으면 인천 국제 공항에 도착하겠으니, 모두 자리에 앉아 안전벨트를 매 주시기 바랍니다."

기내 안내 방송이 흘러나왔다.

'지금 공항에는, 거리에는 사람들이 어떠한 모습으로 우리를 환영할까?

제각각 설레는 마음을 달래며 안전벨트를 매었다.

게이코와 함께 스즈키 겐조의 장례식에 다녀온 진식은, 일본 승리에 크게 도박을 걸었던 홍콩의 루이챈과 왕츄이 등이 일본의 패배로 인해

자살했다는 보도와 한국의 마약 조직으로는 별로 크진 않으나 새로운 조직이 활성화되려던 것을 일망타진시켰다는 신문 보도가 크게 난 것을 보았다. 그 조직의 이름은 '골프대가리파' 라는 이름이었다. 또 다른 면에서는 '일본은 다음의 시합을 준비하고 있다!' 라는 기사가 밑도 끝도 없이 한 줄이 실려 있었다.